Joan Aiken

Haß beginnt daheim

Roman

Aus dem Englischen von Nikolaus Stingl

Diogenes

Titel der Originalausgabe:
›Hate begins at home‹

Umschlagzeichnung von
Hans Traxler

Deutsche Erstausgabe

150/90/36/3
ISBN 3 257 21686 6

Prolog

Harry Lupac wartete auf das Mädchen, das er ermorden wollte. Er war unruhig vor Erwartung, wie eine Braut vor dem ersten Besuch ihrer Schwiegermutter, betrachtete sich nervös im Spiegel, leerte einen leeren Aschenbecher, rieb unnötigerweise an einem Fleck auf dem Tisch. Er hatte noch nie einen Mord geplant, und das Planen machte ihn gereizt, denn es war nicht seine Art, Probleme im voraus zu lösen: Er tat es jetzt nur aus schierer Notwendigkeit. Er starrte aus dem Fenster auf den Pfad, den sie heraufkommen würde.

Noch niemand.

Ob sie hübsch war? Er wußte es nicht. Es wäre eigenartig, wenn sie es wäre. Bei diesem Gedanken, der ihm, so eifrig wie er sich mit den nüchternen Details der Operation beschäftigt hatte, noch nicht gekommen war, packte ihn so etwas wie Erregung, und er ging durchs Zimmer, besah sich erneut im Spiegel und zupfte dabei etwas selbstgefällig an der mit dem blaßgrünen Hemd harmonierenden dunkelgrünen Krawatte. Er hatte ein längliches, lebhaftes, vergeistigt hageres Gesicht, rote, aufgeworfene Lippen, haselnußbraune Augen; eine Haarlocke fiel ihm fortwährend in die Stirn und wurde fortwährend zurückgeworfen.

»Meine liebe junge Frau«, sprach er zum Spiegel gewandt. »Guten Tag. Es tut mir so leid, daß unsere erste Begegnung auch unsere letzte sein muß. Ich bedaure das besonders, jetzt wo ich sehe, daß Sie eine so schöne und bezaubernde Dame sind.« Er begann zu kichern, verstummte dann, über das Geräusch seiner Stimme in der leeren Hütte die Stirn runzelnd, ging zum Fenster hinüber und schaute erneut auf den Weg. Natürlich würde er nichts dergleichen sagen.

Es war nichts von ihr zu sehen. Beruhigt fläzte er sich auf einen Stuhl, legte die Beine schräg auf den Tisch und fuhr zur Decke starrend fort:

»Aber da Sie nun einmal sterben müssen – und das, fürchte ich, ist unumgänglich –, kann ich Ihnen eine Kleinigkeit anbieten, etwas spendieren, das Ihnen die letzten Momente versüßen würde, hmm? Es wäre das mindeste, was ich für Sie tun kann. Einen Martini? Und darf ich Ihnen diesen Veilchenstrauß an den Aufschlag stecken?«

Es waren keine Veilchen da, aber er zog eine Skabiose aus einem recht hübsch zusammengestellten Strauß Wiesenblumen in einer Vase und hielt sie seiner unsichtbaren Gesprächspartnerin schwungvoll hin. »Wie meinen Sie? Sie sehen keine Notwendigkeit zum Sterben? Sie verstehen nicht? Nun ja, in diesem Fall darf ich es Ihnen erklären. Sehen Sie, es war dieses wirklich unglückliche Ereignis letzten Sonntag ...«

Aber eigentlich hatte es viel, viel früher begonnen.

Sie lief verstohlen durch den Wald, wie ein gejagtes Geschöpf; sie sah sich im Laufen wachsam nach hinten und nach allen Seiten um und blieb manchmal stehen, um auf Schritte zu lauschen. Sie hätte auffällig genug gewirkt, hätte es einen Beobachter gegeben, denn unzeitiger Aprilschnee hatte das ganze Tal weiß getupft. Kahle Eichen und Birken mit einem nur noch spärlichen Mantel von Grün hoben sich als Silhouetten ab, weiße Spuren kreuzten und verzweigten sich wie Narben auf dem steilen, baumbestandenen Hang, und die einsame laufende Gestalt war auf Hunderte von Metern deutlich zu sehen. Aber hinter ihr wurden ihre Spuren vom fallenden Schnee verwischt; daraus schöpfte sie Trost.

Zur Hälfte war ihre Vorsicht köstliche Selbsttäuschung – denn es war wirklich nicht sehr wahrscheinlich, daß ihre Mutter oder ihre Schwester, geschweige denn Kusine Flora, sich bei solchem Wetter hier in dieses Ende des Tals verirrten, selbst wenn sie die Hunde bewegten –, aber zur Hälfte war die Vorsicht durchaus echt. Angenommen, sie fanden es heraus? Wie würde ihre Reaktion aussehen? Wut, Empörung, gehässige Belustigung? Bei dem Gedanken zusammenzuckend, floh sie noch schneller durch das Gewirr von Weiß und Grün. Ihr Vorwärtskommen glich einer blitzschnell von einer Deckung zur nächsten gezeichneten Kurve: Diagramm eines Mädchens, das zum Stelldichein mit ihrem Liebsten eilt.

So schnell sie auch gewesen war, Tim war vor ihr da.

Am Kopf des Tebburn-Tals tauchte ein stillgelegtes Eisenbahngleis kurz aus einem Tunnel auf, überquerte auf einem Viadukt den schneebedeckten, bewaldeten Abgrund und verschwand wieder im nähergelegenen Hang; neben der Tunnelöffnung stand ein verlassenes Bahnwärterhäuschen. Tims altes Motorrad war schon zwischen dem Holzstoß und der Wand eingestellt, mit einem Fetzen schneebedecktem Sackleinen getarnt. Es war unwahrscheinlich, daß hier jemand vorbeikam, aber sie hatte ihn immer angefleht, es zu verstecken, und er hatte es, sie auslachend und ihr das kurze Haar zerzausend, versprochen.

Jetzt schlich sie, um ihn nicht zu enttäuschen, indem sie weniger Vorsicht walten ließ, als sie von ihm gefordert hatte, leise wie eine treibende Schneeflocke an der Wand entlang, bis sie durch das kleine Wohnzimmerfenster hineinsehen konnte. Die meisten Scheiben waren gesprungen, alle waren schmierig vor Schmutz, aber sie konnte ihn gerade noch sehen. Ihr Herz machte vor lauter Liebe und Erstaunen einen Freudensprung, weil sie es in jeder Phase des Getrenntseins unmöglich fand zu glauben, daß sie jemals im Leben wieder das ungeheure Glück und die Freude erleben würde, ihn wiederzusehen.

Aber da war er.

Das kleine Vorderzimmer war wegen des darüberliegenden Hangs und der dichtgedrängten, unbeschnittenen Bäume dunkel und klamm, aber sie hatten es fertiggebracht, es gemütlich zu machen. Über ihren eigenen Wagemut entsetzt, war sie heimlich zu einer Gebrauchtmöbelauktion in Bridpool gefahren, wobei sie eine Klavierstunde schwänzte (der alte Mr. Monsell käme nie auf die Idee, anzurufen und zu fragen, wo sie blieb), und hatte mit Geld, das Tim ihr gegeben hatte, zwei Stühle, einen ramponierten Tisch und eine Rolle mottenzerfressenen, alten Teppichs, hellrosa Rosen auf grünem Grund, gekauft.

»Genau das Richtige für ein Liebesnest«, hatte Tim gescherzt.

»Ach Tim, nenn es nicht so! Liebesnest ist ein schrecklicher Ausdruck. Das hier ist eine Zuflucht – nein, eine *Freistatt.* Wenn wir uns bloß trauen könnten, ein Feuer anzumachen.«

»Laß nur, der Ölofen reicht völlig aus.«

Er hatte gerade den Kessel darauf stehen, wie sie sah; ein Dampffaden wand sich aus der Tülle. Er mußte sehr lange vor ihr gekommen sein, lange genug, um seine Bücher auf dem Tisch auszubreiten und sich in seine Arbeit zu vertiefen. Er hatte sie noch nicht gesehen; seine Stirn war konzentriert gerunzelt, sein Kopf auf eine Faust gestützt, die Finger ins Haar gewühlt. Während sie ihm zusah, ergriff sie zum erstenmal ein seltsamer, mütterlicher Impuls – in sein Studium versunken, wirkte er so jung und verletzlich. Bislang hatte sie immer wie zu einem Beschützer zu ihm aufgeblickt. »Zerbrich dir nicht den Kopf, Carinney, ich mach das schon irgendwie«, pflegte er über irgendein Problem, das ihr ausweglos und unüberwindlich vorkam, zu sagen. Doch nun überfiel sie wie eine Angst der Gedanke: er muß sich um so vieles sorgen, sein Examen, die Krankheit seines Vaters und das Familiengeschäft – ist es fair, ihn auch noch mit diesem Versteckspiel zu belasten?

In diesem Moment blickte er auf, sah sie und lächelte; es hatte den gleichen Effekt wie plötzlich hervorbrechender Sonnenschein in einer felsigen Landschaft. Mit einem Satz war er auf den Beinen und hatte die schiefhängende Tür geöffnet; sie flog ihm in die Arme.

»Was hast du denn draußen im Schnee herumgestanden, du albernes Geschöpf? Warum bist du nicht hereingekommen?«

»Ich habe Liebeswellen durchs Fenster gesendet.«

»Ganz nah ist es doch schöner«, sagte er und drückte die Wange an ihr dunkles Haar. »Du bist schrecklich spät dran; was hat dich aufgehalten?«

»Es sind Leute zum Lunch gekommen ...«

»Freunde?«

»Wir haben keine Freunde«, sagte sie. »Nein, Leute, die einen Deerhound kaufen wollten. Ich mußte dableiben und die Hunde herumführen; ich habe gedacht, ich käme nie weg.«

»Macht nichts, jetzt bist du hier.« Schon hatten sie sich wie üblich niedergelassen, er in seinem Lehnstuhl, in Gedanken wieder halb bei seinen Lehrbüchern, halb sie mit Liebe umfangend; sie machte es sich auf einem Kissen auf dem Boden bequem und lehnte sich stumm vor Glück an seinen Stuhl.

»Ich mache gleich Tee«, sagte sie kurz darauf.

»Noch nicht – laß mich das eben fertigmachen ...« Er war wieder versunken, schlug sich mit Symbolen herum, die ihr unverständlich waren, aber das machte ihr nichts aus. Sie war stolz darauf, daß sie ihn nicht ablenkte, daß er in ihrer Gegenwart so intensiv arbeiten konnte. »Es hilft, dich dazuhaben«, hatte er einmal gesagt. »Du bist ein Katalysator.«

Endlich tauchte er aus seiner Versunkenheit auf, löste sich von den verwirrenden Formeln seines Problems und lächelte ihr zu. Sie erwiderte ernst seinen Blick, sprang dann auf und machte sich still zu schaffen, nahm Tassen aus einem klammen Wandschrank, dann eine Teekanne und eine Büchse Tee.

»Ich habe einen Kuchen mitgebracht.«

»Gut«, sagte Tim. Er streckte sich. »Von der Konzentration kriege ich Hunger. Ich hab eine Menge getan. Werd in Oxford nicht annähernd so hart arbeiten können.«

Sie wandte sich von ihm ab, beugte sich über den Kessel, damit er den Schmerz nicht sah, der ihrem Gesicht beim Gedanken an die Trennung einen verhärmten Ausdruck gab. Jedes Trimester, wenn er wegging, war es schlimmer; diesmal wußte sie wirklich nicht, wie sie die totenähnliche Finsternis des Lebens ohne ihn aushalten sollte.

»Kopf hoch, Carinney«, sagte er sanft und drehte ihr Kinn mit einem Finger zu sich hin. Eine Träne glitzerte auf ihrer

Wimper; verschämt wischte sie sie weg. »Nur noch zwei Monate, denk daran. Und dann, wenn du deiner Mutter wirklich nicht die Stirn bieten willst ...«

»Nein. Nein!«

»... besorgen wir uns eine Sondergenehmigung und verschwinden nach Weston-super-Mare oder Walton-on-the-Naze ...«

»Stow-on-the-Wold.« Sie brachte ein unsicheres Lächeln zustande.

»Jedenfalls irgendwohin, wo sie uns nie vermuten würden, und dann heiraten wir, schicken eine Postkarte, um Bescheid zu sagen, und ich suche mir einen Job in Aserbeidschan oder Chimborazo, und wenn du deine liebe Familie das nächste Mal siehst, bist du eine weltkluge, von der Tropensonne gebräunte, würdige Dame, die die Gewohnheit hat, nach dem Butler in die Hände zu klatschen und zu rufen: ›Ho! Chota-Gläschen! Brandy-pani-da!‹ «

»Esel! Ich möchte Hudsons Gesicht sehen, wenn jemand nach ihm in die Hände klatscht. Höchstwahrscheinlich würde ihn der Schlag treffen. Nachdem ich miterlebt habe, wie Mutter Dienstboten behandelt, möchte ich eigentlich für den Rest meines Lebens keine mehr haben.«

»Ich fürchte, du wirst dich an ein ganzes Gefolge gewöhnen müssen«, mahnte Tim sie feierlich. »Sonst denken die anderen Memsahibs noch, du hältst die gute alte Fahne nicht mehr hoch.«

»Du meine Güte, muß ich wirklich? Ich würde die Arbeit viel lieber selbst machen, ich würde es schnell lernen. Wenn es doch bloß nicht so wahrscheinlich wäre, daß du auf so waschechten Außenposten des Empire arbeiten mußt. – Nein, das stimmt nicht, es ist mir egal, *wo* wir sind oder ob ich fünfzig Diener herumkommandieren muß, solange wir zusammen und von hier weg sind. Ich kann immerhin deine Socken stopfen.«

»Terylene«, sagte Tim grinsend. »Kriegen nie Löcher. Spiel lieber jetzt Hausfrau, solange du noch kannst.«

»Also gut.« Sie schob seine Bücher auf eine Seite des Tisches und breitete ein Tischtuch über die andere, ehe sie Tassen und Teller auflegte. »Ich hab sogar daran gedacht, die Kanne anzuwärmen.«

»Hast du auch Tee reingetan?« Er guckte skeptisch und nickte ob ihres plötzlich bangen Gesichtsausdrucks. »Bis ich mein Examen abgelegt habe, bist du eine Spitzenköchin.«

»Keine Gelegenheit zum Üben, während du weg bist«, sagte sie traurig.

»Du könntest allein hier heraufkommen. Oder mit Hilda.«

»O nein, auf gar keinen Fall. Das hier gehört uns, niemand sonst.« Sie blickte sich liebevoll um und dachte: Nie werde ich glücklicher sein als hier in diesem muffigen kleinen Zimmer mit den blaßroten Rosen auf dem Boden und den Schimmelflecken an den Wänden. Wenn ich hundert Jahre alt werde und jeden Tag meines Lebens mit Tim verbringe, werde ich mich trotzdem immer daran erinnern.

Keine Vorahnung ergriff sie, keine Warnung vor einem anderen, nicht fernen Tag, an dem sie in diesem anheimelnden Zimmer sitzen und essen und trinken würde, nicht mit Tim, sondern mit einem Feind, einem lächelnden Fremden, der ruhig und skrupellos ihre Vernichtung plante.

»Dee – Hilda ist wieder zu Hause, hab ich dir das schon erzählt?« bemerkte sie. »Es gab fürchterlich Krach, als sie vor zwei Tagen plötzlich eingetrudelt ist; du weißt doch, sie war so eine Art bezahlte Gesellschafterin plus Hundepflegerin bei diesen Adligen in Schottland. Mutter ist wütend, daß sie geflogen ist, weil sie hinter einem Heuhaufen den Sohn des Gutsherrn geküßt hat.«

»Arme Hilda. Warum konnte sie ihn nicht heiraten?«

»Ich nehme an, er muß Geld oder jemand Respektablen heiraten. Unsere Familie entspricht dem wohl kaum. Mutter hat vor Wut getobt; sie hat gesagt, wenn Hilda ihre Karten nicht besser ausspielen könne, dann müsse sie jetzt eben zu Hause bleiben und aushelfen, sie sei es leid zu versuchen, sie in der gehobenen Gesellschaft unterzubringen. Und Hilda hat gesagt, sie würde eher auf den Strich gehen als versuchen, über den Hundezwinger in die anständige Gesellschaft aufzusteigen. Sie war fuchsteufelswild. Sie verabscheut es, wieder zu Hause zu sein.«

»Läßt sie es an dir aus?« sagte Tim sanft.

»Ein bißchen.« Sie schaute von ihm weg, zum Fenster hinaus. »Macht nichts. Wir wollen nicht an meine gräßliche Familie denken. Erzähl mir von deiner. Wie geht es deinem Vater – geht es ihm etwas besser?«

Tims junges, offenes Gesicht wirkte plötzlich abgespannt und zehn Jahre älter. Beunruhigt, da sie wieder das nervöse Zucken in seinem Gesicht bemerkte, das ihn seit kurzem befallen hatte, legte sie ihm die Hand an die Wange.

»Nein, es geht ihm eigentlich nicht allzu gut. Tatsächlich war der Facharzt ziemlich offen, als er das letzte Mal herüberkam – sie haben nicht viel Hoffnung, daß er vollständig genesen wird. Und das könnte bedeuten, daß ich nicht abhauen und mir einen Job bei einer Versuchsbohrung in Cotopaxi suchen kann, sondern mich statt dessen dahinterklemmen und sehr viel eher, als wir erwartet hatten, in die gute alte Firma eintreten muß.«

»Ach Liebling!« In ihrem Gesicht regten sich gleichermaßen Bestürzung und Anteilnahme. »Dein armer Vater! Wie furchtbar. Und ich Egoistin rede die ganze Zeit von meinen Problemen ...«

»Mach dir keine Sorgen, mein Schatz. Vielleicht ist es nicht so schlimm, wie sie meinen. Der alte Knabe ist eigentlich teuflisch zäh, genau wie ich. Ich denke, er wird wieder auf die Beine kommen.«

»Ach, das hoffe ich so. Ich hoffe, es geht ihm besser, wenn du dein Examen machst.«

Wenn wir durchbrennen und heiraten, aber das sagte sie nicht.

»Ist noch Tee da?«

»Massenhaft.« Als sie ihm seine Tasse brachte, nahm er ihre

Hand und zog sie herunter, bis sie neben ihm kniete und er die Arme um sie legen konnte.

»Hab keine Angst«, sagte er. »Ich werde immer da sein und für dich sorgen, egal was passiert. Wir haben so wahnsinniges Glück, daß wir einander haben...«

Sie blickte auf, weil sie sich fragte, warum er jäh verstummt war, und hörte das Knarren der Tür, spürte, wie ein kalter Luftzug die winzigen Härchen auf ihrer Haut aufrichtete.

Tims Gesicht, das ihr über die Schulter blickte, wurde plötzlich leer, mit dem angespannten, wachsamen Blick eines Menschen, der eine Masse Mauerwerk wanken sieht und auf den Einsturz wartet.

»So, so! Zwei Turteltauben in ihrem Nest!«

Die heisere, spöttische Stimme von Lady Trevis fuhr zwischen sie wie eine Laubsäge. Keiner sagte etwas, und sie fuhr fort: »*Hierher* gehst du also an den langen Nachmittagen, Caroline. Kein Wunder, daß du keine Pfadfinderführerin werden wolltest. – Finden Sie nicht, daß meine Tochter für diese Art von Vergnügen ein bißchen jung ist, Mr. Conroy? Sie sind doch Tim Conroy, nicht wahr?«

Tims Hand glitt von Carolines Schulter, als sie sich im Aufstehen langsam umwandte und ihre Mutter ansah, die am Türsturz lehnte. Lady Trevis hatte die Vierziger zur Hälfte hinter sich und war gerade im Begriff, sich nicht mehr um ihr Äußeres zu scheren, aber da sie im Moment enge Hosen und eine gelbe Seidenbluse trug, die sie wegen der Hundekäufer angezogen hatte, brachte sie es fertig, fast schon einer eleganten Erscheinung nahezukommen – auf belustigte Weise nachsichtig gegen die Verwahrlosung, in der sie ihre Tochter vorgefunden hatte.

Wie stets in Gegenwart ihrer Mutter verflüchtigte sich Carolines ganzes Selbstbewußtsein; ihre Hände hingen linkisch herab, sie stand stumm da. Tim war erstaunt über die Veränderung, denn er sah seine Liebste, die, wenn sie mit ihm allein war, beinahe wie auf Wolken, strahlend vor Glück wirkte, in eine schmollende Halbwüchsige verwandelt. Zum ersten Mal wurde ihm völlig bewußt, wie gerechtfertigt ihr verzweifelter Wunsch war, von zu Hause wegzukommen.

»Nun?« wiederholte Lady Trevis mit erhobener Stimme. »Hat keiner von euch etwas zu sagen? Hast du deine Zunge verschluckt, Caroline?«

Da redeten sie beide gleichzeitig. Tim sagte: »Es ist nicht so, wie Sie ...«

Caroline sagte: »Tim arbeitet für sein Examen. Er kann sich besser konzentrieren, wenn ich bei ihm bin.« Sie sprach leise, mit gesenktem Blick.

»Aber ja, ganz bestimmt!« Von dem gedämpften Ton, in dem die Szene sich bislang abgespielt hatte, gelangweilt, vollführte Lady Trevis einen plötzlichen Rollenwechsel von der anständigen Frau zum Marktweib. »Ich kann mir lebhaft vorstellen, welche Art von Konzentration hier stattfindet. Ihr haltet mich wohl für dumm.« Ihr Blick glitt vernichtend wie ein Flammenwerfer durch ihr Puppenstubenparadies. Mit schneidender Stimme fragte sie: »Wo ist das Bett? Oder kommt ihr mit dem Fußboden aus?«

Tim war mittlerweile blaß, blieb aber ganz ruhig.

»Lady Trevis, Sie haben das völlig mißverstanden. Ich versichere Ihnen, ich habe Caroline nicht verführt ...« Er spürte zu spät die Geschwollenheit des Ausdrucks und sah Caroline zusammenzucken, als sei eine Schraube fester angezogen worden.

»Verführt!« höhnte Lady Trevis. »Du meine Güte, was für ein großes Wort!« Sie fügte grob hinzu: »Und das soll ich Ihnen glauben? Wollen Sie etwa behaupten, Sie hätten dieses Plätzchen bloß zum *Studieren* hergerichtet? Das ist einfach ein bißchen zu schön, um wahr zu sein!«

»Trotzdem ist es wahr«, murmelte Caroline.

»Ganz bestimmt! Und wenn es wahr ist, warum kommt ihr dann den ganzen Weg hier herauf nach Whistle Cottage? Warum bittet dich Tim nicht zu sich nach Hause? Warum ist er nie in Woodhoe gewesen? Du schämst dich wohl für uns? Du warst ja mächtig verschwiegen, das muß ich schon sagen – stille

Wasser sind wirklich tief! Ich habe kaum gewußt, daß du mit Tim Conroy bekannt bist, geschweige denn, daß du in dieser bezaubernden kleinen Hütte mit ihm ins Bett hüpfst...«

»Wir *sind* nicht...« begann Caroline aufgebracht. Im gleichen Atemzug sagte Tim:

»Wir werden heiraten. Sobald ich mein Examen gemacht habe.« Er hörte Caroline scharf Atem holen, während Lady Trevis zurückgab:

»Heiraten, ach tatsächlich? Darf ich *dich* daran erinnern, mein Fräulein, daß du minderjährig bist und meine Erlaubnis brauchst, ehe du dich in die Ehe stürzt. Und eines kann ich dir sagen – du wirst *nicht* heiraten, nachdem Tim sein Examen gemacht hat«, sie hob die Stimme, als Tim protestierend vortrat, »du wirst nächste *Woche* heiraten, ob dir das nun paßt oder nicht. Ich werde keine unehelichen Enkelkinder haben, das kann ich dir sagen. Und Sie können sich glücklich schätzen, daß ich Sie nicht vor Gericht bringe, Tim Conroy!«

»Um Himmels willen«, sagte Tim, mühsam an sich haltend, »Caroline ist fast achtzehn, sie ist erwachsen...«

»Ha, Caroline erwachsen? Daß ich nicht lache! Sie ist noch nicht trocken hinter den Ohren. Sie werden mit ihr alle Hände voll zu tun haben, wenn Sie verheiratet sind, *das* kann ich Ihnen sagen – heimlichtuerisch, verstockt, launisch...«

»Wir können nicht sofort heiraten!« platzte Caroline heraus. »Begreifst du denn nicht, Tim muß arbeiten! Er ist im letzten Trimester, sein Abschlußexamen steht bevor, und außerdem ist sein Vater krank – es kommt nicht in Frage.«

»Das hättest du dir alles überlegen sollen, ehe du angefangen hast, dich herumzutreiben, junges Fräulein! Jetzt ist es ein bißchen spät! Ich muß schon sagen, das ist ein schöner Dank für die ganze vornehme, teure Erziehung. Nur gut, daß dein Vater tot ist und nicht erlebt...«

An dieser Stelle hielt Lady Trevis inne, vielleicht weil sie sich an die Umstände des Todes ihres Gatten erinnerte und ihr aufging, daß das kaum eine glückliche Form des Tadels war.

Tim sagte sanft: »Na schön, wir werden nächste Woche heiraten. Ich kümmere mich umgehend um eine Erlaubnis. Und ich besorge uns beiden eine Bude in Oxford. Und jetzt sind Sie vielleicht so freundlich, uns allein zu lassen, damit wir uns ein wenig unter vier Augen unterhalten können ...«

Plötzlich tat ihm Lady Trevis leid, diese arme, dumme Frau, die versuchte, in den geschlossenen Kreis ihres Glücks einzubrechen. Da stand sie, mit triumphierender Miene, wie ein Kind, das beim Grapschen das Spielzeug von jemand anders kaputtmacht und dem nur verstreute Perlen und verbogener Draht bleiben. Sie wirkte plötzlich viel älter, müde, schlampig. Sie fauchte:

»Ihr College-Getue zieht bei mir nicht, junger Freund. Ich dulde nicht, daß ihr beide hinter meinem Rücken die Köpfe zusammensteckt und euch überlegt, wie ihr da herauskommt. Caroline kommt sofort mit mir nach Hause.«

»Nein«, sagte Caroline ruhig. Sie sah bleich, krank und erschöpft aus; Tim war entsetzt darüber, wie die Szene sie mitgenommen hatte; doch selbst seine Liebe und sein Mitleid konnten kaum ermessen, wie vollständig ihre Selbstachtung und Sicherheit erschüttert worden waren. Er fürchtete die Auswirkungen eines weiteren, halbstündigen Tête-à-tête mit Lady Trevis auf dem Nachhauseweg durch den Wald. Gott sei Dank war wenigstens die andere Tochter nach Hause gekommen, dachte er, und konnte als Prellbock fungieren ...

»Ich bringe Caroline auf dem Sozius nach Hause. Ich passe auf sie auf, das verspreche ich Ihnen«, sagte er, legte Lady Trevis eine Hand auf die Schulter und schob sie sanft zur Tür hinaus. Sie fügte sich erstaunlicherweise, warf ihm sogar einen schalkhaften, koketten Blick zu und sagte:

»Sie glauben wohl, Sie können mich mit Ihrer glatten, irischen Zunge herumkriegen, Tim Conroy. Mich täuschen Sie nicht! Aber ich warne Sie, ich werde zur Tigerin, wo es um die Interessen meiner Töchter geht. Ich werde dafür sorgen, daß Sie auf sie aufpassen!«

Tim zuckte bei dieser Schelmerei zusammen. Er wartete, bis sie ein Rudel Sealyhamterriers, die aus dem schneebedeckten

Unterholz brachen, herbeigepfiffen und den Weg hügelabwärts eingeschlagen hatte, ehe er in die Hütte zurückging und die Tür schloß.

Caroline hatte sich nicht gerührt. Aber als Tim hereinkam, begann sie langsam herumzutappen, die Tassen und die Teekanne abzuräumen, mit stumpfem Blick und teilnahmslos wie jemand, der unter Schock steht.

»Na, das hätten wir erstmal hinter uns«, sagte Tim, um einen scherzhaften Ton bemüht. »Ohne Blutvergießen, aber sie hat eine ganz schön scharfe Zunge, deine Mutter!« Er legte den Arm um sie, hielt sie so, daß ihr Kopf unter seinem Kinn lag, um die Erschütterung in ihren Augen nicht zu sehen. »Schau nicht so verzweifelt, Carinney, vielleicht ist es am besten so. Jedenfalls ist es bestimmt gut, wenn du von ihr wegkommst. – Was hast du denn nur, willst du mich etwa nicht heiraten?«

»Doch, aber«, sie hatte das Gesicht gegen seine Brust gedrückt, und ihre angstvollen Worte wurden von dem Kordjackett teilweise erstickt, »jetzt hast du mich auf dem Hals, ob du mich willst oder nicht. Die ganze Sache ist von Anfang an verdorben. O Gott, wie ich sie dafür hasse!«

»Lieber Himmel, was sind schon ein paar Monate?« sagte Tim leichthin über ihren Kopf hinweg. »Und weißt du was, ich war nie sonderlich versessen auf dieses wildromantische Versteckspiel ...« Er spürte, wie sie zitterte, und fuhr hastig fort: »Konzentrier dich einfach darauf, daß wir jetzt ein für allemal zusammen sind. Ich suche Zimmer bei irgendeiner gemütlichen alten Vermieterin, und du kannst mir zum Frühstück Eier braten und dafür sorgen, daß ich rechtzeitig zu den Vorlesungen komme. Das gefällt dir doch bestimmt, hmm?« Sie nickte kläglich, und hinter der erstarrten Maske ihres Gesichts begann sich schwaches Leben zu regen. »Und wenn wir erst einmal verheiratet sind, brauchst du deine Mutter nie wiederzusehen, wenn du nicht willst.«

»Das stimmt.« Ein langer, zitternder Seufzer brach ihre Reglosigkeit. Sie fügte entschlossen hinzu: »Und das werd ich auch nicht. Ach Tim – ich mach das wieder gut, das schwör ich dir, daß du zu einer Heirat gezwungen worden bist. Ich werde dir nicht zur Last fallen oder dich von der Arbeit abhalten.«

»Das weiß ich doch, Carinney«, sagte er ruhig.

Ergeben lehnte sie sich an ihn, wußte, daß sie die Kraft hätte aufbringen müssen, ihn aus dieser Verwicklung zu befreien, und wußte, daß sie das nie und nimmer konnte. Gleich darauf seufzte sie wieder, wandte den Kopf, um zum letzten Mal durch die grünen, schmierigen Scheiben ihres Fensters zu schauen, und sagte mit kindlicher, grüblerischer Stimme: »Wie um alles in der Welt ist sie bloß darauf verfallen, hier heraufzukommen? Es sieht Mutter nicht ähnlich, alleine lange Spaziergänge zu machen. Wie sie wohl darauf gekommen ist...«

Sie erwischten einen stickigen Tag für die Hochzeit – die schließlich doch erst im Juni stattfand, weil Lady Trevis entschied, daß sie und Caroline sich in weniger als einem Monat nicht angemessen als Braut und Brautmutter ausstaffieren konnten.

Es schien, als hätte sich die ganze feuchte Hitze dieses miserablen Sommers zu einer einzigen dampfenden, sengenden Zeitspanne von vierundzwanzig Stunden zusammengeballt. Caroline, die sich dem Diktat ihrer Mutter hinsichtlich Kleidung und Hochzeitsvorbereitungen mit schweigsamer, gleichgültiger Passivität gefügt hatte, freute sich hartnäckig, daß das Kostüm, das Lady Trevis als für sie passend befunden hatte, zu warm war; sie nahm ihre Unbehaglichkeit als verdiente Strafe der Götter hin.

Sie heirateten auf dem Standesamt in Bridpool; wegen Lady Trevis' grimmiger, seit langer Zeit bestehender Fehde mit dem Vikar kam die Kirche von Woodmouth nicht in Frage, und auch darüber freute sich Caroline; eine Buße mußte streng sein, um eine echte Sühne darzustellen, und diese fade, unpersönliche Zeremonie war bestimmt Buße genug, um die rächende Vorsehung damit zu versöhnen, daß sie Tim zu früh, zu jung und vielleicht wider seine bessere Einsicht heiratete. Sie erzitterte abergläubisch, als die Standesbeamtin (»Wie überaus eigenartig!« hatte Lady Trevis viel zu laut geflüstert. »Ist das überhaupt legal, von einer Frau getraut zu werden? Also *ich* weiß ja nicht!«) zu ihnen sagte: »Was für ein Glück für Sie beide, daß Sie so jung schon wissen, was Sie wollen!« Und sie meinte es aufrichtig; Caroline drückte die Daumen und hoffte, daß die Schicksalsgöttinnen nicht zugehört hatten.

Mrs. Conroy, Tims Mutter, war natürlich eingeladen worden, entschuldigte sich aber telegraphisch; Tims Vater hatte am Vortag einen weiteren Schlaganfall erlitten, und sie verbrachte jede Minute im Pflegeheim an seiner Seite. Tims Augen, im allgemeinen so ruhig und zuversichtlich, hatten einen angespannten Ausdruck, seine Haut, die sich über den Wangenknochen zu straff spannte, war grau vor Erschöpfung. Aber er hielt Carolines Hand die ganze Zeit fest, und das war ein kleiner Trost, eine winzige Beruhigung.

Da weder Caroline noch Tim vorgeschlagen hatten, jemanden von ihren Freunden einzuladen, hatte Lady Trevis die Gästeliste, ein willkürliches Sammelsurium aus ihrer Theatervergangenheit, zusammengestellt, und das hektisch fröhliche Hochzeitsessen fand im Nabob Hotel, dem größten von Bridpool, statt, ehe sich die ganze Gesellschaft mit Freikarten in die Nachmittagsvorstellung des Playhouse begab. Caroline fragte sich hinterher oft, welches Stück sie gesehen hatten.

Als alles vorbei war, Lady Trevis, tränenselig und recht beschwipst, in das Mietauto verfrachtet worden war, sich aus dem Fenster gelehnt und zum letztenmal gerufen hatte: »Gib ja auf sie acht, Tim, denk dran, sie ist meine Kleine!«, und die übrigen Feiernden woanders hingegangen waren, standen Tim und Caroline erschöpft vor dem Hotel.

»Was machen wir jetzt?« sagte Tim mit gedämpfter Stimme.

»Worauf hast du Lust?«

»Ich weiß nicht – ich habe Mutter versprochen, um sechs im Pflegeheim anzurufen; jetzt ist es erst vier. Ich hasse Bridpool sonntags nachmittags, du nicht? Kommt einem wie tot vor.«

»Gehen wir ins Kino.« Caroline war von der Promptheit ihres Entschlusses selbst überrascht. Sie wußte, es war in Wirklichkeit nur ein Aufschub; wovor sie sich fürchtete, war die Ankunft in Oxford, die Notwendigkeit, sich in Tims dortiges Leben einzufügen, der Gedanke an sein Examen in der kommenden Woche. Eine kurze Frist in der kühlen, gepolsterten Dunkelheit würde es ein bißchen länger hinauszögern.

»Gute Idee«, stimmte Tim erleichtert zu, und sie gingen ins Metropole, ohne sich groß darum zu kümmern, was lief. Irgend etwas über den Himalaya, meinte Caroline; sie döste halb an Tims Schulter, während der Film ablief, Lawinen donnerten und Schneestürme tobten. Um sechs schlenderten sie wieder los, zurück zum Nabob. »Wir scheinen den ganzen Tag auf diesem Stück Bürgersteig verbracht zu haben«, sagte Caroline. »Wir könnten uns genausogut eine Blockhütte bauen und uns hier niederlassen.«

»Was du brauchst, sind zwölf Stunden Schlaf.« Tim wandte sich ihr zum erstenmal zu, um sie besorgt zu mustern. »Du siehst aus wie ein Gespenst.«

Caroline dachte mit plötzlichem Schmerz: »Er ist nicht mehr mein Liebster. Jetzt bin ich ihm eine Last, eine Verantwortung, um die er sich sorgen muß.«

Als er die Tür der Telefonzelle aufmachte, trat sie ein, zwei Schritte zurück.

»Willst du nicht mit hereinkommen?« sagte er. »Es ist Platz...« Aber sie schüttelte den Kopf, überzeugt, daß er gerade jetzt nicht von ihr abgelenkt werden wollte.

Sie sah, wie sein Gesicht sich straffte, während er zuhörte; dann wandte er sich von ihr ab; es gab ein weiteres kurzes Gespräch. Als er herauskam und nach ihr sah, trat sie vor.

»Ach, da bist du«, sagte er, ohne zu lächeln. »Dachte schon, du bist weggegangen.«

»Ist es... wie geht...?«

»Es geht zu Ende. Ich fahre gleich nach Reading hinüber. Das Problem ist, was machen wir mit dir?«

Während sie gegen das Gefühl ankämpfte, rasch in eine Zelle aus Eis eingemauert zu werden, sagte Caroline: »Ich komme mit.«

»Ich glaube nicht ...«

»Doch nicht, um ihn zu besuchen.« Man möchte – sofern man nicht mit beispiellosem Selbstbewußtsein ausgestattet ist – seinem Schwiegervater wider Willen nicht gerade an dessen Sterbebett zum erstenmal gegenübertreten. »Ich bleibe einfach irgendwo in der Nähe – sie haben bestimmt Wartezimmer – oder setze mich ins Auto.«

»Das möchte ich lieber nicht«, sagte Tim und meinte es offensichtlich auch so. »Könnte ich dich nicht irgendwohin bringen – zu irgendeiner Freundin?« Sie schüttelte den Kopf. »Das kann die ganze Nacht dauern, weißt du – es hilft nicht gerade, sich vorzustellen, daß du auf irgendeiner verdammten Bank herumzitterst.«

Von irgendwoher nahm sie Worte.

»Sieh mal, Liebling, wir haben gerade gelobt, alles zu teilen, oder nicht? Was wäre ich für eine Ehefrau, wenn ich gleich beim ersten Mal, wo du so etwas durchmachen mußt, davonlaufe und mich unter der Bettdecke verstecke?«

»Also gut«, sagte er kurzangebunden. »Wir wollen uns nicht mit Streiten aufhalten. Das Auto steht noch auf dem Parkplatz beim Nabob – kommst du gleich mit, wenn ich es hole?«

Aber als sie auf der A 4 entlangfuhren, beugte er sich an einer Ampel herüber und gab ihr einen raschen Kuß.

»Es tut mir leid, daß das alles so trostlos für dich ist, Liebling. Nicht gerade eine ideale Hochzeitsnacht.«

»O Tim!« platzte sie heraus. »Warum gibst du dich bloß so tapfer?« Mit Mühe verkniff sie es sich, hinzuzufügen: »Wo du doch weißt, daß sein Schlaganfall wahrscheinlich eine unmittelbare Folge unserer Hochzeit ist.«

»Nun ja«, sagte Tim mit schaudererregender Nüchternheit, »es hilft nichts, wenn ich fluche und weine, oder?«

Sie legten den Rest der Fahrt schweigend zurück. Schweigend parkte er neben dem von einer Lorbeerhecke umgebenen Pflegeheim aus rotem Backstein und rannte die Treppe hinauf. »Ich warte dann hier«, rief Caroline, aber er war schon drinnen.

Auf der Suche nach Ablenkung – er hatte seine Schlüssel mitgenommen, und ihr ganzes Gepäck war im Kofferraum eingeschlossen – fand sie im Handschuhfach eine Fachzeitschrift und machte sich daran, sie zu lesen. »Die meisten raumzentrierten, isometrischen Metalle mit hohem Schmelzpunkt, wie Eisen, Molybdän, Niobium und Wolfram, weisen bei Absenkung der Temperatur einen plötzlichen Übergang von Duktilität zu Sprödigkeit auf ... Ein Material, das bei Zimmertemperatur normalerweise duktil ist, kann nach Abkühlung vollkommen spröde werden ...«

»Du hast einen Brief von Caroline, Liebes, ist das nicht schön? Ich habe dir doch gesagt, es wäre gut, ihr zum ersten Jahrestag ihrer Hochzeit zu schreiben. Jetzt müssen wir sie unbedingt überzeugen, auf Besuch nach Hause zu kommen; es ist höchste Zeit, daß dieser dumme alte Streit mit deiner Mutter beigelegt wird. Was erzählt Caro denn?«

Kusine Flora, die sich niemals von falschem Taktgefühl behindern ließ, lehnte sich zurück und behielt aufmerksam jede Bewegung im Auge, während Hilda Marmelade auf eine Scheibe Toast strich, etwas Kaffee trank und endlich ihren Brief öffnete. Flora hatte die unangenehme Gewohnheit, vor den übrigen Bewohnern von Woodhoe aufzustehen und zu frühstücken; da sie dann sitzen blieb, um sie beim Essen zu beobachten und ihnen alles Interessante aus ihrer Post zu entlocken, schien die tugendhafte Miene, die sie wegen ihrer Frühaufsteherei aufsetzte, kaum gerechtfertigt. Sie war Anfang Siebzig, klein, koboldhaft, mit schneeweißen Löckchen, einem unschuldigen, rosig-weißen Gesicht, ungewöhnlich großen Füßen und heiteren, arglosen Augen, die keinen Hinweis auf die stark ausgeprägte praktische Vernunft dahinter lieferten.

Sie war drei Jahre vor Carolines Hochzeit nach Woodhoe House gezogen, nach dem Tod einer Tante, deren getreue Gefährtin sie viele Jahre gewesen war. Das Einkommen aus der ihr vermachten Erbschaft hätte für ein unabhängiges Leben in einer arbeitssparenden Wohnung gereicht, aber Kusine Flora war ein symbiotisches, ein geselliges Wesen und hatte außerdem eine panische Angst vor Feuer. »Ich ziehe es vor, in einem schönen, großen Haus mit vielen Türen und Fenstern zu wohnen«, erklärte sie häufig, ohne hinzuzufügen, daß sie außerdem die Wohnverhältnisse in einem wie auch immer baufälligen hochherrschaftlichen Anwesen vorzog. »Und ich bin daran gewöhnt, mich nützlich zu machen; mir gefällt der Gedanke, daß ich nicht nur meinen Anteil bezahle, sondern eurer lieben Mutter auch in vielen kleinen Dingen zur Hand gehen kann.« Sie machte Hilda zu ihrer Vertrauten, da Lady Trevis die neun zusätzlichen Guineen pro Woche zwar nicht verschmähte, Floras Aufmerksamkeiten im allgemeinen jedoch nicht gerade mit Wohlwollen aufnahm. Hilda war Realistin und fand es manchmal nützlich, sich der Beflissenheit ihrer älteren Verwandten zu bedienen.

Jetzt sagte sie knapp: »Caroline hat ein Baby bekommen. Im März geboren; pünktlich, wie? Neun Monate nach der Hochzeit, fast auf den Tag genau. Demonstrativ nenne ich so etwas.«

»Ein Baby! Ohhh!« Kusine Flora gab ein merkwürdiges, trillerndes Gurren von sich. »Wie entzückt die Conroys sein müssen.«

»Ein Erbe für all die Ölquellen, meinst du? Eine Wiedergutmachung für den Ärger, den sie ihnen gemacht hat?«

»Jetzt muß sie aber nach Hause kommen! Wie schrecklich gern ich das liebe kleine Ding sehen würde!«

»Tja, dein Wunsch wird nicht in Erfüllung gehen, weil sie es praktisch umgehend an den Persischen Golf mitnehmen wird. Da, lies selbst.« Und Hilda schob das Blatt über den Tisch.

In diesem Moment wankte abgespannt und gähnend Lady Trevis herein. »Was sagst du da – Caroline nach Persien gegangen? Das meinst du doch nicht ernst?« fragte sie und streckte fahrig die Hand nach der Tasse Kaffee aus, die Flora eilfertig eingoß und ihr reichte.

»Nimmt auch das Baby mit«, sagte Hilda lakonisch.

»Baby, was für ein Baby? Das erste Mal, daß ich von einem Baby höre.«

»Die liebe Caro hat ein kleines Baby bekommen – ist das nicht eine wunderbare Neuigkeit?«

»Drei Monate alt. Ein Junge. Du bist Großmutter.«

Lady Trevis nahm die Neuigkeit ohne Freude auf. »Ein drei Monate altes Baby mit nach Persien nehmen? Das Mädchen ist wahnsinnig. Wahnsinnig. Es wird natürlich Ruhr oder Typhus bekommen und sterben – das ist immer so in den Tropen. Weshalb will sie überhaupt nach Persien?«

»Tim, der seit dem Tod seines Vaters ein großes Tier in der Firma zu sein scheint, muß dort irgendeine Krise im Zusammenhang mit Ölquellen lösen.« Hildas Ton war trocken. »Und als gute Ehefrau begleitet ihn Caroline natürlich.«

»Das ist doch die schiere Verrücktheit! Caroline weiß ja nicht einmal, wie man in England für ein Baby sorgt, ganz zu schweigen da draußen in irgendeiner gottverlassenen Gegend. Ich werde ihr das sofort schreiben. Ich will diese Brühe nicht, Flora – du weißt, daß ich ihn immer schwarz trinke.« Sie schob angewidert ihren Kaffee weg, stand auf und rauschte aus dem Zimmer, ohne auf Floras Protest zu achten: »Aber die Sahne tut dir doch so gut ...«

»Spar dir deine Worte«, sagte Hilda. »Und Ma könnte sich ihre auch sparen; wenn sie schreibt, ist das der sicherste Weg, um zu erreichen, daß Caroline genau das Gegenteil tut ...«

»Aber stell dir nur vor! Sie müssen viel von Tim halten.« Kusine Flora saugte begierig jedes Fitzelchen Mitteilung aus Carolines kurzem Brief auf. »Caro ist selbstverständlich ein liebes Mädchen, aber *ziemlich* introvertiert und verschlossen – und sie ist noch so jung, um die Frau von jemandem in verantwortlicher Position zu sein ... Welches Gehalt er wohl bezieht? Ach du meine Güte! Bedauern nützt nichts, ich weiß, aber irgendwo hat es doch ein bißchen etwas von Verschwendung, daß es sich so ergab, daß Tante Prues Erbe an Caroline und nicht an euch gegangen ist – ihr habt es so viel dringender *gebraucht.* Zumal Caro einfach alles in Tims Familienfirma investiert hat. Sie dachte wohl, das wäre das mindeste, was sie tun konnte, wo doch ihre Heirat mit Tim den Schlaganfall verursacht hat, an dem sein Vater starb, aber trotzdem ...«

Sie nahm die Tasse mit kaltem Kaffee, den Lady Trevis hatte stehenlassen, und trank ihn sorgsam aus, wodurch ihr der beinahe unbeherrscht haßvolle Blick entging, den Hilda ihr zuwarf.

»Wenn du das Geld gehabt hättest, hättest du dein kleines Fotogeschäft eröffnen können«, klagte sie. »Hundeporträts für die Leute zu machen, wäre so passend gewesen, und du wärst unter Menschen gekommen... Was ist denn aus diesem jungen Mann geworden, mit dem du dich zusammentun wolltest?«

»Er hat einen Job bei einer großen Tageszeitung bekommen und ist nach London gegangen«, sagte Hilda mit ausdrucksloser Stimme und sah auf ihre Uhr. »Na denn – werd ich wohl mal die verdammten Hunde ausführen.« Sie reckte sich, starrte gelangweilt hinaus auf die romantische Szenerie aus felsigem Bach und baumbestandenem Tal jenseits des Fensters, stand dann auf und bemerkte bissig: »Wie man es auch betrachtet, Carolines Heirat war ein höchst unglücklicher Fall von Ungeschicklichkeit. Wenn du nicht herausgefunden hättest, daß sie sich mit Tim trifft, und es Mutter nicht erzählt hättest, wäre er nach dem Tod seines Vaters wahrscheinlich ins Ausland gegangen und hätte sie völlig vergessen.«

»Aber woher sollten wir denn wissen, daß deine liebe Mutter es so aufnehmen und sie zur Heirat zwingen würde?« Kusine Flora schaute gekränkt; sie zog die Mundwinkel herab wie ein Kind. »Natürlich habe ich – so jung wie die liebe Caro war – gedacht, Gloria würde ihnen verbieten, sich zu treffen. Schließlich wußte sie nichts von Tante Prues kleiner Erbschaft für diejenige ihrer Nichten, die zuerst heiratete.«

»Nein, aber *du* hast es gewußt. Wo du Mutter schon so viel erzählt hattest, hättest du ihr das auch erzählen können.«

»Aber es sollte doch ein Geheimnis bleiben, Liebes! Ohhh!« sagte Kusine Flora arglos. »Meinst du, Gloria hätte vielleicht anders gehandelt, wenn sie davon gewußt hätte? Du bist ihr Liebling, aber sie war immer gleichermaßen darauf bedacht, euch *beide* unter die Haube zu bringen. Meinst du wirklich, sie hätte – *wenn* sie's gewußt hätte – gefunden, daß *du*, als die ältere, die erste Chance auf das Geld haben solltest? Hast du das gemeint? Ach du meine Güte! Ein kleines bißchen Kapital hätte der Sache für den jungen Fotografen möglicherweise wohl gleich ein anderes Gesicht gegeben?«

Hilda gab ihren unschuldigen Blick betont gleichgültig zurück, und Flora fuhr behaglich fort: »Aber ein junger Mann, der dadurch abgehalten wird, daß dir eine Erbschaft entgeht, wäre *wirklich* keine sehr glückliche Wahl gewesen, meinst du nicht auch? Ich fürchte, er hat wohl ein bißchen etwas von einem Mitgiftjäger gehabt – sagtest du nicht, du hättest ihm gegenüber erwähnt, daß du etwas zu erwarten hast? Wie *schade.* Es wäre wohl besser gewesen, ich hätte dir nichts von Tante Prues Testament gesagt, aber wir sind immer dicke Freundinnen gewesen, nicht wahr? Du warst von Anfang an mein Liebling. Ich fürchte, ich bin keine Heuchlerin, konnte nie das Gefühl verheimlichen, daß Caro auf *ziemlich* selbstsüchtige Weise reserviert ist. Macht nichts, davon gibt es auf der Welt noch mehr, wie es so schön heißt; du wirst in naher Zukunft den kleinen Notgroschen bekommen, den Tante Prue mir hinterlassen hat. Belohnung für ein nettes Mädchen, das zu Hause bleibt, um ihre alte Verwandte aufzuheitern.« Sie tätschelte mehrmals rasch Hildas Hand und fügte nachdenklich hinzu: »Meine Güte, nein, dieses Haus wäre kein so angenehmer Hafen für mich, wenn deine Mutter und ich zusammen alleingelassen würden; ich fürchte, ich würde ihr vielleicht ein kleines bißchen auf die Nerven gehen. Ich habe mich eigentlich schon immer gefragt, warum sie hiergeblieben ist.«

»Trägheit«, sagte Hilda. »Das Haus gehört ihr. Und es ist

einfacher, hier zu bleiben als umzuziehen. Wer würde diesen alten, schimmeligen Klotz schon kaufen? Es sei denn *du*, Kusine Flora – du scheinst ja sehr daran zu hängen«, fügte sie leichthin hinzu.

»Lieber Himmel, nein, Liebes, die Verantwortung würde mich zu Tode ängstigen! Nein, der jetzige Zustand stellt mich völlig zufrieden; wir haben es doch sehr gemütlich zusammen, nicht wahr, und ich bin sicher, es macht dir nichts aus, als Gegenleistung für ein zukünftiges kleines Vermögen ein paar Jahre deines jungen Lebens einer armen alten Frau zu widmen. Wenn bloß mein Rheuma sich mittlerweile nicht so verschlimmert hätte, daß ich die Hundchen nicht mehr für dich ausführen und ein bißchen mehr helfen kann. Nein, so was!« fügte sie gutgelaunt hinzu, »wie *spät* es schon wieder ist, dabei habe ich noch nicht mal mit der Arbeit angefangen!«

Hilda ging ohne zu antworten zur Tür.

»Wo du gerade gehst, könntest du Hudson bitte sagen ...« begann Flora, die von dem Pech verfolgt war, daß die Leute sie ständig stehenließen, ehe sie ausreden konnte. Aber da Hilda offensichtlich ohne zu hören hinausging, aß sie genügsam die letzte Scheibe Toast auf, ehe sie Hudson rief, der betagt, widerborstig, ungepflegt, aber trotzdem unleugbar ein Butler war.

Als er hereinhumpelte, sagte sie freundlich, den Blick von dem ungewaschenen, wirr über seinen Kragen fallenden gelblich-weißen Haar und den Fettflecken auf seinem Alpakajackett abwendend: »Ach, Hudson, Sie können jetzt abräumen. Und würden Sie heute bitte das Silber polieren; es ist arg angelaufen.«

Ohne sie einer Antwort zu würdigen, schniefte Hudson und begann unter größtmöglichem Geklapper das Frühstücksgeschirr zu stapeln. Kusine Flora stand gemächlich auf, um zu demonstrieren, daß sie sich vor dem hämischen Funkeln seiner alten, wie bei einer Kröte unter geschwollenen Lidern glänzenden Augen nicht fürchtete.

»So eine großartige Neuigkeit heute, Hudson! Miss Caroline hat ein kleines Baby bekommen.«

»So, hat sie, was?« grummelte er. »Hat ja auch nich' gerade viel Zeit verloren; wohl aufgehoben is' gut gefunden.« Den Deckel der Butterdose hebend, musterte er säuerlich, was darunter lag.

»Und sie geht nach Persien.«

»Kann gar nich' weit genug von zu Hause wegkommen, wie?«

Er scharrte eine Handvoll Besteck zusammen und fügte mit irritierender Falsettstimme hinzu: *»Das Schiff fuhr geschwind, laut toste der Wind, und wir, wir flohen nach Süden.«*

Flora sagte matt: »Vermutlich.« Sie hatte sich nie an Hudsons Neigung zum Zitieren gewöhnt.

»Vermutlich! Sie müssen's ja wissen, Sie ham's schließlich so gedreht, oder? Sie ham sie verpfiffen. 'n richtiges Kuckucksei. Wenn Sie mich fragen, Ihr Rheuma is' die Strafe Gottes.«

»Ich habe keine Ahnung, wovon Sie reden.« Sie ging würdevoll Richtung Tür. »Vergessen Sie ja nicht das Silber.«

»Eins is' jedenfalls sicher«, murmelte Hudson. Er wischte mit dem Ärmel sorgsam ein paar Krümel vom Tisch und trat sie in den Teppich. »Jetzt wo sie weg is', kommt sie nich' zurück, wenn sie's vermeiden kann. Und zwar lange, lange Zeit nich'.«

Lange, lange Zeit . . .

Caroline hatte geträumt – einen endlosen, unbehaglichen Traum von Woodhoe. Manchmal hatte sie das Gefühl, sie würde ihm nie gänzlich entkommen. Selbst nach der Geburt ihres Kindes, nach vier Jahren Ehe, in denen sie nicht zu Hause gewesen war, besaßen das dunkle Haus und die ansteigenden Wälder noch die Macht, ihrem schlafenden Verstand zuzusetzen; ein Abwehrmechanismus half ihr im allgemeinen, die Einzelheiten zu vergessen, ehe sie ganz zu sich kam, aber mindestens zweimal die Woche erkannte sie beim Aufwachen die Nachwirkungen: eine dunkle, bedrückende Wolke von Spannung und Schmerz, die sich erst dann langsam auflöste, wenn sie mit Tim gesprochen hatte, ins Kinderzimmer gegangen war und die Bestandteile ihres kleinen Haushalts überprüft hatte.

Es war, als ob sie sich immer noch davor fürchtete, an ihre jetzige Freiheit und ihr Glück zu glauben – die gleichwohl aus dem Gegensatz heraus an Wert zu gewinnen schienen. Jeder Tag nach einem Traum von zu Hause kam als helleres, kostbareres Geschenk.

Doch hatten sie auch für ihr Glück gearbeitet, sie und Tim; sorgsam, atemlos das Gewebe ihrer Ehe geknüpft, Faden um Faden, seit jenen ersten, verzweifelten Wochen, als so vieles dazu bestimmt schien, sie zugrunde zu richten: der Tod seines Vaters und die darauffolgenden Schwierigkeiten in der Firma, die, da sie unmittelbar vor seinem Examen eintraten, seine Chancen auf einen guten, erstklassigen Abschluß zunichte gemacht hatten. Er hatte ihr gesagt, das spiele keine Rolle. Jetzt zähle die Arbeit in der Firma, sagte er, und er *hatte* gearbeitet, und sie hatte ihm in jeder für sie denkbaren Weise geholfen. Und er war ihr dankbar; sie waren behutsam, liebevoll und geduldig miteinander umgegangen, wie zwei Rekonvaleszenten, die sich von einer schweren Krankheit erholen.

Guter Tim, murmelte sie halb, und drehte sich zur Seite, um nach seiner Hand zu greifen; ich verdiene dich nicht, aber ich bin so dankbar für dich; keine Worte können meine Dankbarkeit je richtig ausdrücken.

Er war nicht da; er mußte schon aufgestanden sein. Sie versuchte, die haftengebliebenen Fragmente ihres Traums abzuschütteln. Wie spät war es? Es war doch bestimmt schon sehr spät? Panik! Die Stille wirkte unvertraut. Kein Wimmern und Quietschen von dem defekten Ventilator, keine dünne Stimme, die im Nebenzimmer Lieder ohne Worte und Melodie summte, kein Knallen von Schubladen, während Tim sich anzog. Sie mußte verschlafen haben, und was war mit dem Frühstück? Dann entspannte sie sich, weil es ihr voll Erleichterung einfiel. Es mußte Sonntag sein, Achmed Abdullahs freier Tag. Sonntag, natürlich. Der alte Miller, der Aufseher, würde gleich zum rituellen Sonntagsspaziergang vorbeikommen. Und bis dahin, Männerfrühstück. Die beiden, ihre Familie, würden in der Küche des Bungalows unter großem, wichtigem

Getuschel Orangensaft und Toast auf ein Tablett stellen, würden gleich in der Tür auftauchen und den gewohnten Dialog führen, während sie so tat, als ob sie sich schläfrig regte und aufwachte.

»Tja, da haben wir beide ja ein sehr schönes Frühstück zusammengestellt, Kumpel, aber ich kann mich nicht um alles in der Welt daran erinnern, für wen wir es gemacht haben. War es für mich?«

»Du hast doch schon, Daddy!«

»Ob es dann wohl für dich war? Wo du so toll ausstaffiert bist mit deinem rot-grünen Hemd?«

»Aber nein!«

»Für Dingopuss?«

»Nein!« Sich vor Lachen schüttelnd.

»Für Achmed Abdullah?«

»Nein!«

»Vielleicht für den alten Mr. Miller, ehe er dich auf deinen Sonntagsspaziergang mitnimmt?«

»Nein!«

»Dann geb ich's auf – fällt mir einfach nicht ein, für wen es war.«

»Es ist für Mami!«

Und die beiden saßen auf ihrem Bett, während sie es aß.

Sonntag. Und – jetzt fiel es ihr wieder ein – ein besonderer Sonntag. Der alte Mr. Miller kam wegen des Geburtstages eine Stunde früher. Er hatte seine eigenen Pläne für die Feier gehabt.

»Ich darf ihn doch mit zum Bohrturm nehmen, nicht wahr, Mum? Ich achte drauf, daß er nicht zu nahe rangeht oder sich was tut. Ich bin ganz vorsichtig.«

»Tja...« Sie war unschlüssig gewesen. »Finden Sie nicht, er ist noch ein bißchen jung, Mr. Miller? Gerade drei? Er hat doch bestimmt nicht sehr viel davon. Ich weiß natürlich, daß Sie vorsichtig sind...«

»Er weiß drüber Bescheid, Mum, er ist ein helles Köpfchen, er will es sehen, stimmt's, Kumpel? Und es ist ein großartiger, toller Anblick, wie ihn nicht viele kleine Jungs erlebt haben.

Wird ein wunderbares Geburtstagsgeschenk. Sein ganzes Leben wird er sich daran erinnern.«

Sein ganzes Leben.

Sie mußten schon gegangen sein. Mal lieber aufstehen und anfangen, das Geburtstagsessen zu machen; sie waren bestimmt hungrig, wenn sie zurückkamen. Aber warum lief der Ventilator nicht? Aus irgendeinem Grunde störte sie diese winzige Abweichung vom üblichen Schema ungemein. Voller Besorgnis machte sie sich daran, sich in Sitzhaltung hochzustemmen.

Und stellte fest, daß sie sich nicht rühren konnte.

»Ganz ruhig«, sagte eine Stimme. »Entspannen Sie sich. Hat keinen Sinn, herumzuzappeln.«

Ich bin entführt worden!

Sie riß die Augen auf. Jemand in Weiß ging durchs Zimmer... Araber?... eine Lösegeldforderung?... Tim... eine Tüte mit Fingern, an den Britischen Konsul in Aden geschickt...

O Gott, ich werde die beiden nie wiedersehen.

»Möchten Sie eine Tasse Tee?« sagte die Stimme. Das war kein Araber. Sie spürte den Rand einer Tasse an ihrem Mund; sie schluckte, ohne es zu wollen, ziemlich viel von der warmen, süßen Flüssigkeit. Ein großes, rosiges Gesicht glitt in ihr Blickfeld, glitt wieder weg.

Wo sind meine Arme? Warum kann ich sie nicht gebrauchen?

»Werfen Sie sich nicht so herum, Liebes«, sagte die Stimme sanft. »Lehnen Sie sich einfach bequem zurück.«

»Meine Arme!«

»Die sind jetzt in Ordnung, jedenfalls etwas besser.«

Ein einzelner Erinnerungsfetzen kam ihr – aus einer Zeit, die es nie gegeben hatte, so schien es. Bandagen um Arme und Hände, Tim, der an ihrem Bett saß, totenbleich. Hab ich mir irgendwie schlimm die Hände verbrannt? Wie kann das nur passiert sein?

»Bin ich im Krankenhaus?«

»Na sicher«, sagte die Stimme. »Fällt's Ihnen allmählich wieder ein? Hat ja lang genug gedauert.«

»Wo bin ich?«

»In der Packung, Liebes.«

Das Wort war bedeutungslos. »Nein, ich meine, in welchem Krankenhaus?«

»Im Beaumont.«

Aber, dachte sie, das ist doch nicht in Aden? Was weiß ich vom Beaumont-Krankenhaus?

Die Worte hatten einen schwach vertrauten, leicht erschrekkenden Beiklang. Jemand war dorthin gekommen – nein, ins Beaumont *kam* man nicht einfach, man wurde *eingewiesen* – geheimnisvoller, erschreckender Begriff – Millie, das Hausmädchen, das Wahnvorstellungen bekommen hatte, wurde dort eingeliefert. Aber das war in England gewesen, vor fünf Jahren, Tausende von Meilen entfernt.

»Komisch«, sagte sie nervös, »es hat mal ein Beaumont-Krankenhaus in Bridpool gegeben, nicht weit von da, wo ich gewohnt habe.«

»Genau. Heute sind wir aber auf Draht, wie? Die Oberschwester wird sich ja so freuen. Interessiert sich richtig für Sie, die Frau. Sagt, Sie wären mit ihr zur Schule gegangen.«

Nichts ergab irgendeinen Sinn. Ich muß träumen. Aber dieser Traum ist schlimmer als jeder über Woodhoe. Ich hoffe, ich wache bald auf.

»Zeit zum Temperaturmessen«, sagte die Stimme.

Sie machte automatisch den Mund auf, aber das Thermometer kam ihr gar nicht nahe. Statt dessen folgte sie seinem Lauf nach unten, sah voller Verwirrung einen Kokon aus weißlichgrauen Binden, wo ihr Körper sein sollte. Bandagen am ganzen Körper? Was ist mit mir passiert? *Was für ein Krankenhaus ist das*?

»Ein Grad zu niedrig«, sagte die Stimme und lachte unerklärlicherweise.

Ein ungeheures Tosen dröhnte ihr in den Ohren. Von allen Seiten floß warmes Wasser herab. Es ist der Fluß. Es muß der

Fluß sein. Der Tare, der mit Hochwasser herabstürzt, sich in den Tebburn ergießt; Mutter hat immer gesagt, eines Tages würde das Haus weggespült werden ... wie dumm für Kusine Flora, eine Überschwemmung, kein Feuer. Hilfe, so hilf mir doch jemand! Um Gottes willen, holt mich hier heraus!

Tim, wo bist du? Tim, ich ertrinke!

Keuchend versank sie in der Dunkelheit.

1

Donnerstag, 19. August

In einer Mulde inmitten bewaldeter Hügel liegt Bridpool vor Hitze kochend unter einem warmen, grauen Himmel. Staub und Kies unter den Füßen. Vom Hafen her stößt ein Schiff ein zorniges Heulen aus, wie von Fliegen rasend gemacht. Glückliches Schiff – eine Woche Fahrt würde es zum Persischen Golf bringen. Öl und Teer schwitzen in der Hitze, die Docks, wo einst, zur Zeit der Tudors, für wagemutige Überseekaufleute Ladungen von Gewürzen, Tabak, Südwein und Malvasier gelöscht wurden, sind schwarz vom Schmutz der Jahrhunderte.

Aber zwischen den geräumigen Häusern auf den umliegenden Hügeln, weg vom Ruch des Handels, ist alles durchaus reinlich und grün. Hier bauten die Kaufleute zu ihrer Blütezeit ihre Anwesen. Heute ist diese Gegend, eine hübsch ausgewogene Mischung aus gehobenem Gewerbe- und Wohngebiet, bei Immobilienmaklern als ›Pillenviertel‹ bekannt. Pflegeheime, Genesungsheime, Kliniken, Krankenhäuser auf ihren ordentlich gepflegten Grundstücken. Das Astor, das Clifton, das Beaumont. Glänzende schwarze Gitter, schön geweißte Türstufen, seidig glänzende Messingschilder mit Namenslisten von Ärzten (etwas beinahe Lächerliches hat die Länge dieser Listen: Dr. Kimbolton, Dr. Trenchard, Dr. Forticue, Dr. Howard, Dr. Galbraith, Dr. Forrestier, Dr. Tudor-Rhys – welchen möchten Sie, suchen Sie sich einen aus). Jedes Haus ist voll von Ärzten, strotzt von Ärzten. Rolls-Royces, Bentleys und Daimler, viele mit Chauffeur, gleiten heran und setzen ihre Fracht aus wohlgekleideten Angstvorstellungen und Neurosen ab, gleiten weg, um bei der nächsten freien Parkuhr bis zum Ende der Fünfzehn-Guineen-Konsultation eine Zigarette zu rauchen und den *Bridpool Evening Chronicle* zu lesen.

Getäfelte Eingangstüren öffnen und schließen sich sanft, empfangen und entlassen Scharen nervöser, wohlhabender Gestalten, die der Mineralquellen und der angeblich heilsamen Luft wegen in die Stadt gekommen sind. Hunderte von Patienten sitzen, an Körper oder Seele krank, zitternd in jenen schmukken Häusern, warten voll Hoffnung und Entsetzen. In der milden Sommerluft hinter den hübschen Fassaden schwach, aber deutlich wahrnehmbar ist der Geruch der Angst.

Angst.

Steig die Stufen hoch (dicker Teppich in heiterem Blauton), setz dich ins Wartezimmer. Lehnsessel, frische Blumen, Gasheizung, *Vogue, Tatler, Queen* und *Country Life.* Alles so gelassen englisch. Nichts, was einen an jenes andere Leben erinnert.

Ein unmöbliertes Sprechzimmer in diesem Viertel kann man (Kusine Flora, die unzählige nutzlose Dinge weiß, hat es dir einmal erzählt) für dreihundert Pfund, einschließlich Benutzung des Wartezimmers und Sprechstundenhilfe, mieten. Sagen wir dreißig Patienten pro Tag, für jeweils zehn Guineen im Durchschnitt, was zahlt man da an Einkommenssteuer?

Carolines Verstand schreckte vor der Rechenaufgabe zurück, doch die kehrte aufreizenderweise immer wieder, um ihr zuzusetzen. Du bekommst es nicht heraus, stimmt's? Dummchen, Dummchen, kann nicht rechnen, kann ihr Einmaleins nicht. Heimlichtuerisch, verstockt, schmollend, jung für ihr Alter. Daß ein Kind von mir so abgrundtief beschränkt groß werden konnte ...

Die Tür öffnet sich – egal wie leise, du zuckst zusammen wie angeschossen. Die weißgekleidete Sprechstundenhilfe wirft dir ihr ruhiges, professionelles Lächeln zu.

»Dr. Galbraith läßt jetzt bitten, Mrs. Conroy.«

Mittlerweile vertraute Routine.

In einer Künstlergarderobe der Bridpool Philharmonic Hall sprach Hari Lupac mit seinem Freund und Manager Dominic Tree. Oder vielmehr Dominic redete, und Hari fläzte mit halbgeschlossenen Augen völlig entspannt in seinem Sessel, mit einer irritierenden Miene, als bemühte er sich überhaupt nicht zuzuhören. In Wirklichkeit war das bloß eine Pose, wie Dominic sehr wohl wußte; in Wirklichkeit nahm Lupac alles, was um ihn herum vorging, sehr genau wahr.

»Ach übrigens, Harry, der junge Gerald Brodie vom *Chronicle* möchte mit dir über einen Fotoartikel für ihre Farbbeilage reden«, sagte Dominic gerade.

»Wann? Ich kann jetzt niemanden sehen, das weißt du sehr gut.«

»Nein, nein«, sagte Tree besänftigend. »Nach dem Konzert, habe ich ihm gesagt. Bloß ein paar Minuten, um Ort und Zeit zu vereinbaren. Das paßt ausgezeichnet. Wir müssen etwas für dein Image tun.«

Dominic war einer jener blassen, kalten, intelligenten jungen Männer, geborene Geschäftemacher, die sich, wenn sie Anfang Dreißig geworden sind, auf Dauer dort einrichten und niemals älter werden. Seine Augen, trübe wie Weintrauben, schienen nichts zu bemerken, bemerkten tatsächlich aber alles. Er hatte ein leicht fanatisches Aussehen, wie Henry V., war in Wirklichkeit aber von weltlicher Schläue; obwohl ihre Bekanntschaft sehr kurz war, hatte er bereits großen Respekt für Lupac als vermarktbare Ware entwickelt.

Er fügte hinzu: »Brodie ist ganz harmlos und unbeleckt; er wird vor Ehrfurcht erstarren, wenn er dir begegnet.«

»Ah, sehr gut.«

»Fernanda Chumley hat eine Nachricht hinterlassen. Eine Einladung zur Cocktailparty ihres Vaters am Wochenende.«

»In London? Oder hier?«

»Hier. Im Nabob. Mit anschließendem Essen.«

Harry sagte mit leichtem Stirnrunzeln: »Ich habe keine große Lust, auf diese Party zu gehen.«

»Es wäre vernünftig, sie nicht zu kränken, Harry. Was Dirigenten angeht, ist Sir Horace außergewöhnlich wohlhabend und einflußreich – er hat das Bridpool Philharmonic Orchestra aus dem Nichts aufgebaut, wie du weißt.«

»Ich habe es nicht nötig, wohlhabenden, einflußreichen Dirigenten die Stiefel zu lecken. Sollen sie mir die Stiefel lekken, wenn sie Lust haben! Und wenn ich es nötig hätte, würde ich so etwas trotzdem nicht tun.«

»Na schön, na schön, beruhig dich! Es gibt einen Unterschied zwischen Stiefelleckerei und normaler Höflichkeit. Und Fernanda ist ein hübsches Mädchen – ich möchte behaupten, sie würde dich vom Fleck weg heiraten, wenn du sie bitten würdest. Warum gehst du nicht mit ihr aus?«

»Aber, aber, Dominic – du Intrigant!« Harry lächelte träge. »Was soll ich machen – mit ihr ins Bett gehen?«

»Bestimmt nicht – wenn du nicht willst.«

»Ich will ganz und gar nicht«, sagte Harry mit plötzlicher Lebhaftigkeit, wobei sein leichter Akzent deutlich wurde. »Fernanda langweilt mich. Ich würde mich schon langweilen, ehe ich recht loslege. Sie ist fade.«

»Zu hübsch?« meinte Tree trocken. »Sie könnte dich in den Schatten stellen; das würde dir nicht gefallen.«

Harry lachte, wenn auch mit einem Anflug von Verärgerung. »Blödsinn! Hübsch? Mädchen wie die sieht man auf jeder englischen Straße im Dutzend – dünn, dunkelhaarig, verklemmt. Ich habe dünne, dunkelhaarige Mädchen noch nie leiden können.«

Dr. Galbraith ist dünn, dunkelhaarig, wirkt enerviert, ziemlich barsch; doch kaum eine gute Werbung für sich selbst? Aber das liegt daran, daß er so viele Patienten betreuen muß. Er trägt einen Arm in der Schlinge; beim Polospielen gebrochen. Das macht ihn weniger gottähnlich – warum wohl verspürt ein Psychiater das Bedürfnis, einem so snobistischen Zeitvertreib wie Polo zu frönen? Oder lernt er so seine adligen Patienten kennen? ›Wenn wir mit diesem Chukker fertig sind, alter Junge, wäre ich Ihnen schrecklich dankbar, wenn Sie mir wegen meiner Tochter Hermione, Sie wissen doch, der jüngeren, einen Rat geben könnten. Ist ein bißchen eigenartig, seit sie diesen Sturz hatte, als sie mit dem Quorn draußen war...‹ –

›Aber natürlich, Lord Orville, ich wäre entzückt, einmal mit ihr zu plaudern.‹

Dr. Galbraith sagt: »Na, Mrs. Conroy, wie geht es uns heute?«

Er sieht aus, als ob er denkt: ›Meine liebe junge Frau, wenn Sie es sich leisten können, *meine* Honorare zu zahlen, dann brauchen Sie sich überhaupt keine Sorgen zu machen; ich empfinde keinerlei Mitgefühl für Sie. Allein das Geld für diesen Ring (aber der sitzt mittlerweile zu locker, er rutscht ihr ständig vom Finger) würde eine Familie in Stepney ein Jahr lang unterhalten.‹

Was Ihnen nicht klar ist, Dr. Galbraith, ist, daß Tims Familie Ihre Honorare bezahlt, eine so schwere Verpflichtung nach dem Schaden, den ich ihnen zugefügt habe, daß ich das Gefühl habe, anderswo schrecklich sparen zu müssen, zu Fuß zu gehen, anstatt den Bus oder ein Taxi zu nehmen, keine Kleider zu kaufen, mir selbst die Haare zu schneiden... Wissen Sie nicht, Dr. Galbraith, daß Tim keinen Penny mehr als das Gehalt eines mittleren Angestellten akzeptiert, obwohl es die Familienfirma ist? Das ist bei ihnen Tradition. Wissen Sie nicht, wie pingelig, wie verzweifelt ich während unserer vierjährigen Ehe versucht habe, hauszuhalten? Sie müßten es eigentlich wissen, es sind weiß Gott genug Einzelheiten vor ihnen ausgebreitet worden, alles, woran ich mich erinnern kann.

Aber mir macht angst, woran ich mich *nicht* erinnern kann. Die Zeit nach dem Geburtstag. Ich weiß immer noch nicht, wie lange das ging. Und dieses Gefühl, das ich mittlerweile habe...

Dr. Galbraith, können Sie mir nicht sagen, ob es stimmt, was ich glaube, daß jemand von den Menschen in meiner Umgebung mich so sehr haßt, daß er die ganze Zeit darauf hinarbeitet, meine Genesung zu verhindern? Können Sie mir nicht sagen, wer es ist?

»Es geht mir gut, denke ich«, sagte sie kurzangebunden.

»Das ist schön.« Die Antwort lag lediglich in den Worten, nicht im Tonfall; geschickt überleitend fuhr er fort: »Es freut mich, das zu hören, weil ich beschlossen habe, daß das vorläufig unsere letzte Konsultation sein wird; ich glaube, ich habe jetzt alles für Sie getan, was von außen getan werden kann. Sie hatten einen Zusammenbruch, haben sich erholt und sind aus dem Krankenhaus entlassen worden. Jetzt liegt es an Ihnen, es selbst zu schaffen.«

»Die letzte? Sie meinen, ich soll nicht mehr zu Ihnen kommen?«

Sie zitterte am Rande eines Abgrunds; sein Gesichtsausdruck hielt sie wie eine Speerspitze davon ab, kopfüber hineinzustürzen. Was ist Ihnen zugestoßen, schien er kalt zu fragen, was nicht auch unzähligen anderen Frauen zugestoßen ist, jawohl, unter genauso schrecklichen, wenn nicht schlimmeren Umständen; warum sollten Sie mit ihrer sehr beschränkten Leidensgeschichte noch mehr von meiner Zeit vergeuden?

So warten Sie doch, warten Sie bitte! wollte Caroline voll Panik schreien. Ich bin noch nicht soweit, auf meinen eigenen Füßen stehen zu können! Wie kann ich alleine weitermachen, wenn ich immer noch nicht genau weiß, was dort draußen in Ras al-Abdan geschehen ist? Oder was seither geschieht?

Der Gedanke an Woodhoe House ohne die wöchentliche Flucht nach Bridpool kam dem blanken Entsetzen gleich. Sie kennen meine Lebensumstände überhaupt nicht, wollte sie sagen, Sie können sie gar nicht kennen, wenn Sie nicht zu dieser stickigen, dunklen Kluft an der bewaldeten Nordküste kommen, wenn Sie nicht mit eigenen Augen den heruntergekommenen Klotz von Woodhoe House sehen, die zerfurchte, halsbrecherische Auffahrt, die Art, wie die Bäume dicht gedrängt an den Talwänden über dem felsigen Fluß hängen. Lieber wäre ich im Gefängnis von Brixton. Das können Sie mir glauben.

»Also machen wir das am besten zu einer Abschlußsitzung«, sagte er munter. »Fragen Sie mich, was Sie wollen.«

»Daß ich mich nicht daran erinnern kann, was passiert ist...«

»Das gibt sich mit der Zeit, wie ich Ihnen wiederholt gesagt habe. Das können Sie nicht erzwingen.«

»Kann ich Sie nicht wiedersehen?«

Es ist demütigend, so abhängig von diesem garstigen Menschen zu sein; ob er vielleicht recht hat? Ist es besser, wenn ich alleine in die Leere hinaustrete?

»Natürlich können Sie einen Termin vereinbaren und mich aufsuchen, wenn Sie wegen irgend etwas besonders besorgt oder aufgeregt sind.« Seine Stimme klang gereizt. Unterstehen Sie sich bloß, schienen die schwarzen, giftigen Augen zu warnen, ich habe genug echte Fälle, um reichen, hypochondrischen Müßiggängerinnen Vorschub zu leisten. Sie sollten sich Ihren Lebensunterhalt verdienen, meine Beste.

Aber Dr. Galbraith, ich bin mir beinahe sicher, daß jemand nicht will, daß ich das tue. Und ich will wissen warum.

Caroline holte tief Atem. »Na gut«, sagte sie, »ich möchte gerne bloß dieses eine Mal versuchen, Ihnen den ganzen Hintergrund vor Augen zu führen ...«

Er schürzte den kleinen, straffen Mund. »Ich hätte gedacht, das wären wir alles schon recht gründlich durchgegangen. Wie auch immer, nur zu, Sie haben«, er sah auf seine Uhr, »vierzig Minuten Zeit ...«

»Ich würde nie eine Dunkelhaarige heiraten«, sagte Harry. »Falls ich überhaupt je heirate – was ich für ganz unwahrscheinlich halte, meine Freiheit ist mir sehr viel lieber –, dann eine wirklich Auffallende und Dekorative, die einen guten Hintergrund für mich abgäbe.«

Er lächelte, als er an Hilda denken mußte; sie käme nie in Betracht, ihre Züge waren zu unregelmäßig, ihre Anziehungskraft lag in ihrer Fröhlichkeit und ihrem hervorragendem Make-up, und das gefiel ihm; er hätte gesagt, daß er die Kunst der Natur vorzog. Aber er hatte gleichwohl nicht die Absicht, sie zu heiraten.

»Trotzdem finde ich, du solltest höflich zu den Chumleys sein.«

»Warum?« sagte Lupac kalt.

»Diese Verleumdungskampagne in der sowjetischen Presse

wird dir zwangsläufig einigermaßen schaden. Du brauchst jeden Freund, den du kriegen kannst.«

Harry begann zu lachen. »Ganz im Gegenteil, mein lieber Freund, die Verleumdungskampagne macht mir Ehre! Natürlich ärgern sie sich da drüben, daß ich die geistige Freiheit bei den kapitalistischen Hyänen gewählt habe – was kümmert mich ihre Bosheit? Sie können behaupten, ich hätte in Wien mit meiner Großmutter Ehebruch begangen, in Budapest einen Bankdirektor gefoltert und in Prag ein halbes Dutzend Kinder umgebracht. Das macht mir keine Sorgen! Das sind doch alles saure Trauben. Die Engländer beachten das nicht. Ich habe schließlich keine Hunde geköpft.«

»Es wird sich wohl legen«, räumte Dominic ein. »Aber ich finde trotzdem, du solltest höflich zu den Chumleys sein. Es würde dich nicht umbringen, ein paarmal mit Fernanda auszugehen; vielleicht würdest du ja feststellen, daß sie bei näherer Bekanntschaft gewinnt.«

»Mein lieber Dominic, du hörst dich an, als wäre sie ein Produkt, an dem du beteiligt bist. Na schön, ich gehe zu dieser Party, aber darüber hinaus verspreche ich nichts.«

»Du scheinst dir deines Erfolges in diesem Land sehr sicher zu sein.«

»Na und ob«, sagte Harry lachend. »Die Verleumdungen von drüben halten nicht stand. Angenommen, ich würde meine Darstellung der Geschichte veröffentlichen. Flucht? Ich könnte behaupten, diese sogenannte Flucht über den Eisernen Vorhang sei ein sorgfältig geplantes, langfristiges Manöver gewesen, um einen Agenten einzuschleusen, wo man ihm am wenigsten vermutet. Aber was passiert? Kaum ist er über den Zaun, dreht sich dieser unartige Agent um und macht ihnen eine lange Nase.«

»Stimmt das, Harry?«

»Dazu sage ich weder ja noch nein«, sagte Harry kühl. »Es ist besser, wenn ich dich darüber im ungewissen lasse.«

»Aber in einem solchen Fall behalten sie immer Geiseln zurück.«

»Geiseln? Meine jüngeren Schwestern, zwei langweilige kleine Gören, die ich gottlob los bin. Seit dem Tod meiner Eltern hängen sie mir am Hals wie Mühlsteine. Ich muß für ihre Ernährung, ihre Kleidung, ihre Ausbildung aufkommen. Und jetzt, Freiheit!«

Er hielt inne, warf Tree einen beiläufigen Blick zu und fügte hinzu: »Immer angenommen, ich erfinde die ganze Geschichte nicht.«

Trees Gesichtsausdruck war halb entsetzt, halb widerwillig respektvoll. »Du bist ein abgebrühter Satan, Harry; manchmal überrascht es mich, daß du ein so ausgezeichneter Musiker bist.«

»Du glaubst, Musik hat etwas mit Moral zu tun? Das ist eine typisch englische Auffassung. Außerdem bin ich kein *Musiker*; ich bin die Musik selbst.«

»Es muß auch eine marxistische Auffassung gewesen sein; sie können nicht erwartet haben, daß du so handelst, sonst hätten sie Vorsichtsmaßnahmen anderer Art ergriffen.«

»Das ist das Geheimnis des Erfolgs«, sagte Harry lächelnd, »immer ein Prinzip weniger zu haben als dein Gegner. Und jetzt, wo sie da drüben wissen, wie ich wirklich bin – jetzt, wo ihnen klar ist, daß ich mir nicht *so viel* aus diesen faden Gören mache –, werden sie sich sehr wahrscheinlich nicht mit Vergeltungsmaßnahmen abgeben. Was hätte das für einen Sinn? Wenn es nicht bereits zu spät ist«, fügte er ruhig hinzu.

Wenn du deine Lebensgeschichte in vierzig Minuten zusammenfassen mußt, wo fängst du dann an? Bei dem Moment, als der bankrotte Baronet weinend durch einen herbstlichen Platzregen davonwankte und dazu schrie: »Ah, du Luder, du käufliches Luder, Gloria, zum Teufel mit deiner egoistischen Kleinbürgerseele, verfaulen sollst du in einer schmucken kleinen Vororthölle, einer Spezialanfertigung für dich mit Zierdeckchen und Toiletten und Servietten!« Worauf er zwischen den Pfützen und Schlaglöchern der Auffahrt hindurch in die Dunkelheit hinaustorkelte und man nichts mehr von ihm hörte, bis zu seinem Tod drei Wochen später, in den Armen der Witwe, die das Sun Inn in Bere Stickleigh fünf Meilen entfernt betrieb.

Wie kann ich das schrecklich Bedrückende dieses Hauses schildern, dem so völlig jeder Wesenszug eines Zuhauses fehlt? Wunderschöne Landschaft, aber ja, wenn sie jäh abfallende Schluchten und einen Fluß mögen, der mit halsbrecherischer Geschwindigkeit herabwirbelt und auf vier Meilen steil geneigten Waldlandes dreihundert Meter abfällt. Ich kann mir vorstellen, daß auch ich es unter anderen Umständen hätte lieben können. Aber warum hat er Mutter bloß hierher gebracht? Warum ist sie bloß mitgekommen? Man sollte meinen, ein Blick auf das Haus, gebaut von irgendeinem verrückten viktorianischen Vorfahr, dumpf und dunkel auf seinem Felsplateau zwischen dem Tare und dem Tebburn, hätte ausgereicht, sie in die Flucht zu schlagen, zurück zu den hellen Lichtern von Bridpool und ihrem hübschen, sicheren Job als Darstellerin von Nebenrollen im Playhouse. Aber nein, die Vorstellung, Frau eines Baronets zu sein, muß sie verführt haben, bis es zu spät war, bis die Flitterwochen vorbei waren und sie dastand, gefangen von einem Titel und einem Herrenhaus, nur mit dem Nötigsten zum Leben und dem unaufhörlichen Geräusch fallenden Wassers.

»Mein Gott, dieses ständige, verdammte Dröhnen«, rief sie immer, die Hände auf den Ohren. »Daran werde ich mich nie gewöhnen, nie. Ich könnte schreien!«

Ich weiß noch, wie Vater diese Zeilen aus Wordsworth zitierte, über Schönheit gebor'n aus Bachgemurmel, und wie sie in spöttisches Gelächter ausbrach. Aber während eines Großteils meiner Kindheit war er weg, in Afrika oder sonstwo, und versuchte, mit Erdnüssen unser geschrumpftes Vermögen wiederzugewinnen. Wenn er dann nach Hause kam, war er meistens betrunken oder wankte verkatert herum und zog über unsere Aussprache her.

»Um Gottes willen, Gloria, du warst doch auf der Bühne, kannst du ihnen nicht beibringen, ordentlich zu sprechen? ›'ch weiß nich‹«, äffte er grausam nach. »Köh-nich, Kind, nicht Kö-nick. Wer zum Teufel wird dich je kennenlernen wollen, wenn du so sprichst?« Er war ein hochgewachsener, heruntergekommen wirkender Mann mit tränenseligen, blauen Augen, schütterem, blondem Haar und geplatzten Äderchen auf der Nase; er hatte einmal gut ausgesehen, es gab ein engelhaftes, romantisches Porträt von ihm in Luftwaffenuniform aus der Zeit des Krieges. Damals lernte er Mutter kennen, »auf Anschaffe«, wie er sie anzubrüllen pflegte, bei den Luftwaffenhelferinnen. Damals mag er nach einer sicheren Partie ausgesehen haben, denke ich, fröhlich und mit einem bißchen Geld, und besonders als sein älterer Bruder fiel und er das Haus und den Titel erbte. Aber Gloria muß bald klargeworden sein, daß sie auf einen Versager gesetzt hatte. Wo *sie* vor ihrer Zeit beim Repertoiretheater von Bridpool herkam, bleibt ein undurchdringliches Geheimnis; gelegentlich sagte sie einmal, sie stamme aus einer Familie von Künstlern, der Varietébühne, pflegte Vater zu behaupten, wenn er betrunken und erbittert war. Die Freunde, die nach seinem Tode gelegentlich aufzutauchen begannen, achten immer darauf, nicht auf die Vergangenheit anzuspielen. Aber sie sind schrill, aufgedonnert und ausgelassen.

Als Geld und Geduld ausgingen, drängte sie ihn ins Ausland, zu den Erdnüssen, dann machte er pleite und kam wieder zurück. Kein Geld mehr, um uns auf Schulen zu schicken, die Vater für »anständig« hielt, also ging Dee zu seinen Vettern, den Carrewes, und kam in den Genuß der Gouvernante ihrer Töchter. Es war fürchterlich, erzählte sie mir einmal in einem seltenen Moment schwesterlicher Vertraulichkeit: Von Anfang an eine Behandlung als arme Verwandte, aber kein Happy-End wie in *Mansfield Park*. Von den Carrewes erfuhr sie, daß Vater als der bankrotte Baronet bekannt war, und sagte es mir weiter.

Wir hatten nie viel miteinander zu tun, Dee und ich; sie war fünf Jahre älter, und wir waren so verschieden. Und Vater bevorzugte mich, wenn er zu Hause war, weil ihm mein Aussehen besser gefiel. »Meine schöne Tochter«, nannte er mich immer, wenn er vom Alkohol benebelt war und taumelte, und ich wand mich vor Verlegenheit, »sie soll mal lieber irgendwie ihre ordinäre Aussprache loswerden und einen reichen Mann heiraten, das ist die einzige Hoffnung für diese Familie.« Dee gefiel das nicht; man konnte ihr daraus keinen Vorwurf machen. Es war ein Jammer, daß sie leicht behindert war, keine richtige Behinderung, aber ein Bein war ein bißchen kürzer, deshalb hatte sie einen ungleichmäßigen Gang; Vater sagte, es sei kein Geld da, um es richten zu lassen.

Er verkehrte nie mit den Dorfbewohnern; zunächst war er fort, und dann zu abgestumpft vom Trinken. Großvater Trevis hatte immer Gartenparties gegeben, der Dorfschule Pokale gestiftet, hatte in Ausschüssen und Komitees gesessen; er war Friedensrichter und las in der Kirche den Bibeltext. Das hat mir Hudson jedenfalls immer erzählt. Vater tat nichts von alledem, und Gloria war es völlig gleichgültig.

»Was, ich?« kreischte sie höhnisch. »Vorsitzende der Frauenvereinigung werden? Mich in einen kalten Schuppen setzen, der nach Heizöl stinkt, mir Vorträge übers Häkeln und die Missionsarbeit in Tonga anhören und doppelt soviel rausrücken müssen, wie alle anderen spenden? Nein, *vielen* Dank, ich bin keine gute Fee. Fällt mir nicht im Traum ein, mit Marmelade und Suppentisch für die dankbaren Gemeindemitglieder herumzuziehen.«

Deshalb mochte man uns nicht in Woodmouth. Und es ist eine einsame Gegend, die Küste nur Klippen und zwanzig Meilen landeinwärts nur Moore, es ist nicht überraschend, daß wir keine Freunde hatten.

Ja, schon gut, Dr. Galbraith, verstehen Sie denn nicht, daß ich es bloß zu erklären versuche? Ihnen mag das durchaus normal vorkommen. Aber wenn ich nicht in Einzelheiten gehe, wie kann ich Ihnen dann den Schrecken dieser Welt vermitteln, die Dunkelheit und Verlassenheit, das völlige Fehlen von Hilfe oder Trost?

Ich habe gehofft, ich hätte sie für immer verlassen.

Und verstehen Sie denn nicht, daß der Schrecken *immer noch da ist*? Immer noch da, jetzt wo ich zurück bin. Es geschehen Dinge, die ich nicht erklären kann.

Ich war ungefähr elf, als Vater von irgendeinem Geschäft mit Nutzholz in British Columbia zurückkam, zitternd, mit blutunterlaufenen Augen, mehr denn je geneigt, über das Essen, die verblichenen Bezüge auf den Möbeln, die abblätternde Farbe und unseren affektierten Vorstadtakzent zu murren; er stellte fest, daß meine Rechenkenntnisse in etwa denen eines fünfjährigen Kindes entsprachen.

»Es ist *entwürdigend*, ein Kind in einem solchen Zustand abgrundtiefer Unwissenheit zu haben. Ist sie dumm, Gloria? Oder was?«

»Es hat keinen Sinn«, sagte Mutter und schnippte Zigarettenasche auf den Teppich. »Sie ist miserabel im Rechnen, das ist alles. Sie gleicht dir zu sehr, Godfrey, so sieht es aus.«

Mutter hatte nie ein Geheimnis daraus gemacht, daß sie Dee bevorzugte.

Und so versuchte Vater eine schreckliche Zeit lang, mir das Rechnen beizubringen. Am Ende der Sitzungen war er stets heiser und schweißgebadet, mit blutunterlaufenen Augen und hervortretenden Adern, ein leeres Brandyglas auf dem Boden neben sich, während ich schlapp, sprachlos, vor Entsetzen erschöpft und im Kopf völlig benommen war.

»Gütiger Himmel, Carey, acht mal acht. *Acht mal acht*!«

Ich konnte ihn nur sprach- und verständnislos anstarren.

»Ich gebe es auf«, erklärte er dann. »Das Kind ist zurückgeblieben. Ich will nichts mehr mit ihr zu tun haben.«

Nicht lange danach, denke ich, verlor Mutter endgültig die Geduld und warf ihn hinaus. Er kam zurück, und sie warf ihn wieder hinaus, und drei Wochen später war er tot. Mutter hatte nebenher Hunde gezüchtet, und jetzt fing sie an, es professionell zu betreiben. Die Lebensversicherung (es stellte sich heraus, daß sie ihn mit ihrem verschlagenen Selbsterhaltungstrieb dazu gebracht hatte, sein Leben in ruinösem und verheerendem Maße überzuversichern) erbrachte genug, um mich aufs

Internat zu schicken; Mutter war entzückt, die Kinder aus dem Haus zu bekommen. Sie schickte mich auf eine gute Schule, damit ich, wie sie sagte, nützliche Freundschaften schließen konnte. Aber das tat ich nicht. Für Dee war es zu spät; sie war bereits weggeschickt worden, um einer adligen Familie bei deren Pferden und Hunden zu helfen, weil Vaters Töchter natürlich nicht im Büro arbeiten konnten.

Nur ein Gutes passierte mir in meiner Kindheit. Ich lernte Tim kennen. Hätte ich ihn nicht...

Vierzig Minuten können doch noch nicht vorbei sein.

Aber Dr. Galbraith, ich wollte gerade zum Wichtigsten kommen. Zu meiner Ehe.

Ja, ich verstehe. Ja, natürlich.

Danke.

Ja, gewiß. Ja, Sie haben wohl recht. Auf Wiedersehen, und nochmals danke.

Auf Wiedersehen.

Und damit hinein in den Abgrund.

In dem kleinen Vorzimmer besitzt sie gerade soviel Geistesgegenwart, die scheue, freundliche Höflichkeit (gelernt, und wie dankbar, von Tim, der es zum Beispiel geschafft hat, ihr etwas von der verschreckten Reserviertheit gegenüber Fremden zu nehmen) aufzubringen und zu der Sekretärin zu sagen: »Ich kann meine letzte Rechnung ebensogut jetzt begleichen, nicht wahr? Dann brauchen Sie sie mir nicht zuzuschicken.«

Sie kramt in ihrer Handtasche nach Scheckheft und Stift. Wieder rutscht ihr der Ring vom Finger, und sie stopft ihn in die Tasche. Es kommt ein schlimmer Moment, als sie den Scheck unterschreibt: nachdem die entsetzenerregende Gesamtsumme genannt worden ist, hält sie inne, die Finger um den Kugelschreiber gekrampft. Name? Was für ein Name? Wie ist dein NAME? Denk nach! Versuch, nicht an Hilda zu denken, wie sie dir verächtlich und ungeduldig einen Scheck für den Lebensmittelhändler aus der Hand reißt – »Um Himmels willen, sieh dir an, was du geschrieben hast! Tja, zwei Penny vergeudet«, und sie zerreißt ihn. »Wenn ich Schecks über Tausende ausstellen könnte, wäre ich ein bißchen vorsichtiger, das kann ich dir sagen.«

Wie ist dein Name?

Die Sekretärin sieht sie forschend an.

»Ich versuche mich eben an das Datum zu erinnern«, entschuldigt sie sich und bekommt es auf einem Kalender, der fünf Zentimeter neben dem Scheckheft liegt, gezeigt. Und da liegt ein aufgeschlagener Terminkalender, dem Himmel sei Dank, in dem *Mrs. Caroline Conroy, 12 Uhr 45* steht.

Mit unaussprechlicher Erleichterung unterschreibt sie mit Caroline Conroy und geht die plüschig blaue Treppe hinunter, hinaus in den Sonnenschein der Cabot Street. Blind geht sie an den dorischen Säulengängen und den Rolls-Royces vorbei, ihre Gedanken zerfließen mittlerweile in einem Strudel turbulenter Erinnerungen, der vergeblich gegen Dr. Galbraiths geschlossene Schleusentore anbrandet.

Die sonnenerleuchtete Cabot Street ganz hinunter und auf den größten Platz von Bridpool, wo die Architektur des achtzehnten Jahrhunderts der Gotik des neunzehnten weicht, üppig von den Gewinnen aus Baumwolle und Kakao. Das Playhouse, die Philharmonie, das Nabob Hotel und, später hinzugefügt, das Metropole-Kino. Sie bewegt sich hastig, sieht, sich gegen eine jähe Erinnerung zur Wehr setzend, auf ihre Uhr. Zwei Uhr, ein paar Stunden zu früh für die Verabredung mit Miss Hume. Wie wäre es mit einem Nachmittagskonzert: HEUTE, verkündet der blaue Streifen über dem Plakat eines Violinkonzerts: die verschwommene, stark vergrößerte Fotografie eines Mannes mit hellem Haar und mit Augen, die der großkörnige Druck in schwarze Stecknadelköpfe verwandelt hat; der Streifen verdeckt seinen Namen.

Drinnen sieht sie, als sie sich eine Eintrittskarte kauft, das gleiche Plakat, diesmal ohne Streifen. Hari Lupac, natürlich, der Geiger, der geflüchtet ist. Hilda hat ihn sich neulich abend im Fernsehen angesehen; eigenartig von Hilda, die sich überhaupt nicht für Musik interessiert, aber sie sagte, sie warte auf die Nachrichten. Ein ungewöhnliches Gesicht, so lebhaft, mit diesen kalten, gleichgültigen Augen und dem auffallend blonden Haar; er sieht wirklich wie ein Musiker aus.

Ein Platzanweiser winkt ihr ungeduldig zu; gehorsam geht Caroline durch das Foyer und setzt sich auf einen Platz in der zweiten Reihe.

Harry sah auf seine Uhr, stand auf, streckte sich und nahm eine Violine zur Hand.

»Ich gehe mal lieber rein. Gott, ich hasse diese Nachmittagskonzerte; es ist eine mörderische Tageszeit, um vor Publikum zu spielen.« Er ging, mit großer Präzision das Allegro aus dem Brandenburgischen Konzert Nr. 4 pfeifend, zur Tür, verstummte gerade rechtzeitig und trat aufs Podium hinaus. Das eher spärliche Publikum klatschte ehrerbietig gedämpft.

Harry musterte es, ohne zu lächeln, wartete, bis ein paar Nachzügler zu ihren Plätzen gehastet waren. Publikum interessierte ihn nicht, und das hier war in keiner Weise bemerkenswert. Die üblichen älteren Damen, die zum Einkaufen und zum Lunch im Nabob in die Stadt gekommen waren und die Gelegenheit wahrnahmen, ein bißchen Kultur abzukriegen und eine Stunde lang die Füße auszuruhen: die Studenten der Bridpool University, ernsthafte, langhaarige Jungen und Mädchen. Dünne, dunkelhaarige, englische Mädchen. Sein Blick streifte sie gleichgültig, glitt über ein Mädchen in grauer Bluse in der zweiten Reihe. Er begann zu spielen, vergaß das Publikum, Dominic, die Chumleys, seine dunkelhaarigen kleinen Schwestern (schon fast vergessen in jener fernen Heimat) und das bevorstehende Interview mit dem *Bridpool Chronicle*.

Zuallererst war Harry Musiker.

Die Musik war Caroline kein Trost: eine Bach-Partita in E-Dur. Wie schwarzer Kaffee stachelte, spornte, regte sie an; anstatt in wohltuende Nebelhaftigkeit abzugleiten, begannen Carolines Gedanken fieberhaft über die vergangenen sechs Monate zurückzuschweifen. So vieles gab es da, woran sie sich überhaupt nicht erinnern konnte – die Zeit barmherziger

Bewußtlosigkeit, als sie, unter Betäubungsmitteln, bandagiert, lethargisch, zur Hauttransplantation nach England geflogen worden war. Dann kam eine Zeitspanne langsamer Erholung, in der Besucher vorgelassen wurden, und während sie allmählich wieder zu Kräften kam, begann die Qual, von äußeren Umständen verstärkt, größer und größer zu werden – der Bekannte, den man nicht instruiert hatte und der fragte: »Sie haben doch einen kleinen Jungen, nicht wahr? Wo ist er – bei Ihrer Mutter?« Tims Briefe, kurz, saftlos, nichts von dem vermittelnd, was ihn beschäftigte; und dann der Höhepunkt, am ersten Tag, an dem man ihr erlaubt hatte, zwei Stunden in einem Lehnstuhl zu sitzen; Schwester Griffins Eintritt, mit strahlendem Lächeln: »Na, also *hier* kommt Besuch, der Ihnen guttun wird, meine Liebe!«

Lady Trevis' Blick, wie er anerkennend durchs Zimmer flitzte. »Herr im Himmel! Was das alles *kosten* muß! Na egal, die Conroys können es sich vermutlich leisten.« Und dann, ihre Tochter musternd: »Ich muß sagen, du siehst nicht gerade berühmt aus. Tja, Caroline, natürlich tut mir leid, was passiert ist, aber ich kann nicht sagen, daß es mich überrascht. Ich habe dich gewarnt, nicht wahr?«

Das war die letzte Erinnerung, die Caroline in eine Welt voll Dunkelheit und Verwirrung, Schrecken und Verzweiflung mitnahm, aus der sie, von Dr. Galbraith gereizt angetrieben, schließlich zögernd ins Tageslicht zurückkehrte.

Und damit zurück nach Hause, nach Woodhoe House.

»Das ist Gerald Brodie vom *Chronicle*«, sagte Dominic Tree.

Harry nickte; er rieb sich Stirn und Nacken mit einem Handtuch, seine Augen hatten noch den glasigen, abwesenden Ausdruck, den sie annahmen, wenn er spielte.

Der junge Brodie war wie ein großer Labradorwelpe, ganz Schwanzwedeln, große Füße und Begeisterung.

»Mr. Lupac, darf ich sagen, welch ungeheure persönliche Freude mir Ihr Spiel bereitet hat!« begann er sofort. »Auch wenn man Sie natürlich im Radio und auf Platten gehört hat,

hat man keine Vorstellung von der Kraft, der enormen Autorität ...«

Wieder nickte Harry, gelangweilt. »Können wir dem Herrn etwas zu trinken anbieten?« sagte er zu Dominic. »Vertragen Sie Wodka?«

»Möchten Sie beide nicht irgendwohin mitkommen und meine Gäste sein?«

Harry sah auf seine Uhr. »Nett von Ihnen, aber ich bin in zwanzig Minuten verabredet. Ein andermal. Also, was wollten Sie wissen?«

»Eigentlich alles!« sagte Brodie, ein wenig gebremst, aber immer noch munter. »Die Öffentlichkeit brennt natürlich auf einen gewissen Hintergrund, und wir wollen ein Profil von Ihnen, das wir während des Bridpool Summer Festival verwenden können. Sie wissen ja, Sie sind fast eine legendäre Gestalt – diese Flucht in den Westen ist immer noch eine Sensation. Wir hätten gerne Bilder von Ihnen zu Hause und vielleicht an irgendeinem bekannten Ort, Stonehenge oder etwas in der Art, Bilder, wie Sie Ihren bevorzugten Hobbies und Beschäftigungen nachgehen ...«

»Sie wollen ein Image aufbauen«, sagte Dominic und warf Harry an der Wodkaflasche vorbei einen mahnenden Blick zu.

»Meinen Sie nicht, die Artikel in der sowjetischen Presse haben ausreichend Image geschaffen?« sagte Harry, nicht sehr angenehm lächelnd. Er legte sorgsam die Violine in den Kasten.

»Ach du lieber Himmel, die beachten wir doch nicht! Nein, was ich will, ist ihre private, häusliche Seite, in Ihrer Freizeit, außer Dienst. Spielen Sie irgendwelche Spiele?«

Harrys abgewandtes Gesicht war zu einer derart zynisch-spöttischen Grimasse verzogen, daß es nur gut war, daß der junge Mr. Brodie es nicht sehen konnte.

»Ich betätige mich nicht sportlich, nein. Ich habe zuviel Achtung vor meinen Händen. Und ich habe kein Zuhause.«

Dominic wollte Einwände erheben, beherrschte sich aber.

»Kein Zuhause?« Mr. Brodie wirkte untröstlich.

»Ich wohne in Absteigequartieren – aus dem Koffer. Ich bin ständig unterwegs«, sagte Harry kalt. »Ich mag keine Bindungen – nicht einmal Bindungen an Orte. Ich bin allerdings oft in der Wohnung meines Freundes Dominic – ich mache in seiner Küche Curry. Er wird gewiß nichts dagegen haben, daß Ihr Fotograf dort Bilder von mir macht, nicht wahr, Dominic?«

»Nein – nein, natürlich nicht«, stimmte Tree zu und gab Brodie die Adresse.

»Sie haben also überhaupt keine Hobbies?« fragte Brodie verblüfft.

»Ich spiele Schach – wenn ich einen würdigen Gegner finden kann. Ich gehe im Wald spazieren.«

»In welchem Wald?« hakte Brodie sofort nach.

»Dem Forst von Clun«, erwiderte Harry ohne das leiseste Zögern. »Ich gehe oft dorthin – nicht wahr, Dominic –, wenn ich der Masse entfliehen will. Ich hasse es, verfolgt und belästigt zu werden – das bezieht sich natürlich nicht auf Sie, Mr. Brodie.«

»Es wäre schön, wenn wir ein paar Bilder von Ihnen im Forst von Clun bekommen könnten. Wo wohnen Sie, wenn Sie dort sind?«

»Och – mal da, mal dort. Ich miete mir vielleicht ein Wochenendhaus.«

»Fotos von Ihnen in einem Wochenendhaus, also das ...«

»Oh-kay«, sagte Harry gleichgültig. »Dominic wird sich darum kümmern, nicht wahr, Dominic? Such ein hübsches, malerisches Wochenendhaus. Nach meinem Konzert in der Philharmonie, zur Festivaleröffnung.«

»Nicht eher?« sagte Brodie enttäuscht. »Wir hatten auf einen Artikel gehofft, der zur gleichen Zeit herauskommt.«

»Bedaure.«

Brodie wirkte ob dieser Abfuhr so niedergeschlagen, daß Tree Harry einen weiteren warnenden Blick zuwarf. Sein Verhalten plötzlich völlig ändernd, begann Harry freundlich, beinahe schmeichelnd mit dem jungen Mann zu reden, machte ein paar Witze, erzählte einige unsinnige Geschichten aus seiner

Kindheit und sprach leidenschaftlich von dem Bedürfnis des Künstlers nach politischer Freiheit, »der Sie sich in Ihrem Lande erfreuen«, wie er Brodie beglückwünschte, der von dieser unerwarteten Herzlichkeit ganz bezaubert war und Lupac für einen äußerst sympathischen Kerl zu halten begann. Als Harry sagte: »Wenn ich Reger höre, werde ich immer matter«, lachte er so laut, als hätte er den Scherz zum erstenmal gehört. Tree, der seine Fingernägel musterte, atmete vor Erleichterung leise auf.

»Mein Freund Dominic wird Ihnen sagen, was für ein Einsiedler ich bin«, sagte Harry zu dem erfreuten Mr. Brodie. »Ich habe wahrhaftig solche Angst davor, von Fremden erkannt und angesprochen zu werden, daß ich zwanzig verschiedene Hüte habe, eine Sonnenbrille trage, alle drei bis vier Monate mein Auto wechsle und sogar schon an einen falschen Bart oder eine Perücke gedacht habe. Wie in einem schlechten Krimi, wissen Sie!«

Er warf Brodie einen verschwörerischen Blick zu.

»Ich habe Leute überlegen hören, ob Ihr Haar eine Perücke sein könnte«, sagte Brodie versuchsweise.

»Ach ja? Das ist ja sehr komisch. Nicht wahr, Dominic?«

»Wie lange sind Sie schon in unserem Land?« fragte Brodie, der einsah, daß ihm dieser Köder nichts einbringen würde.

»Mir ist, als ob ich schon immer hier gewesen wäre – als ob ich heimgekehrt wäre«, sagte Harry wolkig. Auf Nachfrage gab er zu, daß es sechs Monate, vielleicht auch sieben oder acht, sein könnten. Und ja, er hoffe, irgendwann einmal eine Welttournee zu machen, wann wisse er nicht.

»Bevor Sie hierherkamen, waren Sie in Frankreich – lange?«

»Nur kurze Zeit.«

»Warum sind Sie nicht dort geblieben – was veranlaßte Sie, hierher zu kommen?«

Harry breitete die Hände aus. »Vieles. Aber vor allem – in Frankreich gibt es kein Privatleben. Man steht ständig im Rampenlicht. Hier kennt keiner den anderen; ein Engländer kann Jahre vergehen lassen, ohne mit seinem Nachbarn zu reden, ja ohne ihn zu kennen. Das gefällt mir. Man hat seine Ruhe. In Frankreich habe ich ein paar gute Freunde, aber als Volk sind die Franzosen zu gesellig.«

»Sie kannten Fresca Garroux, nicht war?«

Einen Moment lang wirkte Harry äußerst erschrocken.

»Wer hat Ihnen das erzählt?«

»Eigenartigerweise meine Großmutter«, sagte der unbefangene Mr. Brodie. »Großmutter war früher Opernsängerin, eine Freundin von Madame Garroux. Sie schrieben einander.«

»Ja, ich kannte Fresca – ein wenig«, räumte Harry ein. »Ein wunderbarer Mensch – und eine vorzügliche Stimme. Dergleichen gibt es auf der Welt nur wenige.«

»Sie ist ein großer Verlust«, wagte sich Mr. Brodie vor.

»Es war allerdings unvermeidlich. Wenn eine solche Künstlerin bemerkt, daß ihre Fähigkeiten nachzulassen beginnen, dann tritt sie lieber schnell ab, als daß sie zu lange weitermacht und zum Gespött wird.«

»Davon war sie doch gewiß noch weit entfernt?«

»Alles andere als Perfektion konnte sie nicht ertragen. Sie hat sich für einen schnellen Abgang entschieden.«

»Es war also wirklich Selbstmord, kein Unfall?«

»Ohne jeden Zweifel«, sagte Harry und hob die Augenbrauen. »Ich stand damals leider nicht mit ihr in Kontakt, aber ich dachte, davon würde allgemein ausgegangen.«

»Sie war eine sehr reiche Frau, Fresca Garroux, nicht wahr? Wem sie wohl ihr Vermögen . . .«

Harry sah auf seine Uhr und sagte sanft: »Mein Lieber, ich fürchte wirklich, ich muß jetzt los, aber zögern Sie nicht, mich oder Dominic zu fragen, wenn Sie noch etwas wissen wollen. Es hat mich so gefreut, Sie kennenzulernen.«

»Warum hast du ihn angelogen?« fragte Tree interessiert, als sich die Tür hinter dem jungen Mann geschlossen hatte.

»Angelogen?«

»Was deine Wohnung angeht – daß du aus dem Koffer leben würdest. Und dieses ganze Geschwätz über den Forst von Clun. Dort bist du doch noch nie gewesen, oder?«

»Nein, aber jetzt werde ich hingehen«, antwortete Harry seelenruhig. »Es gibt dort doch wohl einen Forst? Du mußt ein passendes Wochenendhaus für mich finden, Dominic, mit Rosen um die Tür.«

»Na schön, aber warum? Was gibt es an deiner Wohnung auszusetzen – und an den Orten, die du wirklich aufsuchst?«

»Nichts, nur daß es mir nicht paßt, wenn sie an die Öffentlichkeit gezerrt werden«, antwortete Harry mit plötzlicher Heftigkeit. »Warum sollten sämtliche Leser des *Bridpool Chronicle* mein Schlafzimmer zu sehen bekommen? Oder den Wald, wo ich gern spazierengehe? Ich habe die Wahrheit gesagt – ich bin in dieses Land gekommen, weil ich gern für mich bleibe, ich habe die Nase voll vom Gemeinschaftsleben. Du hast doch nichts dagegen, oder, wenn ich deine Küche als Hintergrund benutze, wenn ich ein Spiegelei brate?«

»Ich denke nicht. Es kommt mir nur unnötig unaufrichtig vor.«

»Aha, mein lieber Dominic, du guter, aufrechter Bürger! Nichts für ungut, du bist mein rechtschaffener Mentor, du wirst mich schon noch vom Pfad der Unaufrichtigkeit abbringen.« Harry hakte Dominic unter und ging mit ihm zum Eingang des Konzertsaals. Er dachte voll Vergnügen an die flotte, dekorative Hilda: sie würde eine Zigarette rauchen und das Kreuzworträtsel lösen, während sie in der Bar im ersten Stock des Minerva Club auf ihn wartete.

Das Publikum des Nachmittagskonzerts und das dunkelhaarige Mädchen in der zweiten Reihe hatten sich schon längst aus seinen Gedanken verflüchtigt.

Ein winziger Platz im Herzen der Altstadt beherbergt in einem wunderschön proportionierten, aber recht dunklen, von John Dawes im Jahre 1780 erbauten Haus den Club der Absolventinnen der Bridpool University. Es ist anzunehmen, daß auch die heutigen Absolventinnen der Universität bisweilen zu diesem Club finden und sich seiner Einrichtungen, seiner großen, angenehmen Empfangszimmer, seiner im Preis vernünftigen Übernachtungsmöglichkeiten und seiner Beetonesken Küche* bedienen – aber man sieht das selten; die gelehrten Damen, die man in seinen Mauern antrifft, sind alle älter und sehen so aus, als hätten sie ihren akademischen Grad zu einer Zeit erworben, da man sie als Blaustrümpfe bezeichnet haben würde.

Die Clubeinrichtung ist bequem, aber kompromißlos viktorianisch; die Fenster sind von dichten Spitzengardinen verhüllt, die Böden mit Orientteppichen bedeckt und die Wände etwas düster mit Fotografien klassischer Bildhauerkunst geziert. Die älteren Hausmädchen (sie werden niemals Bedienungen genannt) tragen eine Tracht, die es fertigbringt, an schwarzen, knöchellangen Bombasin und weiße Häubchen mit langen Bändern zu erinnern.

Miss Hume, Rektorin der Cadwallader-Mädchenschule, war seit langem geachtetes Clubmitglied, das durch ungeschriebenes Gesetz Anspruch auf einen ganz bestimmten Ohrensessel und einen Chippendale-Tisch am Kamin des großen Salons mit dem Porträt von Jane Welsh Carlyle hatte. Hier saß Miss Hume am gleichen Nachmittag, an dem Hari Lupac sein Konzert gab, hatte ihren alten Freund, den Archäologen Professor Lockhart, zu Gast und zog ihn kenntnisreich mit einigen seiner jüngsten Entdeckungen auf, die nicht nach Plan ausgefallen waren.

Miss Humes Profil besaß eine deutliche Ähnlichkeit mit dem des Duke of Wellington, und sie wirkte ein wenig abweisend, würdig ihres Namens und der aristokratischen Traditionen der großen Schule, die sie leitete; doch wenn man sie von vorn sah, bemerkte man, daß die feingeschnittene Nase deutlich nach links gebogen war, was ihr zusammen mit ihren scharfen, glänzenden Augen ein gütiges Aussehen verlieh, das ihrem eigentlichen Charakter eher entsprach. Nichtsdestotrotz hatten Generationen von Schülerinnen Miss Hume als

* Isabella Beeton (1836–1865), Verfasserin von *The Book of Household Management,* einem Buch über Hauswirtschaft (A. d. Ü.)

die Eiserne Herzogin gekannt, und sie gab der Legende von ihrer unnachgiebigen Unbeugsamkeit recht gerne Nahrung. Sie trug ihr graues Haar in einer Art flachem Dutt auf dem Scheitel, und ihre Kleidung war sorgsam ausgesucht, jedoch nicht nach modischen Gesichtspunkten.

»Ich hoffe, das Kind verspätet sich nicht«, bemerkte sie jetzt und sah auf die Uhr an ihrem Aufschlag. »Es entspräche nicht ihrem Verhalten in der Schule; aber ich habe sie ja auch seit ihrer Entlassung aus dem Krankenhaus nicht gesehen. Ich glaube wirklich, Gervase, sie wäre genau die Richtige für dich, wenn es ihr besser geht. Ich hoffe zuversichtlich – ah, da ist sie. Gervase, das ist Mrs. Conroy – Professor Lockhart. Caroline, meine Liebe, wie entzückend, Sie zu sehen.«

Das Mädchen trat scheu näher, und Professor Lockhart, der aufstand, musterte sie voll Interesse: ein kleines, zartgebautes Geschöpf, das einen zerbrechlichen und angespannten Eindruck machte. Es schien sie etwas einzuschüchtern, sich in Gesellschaft eines vornehmen älteren Herrn wie auch ihrer lieben Rektorin zu sehen, und Miss Hume deutete, nachdem sie die Vorstellung erledigt hatte, auf ein kräftiges rotes Wollseil neben der Tür, geeignet, so hätte man glauben können, um die Abendglocke zu läuten, und sagte: »Gervase, da du gerade stehst, wärst du bitte so nett, nach Tee zu läuten?« Als er außer Hörweite war, fügte sie hinzu: »Verzeihen Sie mir, meine liebe Caroline, daß ich Sie zusammen mit einem anderen alten Freund empfange, aber meine Abstecher nach Bridpool sind so kurz, daß ich ein bißchen einteilen muß. Wie auch immer, Gervase muß sehr bald los zu einem Vortrag vor der Archäologischen Gesellschaft, und dann können wir einen gemütlichen Plausch zusammen halten. Wie geht es Ihnen mittlerweile?« Sie musterte das Mädchen mit freundlichem, durchdringendem Blick. »Sie sehen immer noch viel zu dünn aus, meine Liebe. Sind Ihre Verbrennungen etwas besser?«

»Ja, viel besser, danke«, murmelte Caroline. Unbewußt schob sie die Arme dichter gegen die samtenen Armlehnen des Sessels.

Eines der älteren Hausmädchen kam, um Miss Humes Bestellung entgegenzunehmen.

»Ach, Matty, wir hätten gerne Muffins, bitte – das ist der einzige Ort in England, wo man noch echte Muffins bekommen kann, Gervase – und Pflaumenkuchen und *starken* chinesischen Tee. Caroline, Sie sehen aus, als würden Sie nicht genug essen.«

Als der Tee serviert war, stellte sich rasch heraus, daß Miss Hume es nicht zufällig so eingerichtet hatte, daß ihre Gäste zusammenkamen.

»Also, Caroline«, sagte sie und setzte energisch ihre Tasse ab. »Professor Lockhart und ich haben etwas mit Ihnen vor. Sie wohnen doch noch zu Hause, nicht wahr?« Caroline nickte mit furchtsamer Miene. »Gehen Sie immer noch regelmäßig zum Arzt?«

»Nein, Miss Hume«, antwortete Caroline mit leiser Stimme. »Er hat gesagt, ich ...« Sie schluckte und begann von vorn. »Heute war mein letzter Besuch.«

»Ausgezeichnet. Ausgezeichnet. Dann werden Sie irgendeine regelmäßige Beschäftigung brauchen. Ihr Mann ist noch im Mittleren Osten?«

»Ja – er mußte dortbleiben. Es war so viel zu tun nach der Explosion. Reparaturen und ... und ...«

»Natürlich«, sagte Miss Hume freundlich. »Aber es ist bestimmt das denkbar Schlechteste für Sie, ohne eine Arbeit zu Hause zu wohnen, während Sie auf ihn warten. Und als Professor Lockhart eine Assistentin suchte, habe ich sofort an Sie gedacht.«

»Aber ich könnte nicht... ich kann ganz bestimmt nicht...« begann Caroline mit erschrockener Miene.

Professor Lockhart griff ein. »Nach allem, was Miss Hume mir von Ihnen erzählt, können Sie ganz bestimmt«, sagte er und schenkte Caroline ein überaus freundliches Lächeln. »Was ich brauche, ist jemand, der viel Forschungsarbeit in Museen für mich erledigt – Sie können sich dabei Zeit lassen, es sich ganz nach Belieben einteilen – und machmal kommt und ein paar Aufzeichnungen für mich macht. Und nächstes Jahr werde ich dann zu einer Reihe von Ausgrabungen nach Jezd reisen ...«

»Sie sehen, wie praktisch das wäre, nur vierzig Meilen oder so von Ras al-Abdan entfernt, wo Ihr Mann ist«, hob Miss Hume hervor. »Na, wäre diese Arbeit nicht wie geschaffen für Sie, Caroline? Gervase und ich, wir fanden das beide.«

Caroline knüllte ihr Taschentuch in den Händen.

Sie sagte kläglich: »Es ist furchtbar nett von Ihnen beiden, daß Sie an mich gedacht haben, und es hört sich auch sehr interessant an, aber ich kann nicht. Wirklich, ich kann nicht.« Der Gedanke, einen Vorwand zu haben, wann immer sie wollte in den sicheren Hafen von Museen und Bibliotheken zu entfliehen, war beinahe unwiderstehlich verlockend, aber sie sprach mit Überzeugung.

»Warum nicht, meine Liebe?« In Miss Humes Stimme lag Mitgefühl, aber auch ein Anflug von Strenge.

»Weil ich einfach noch nicht gesund genug bin«, sprudelte Caroline verzweifelt heraus. »Ich wäre nicht gut genug für die Arbeit, wirklich! Irgendwie verliere ich ständig Sachen und bringe alles durcheinander... ich bin so vergeßlich...« Sie beherrschte sich, bei der Erinnerung an den panischen Moment in Dr. Galbraiths Praxis von Scham überwältigt.

»Wenn Sie mich fragen«, sagte Miss Hume wiederum tadelnd, »dann ist eine hübsche, ablenkende Arbeit genau das, was Sie brauchen, um wieder zu sich zu finden. Und bestimmt würden Sie die Tätigkeit für Professor Lockhart höchst dankbar finden. Wie Sie wissen, Caroline, habe ich es immer bedauert, daß Sie bei Ihrem Interesse für Geschichte nicht auf die Universität gehen konnten. Dieser Job nun ...«

»Nun hör schon auf, Teresa«, sagte Professor Lockhart lachend. »Ich hoffe, du willst der armen Mrs. Conroy nicht zu verstehen geben, daß die Zusammenstellung von Aufzeichnungen für mich einer Universitätsausbildung gleichkommt. Warum denken Sie nicht trotzdem darüber nach, Mrs. Conroy, und geben mir in ein, zwei Tagen Bescheid, was Sie dazu meinen? Nicht nötig, eine übereilte Entscheidung zu treffen. Hier ist meine Karte – Sie können anrufen oder bei mir vorsprechen, wenn Sie Lust haben, die Arbeit zu übernehmen. Ich hoffe sehr, Sie sind geneigt, mir zu helfen – Miss Hume hat mir so viel von Ihnen erzählt, daß ich das Gefühl habe, wir sind bereits Freunde.« Er lächelte Caroline beruhigend zu und stand auf, um sich zu verabschieden.

»Ich begleite dich hinaus, Gervase«, verkündete Miss Hume und tat es.

In der Eingangshalle sagte Professor Lockhart ruhig. »Mit diesem Kind stimmt etwas ganz und gar nicht, Teresa.«

»Sie scheint sich wirklich nicht so erholt zu haben, wie ich gehofft hatte«, stimmte Miss Hume stirnrunzelnd zu. »Es muß fast sechs Wochen her sein, daß sie aus dem Krankenhaus kam. Aber wenn sie nicht mehr in ärztlicher Behandlung ist, würde ich meinen, daß eine Arbeit ...«

»Nun ja, vielleicht. Hoffen wir, daß sie ihre Meinung ändert.«

»Sie hat ein sehr schlimmes Erlebnis gehabt.«

»Auf mich wirkt sie«, sagte Professor Lockhart, »als ob es noch andauert. Als ob *jetzt* etwas mit ihr passiert.«

»Nichts, außer daß sie mit dieser abscheulichen Mutter zusammenleben muß. Andernfalls ginge es ihr bestimmt besser.«

»Tja, Teresa«, sagte Professor Lockhart und küßte Miss Hume mit altväterischer Galanterie die Hand, »jedenfalls hat sie außergewöhnliches Glück, daß sie dich zur Freundin hat.«

Die schwere Eingangstür schloß sich hinter ihm.

»Also, Caroline.« Die Rektorin kehrte munter zu ihrem Sessel zurück. »Sagen Sie mir, was haben Sie für Pläne?«

Caroline wirkte verschüchtert. »Zu versuchen, gesund zu werden, denke ich.«

»Das werden Sie aber nicht, wenn Sie zu Hause bleiben und sich bedauern. Wirklich«, fügte Miss Hume mit liebevoller Verärgerung hinzu, »Sie hatten eine klarere Vorstellung, was Ihnen guttut, als Sie mir aus dem Krankenhaus schrieben.«

»Ich? Habe Ihnen geschrieben?« Caroline wirkte zutiefst bestürzt.

»Aber ja. Wissen Sie das nicht mehr? Tja, es überrascht mich eigentlich nicht. Sie waren damals etwas unpäßlich. Jane Knollys, die Oberschwester – ich glaube, sie ist in dem Jahr, bevor Sie kamen, von Cadwallader abgegangen – hat höchst intelligenterweise angenommen, daß der Brief für mich bestimmt ist, und ihn nachgeschickt. Es war großes Glück, daß man Sie ins Beaumont gebracht hat, als Sie diesen bedauerlichen Nervenzusammenbruch hatten, Sie hätten kein besseres Haus finden können.«

Caroline preßte die Finger zusammen, bis die Knöchel weiß hervortraten. Sie fragte mit nicht allzu fester Stimme:

»Hat er ... hat der Brief einen *Sinn* ergeben, Miss Hume?«

»Nun ja, meine Liebe ...« sagte Miss Hume freundlich, »ich will nicht leugnen, daß er ein wenig chaotisch war. Aber Sie standen zu der Zeit unter schweren Beruhigungsmitteln. Ich war damals unglücklicherweise im Ausland, aber ich dachte, ich sehe nach Ihnen, wenn ich wieder zurück bin.« Sie verschwieg, daß sie von dem mitleiderregenden Gekritzel so tief entsetzt gewesen war, daß sie eine lang ersehnte Besichtigungsreise durch pädagogische Einrichtungen in den USA abgekürzt hatte, um so bald wie möglich zurückzukehren.

»Was habe ich geschrieben?«

»Sie schienen sich sehr davor zu fürchten, zur Genesung nach Woodhoe zurückzukehren. Es tat mir leid, daß ich nicht rechtzeitig zurück sein konnte, um Ihnen zu helfen, andere Dispositionen zu treffen. Aber ist es denn wirklich so schlimm?«

Sie dachte an den Brief: *Ich werde in Stein verwandelt, ich werde gefangen*, wieder und wieder, über die ganze Seite.

»Nimmt Ihre Mutter Ihre Rückkehr übel, ist es das?«

Caroline zupfte nervös am Besatz ihres Sessels. »In gewisser Weise wohl schon. Sie hat mich immer als ein wenig lästig empfunden. Sie sagte immer – ihre Einstellung war –, sie hätte mich auf eine Schule geschickt, wo ich gute gesellschaftliche Kontakte anknüpfen könnte ...« Miss Humes Lippen kräuselten sich in leiser Geringschätzung, als sie ihre heißgeliebte Anstalt mit ihren hohen erzieherischen Grundsätzen so verleumdet hörte. »Sie hat wohl gehofft, ich würde jemandes Bruder heiraten. Sie war wütend, als ich nicht viele Freundschaften schloß. Sie hat mich und Hilda immer auf Jagdbälle geschickt, und wir standen in Ungnade, wenn wir nicht viele Partner hatten; ihr einziges Ziel schien zu sein, uns unter die Haube zu bringen.«

»Warum? Wollte sie frei sein, um selbst wieder heiraten zu können?«

»Das habe ich mich auch manchmal gefragt ...« bekannte Caroline. »Ein paar Jahre nach Vaters Tod gab es eine Zeit, da hat sie ... ich weiß es nicht genau, sie hat uns nie über irgend etwas ins Vertrauen gezogen. Aber ich habe mich immer gefragt, ob ein Mann sie enttäuscht hatte, jemand, von dem sie gehofft hatte ... sie war immer ziemlich schlecht auf Männer zu sprechen, aber um dieser Zeit war sie richtig ... richtig böse. Sie benahm sich, als könnte sie es kaum ertragen, uns um sich zu haben. Ich weiß noch, wie Hilda von Bällen nach Hause kam und weinte, weil Mutter so an ihr herumnörgelte ... auch wegen ihrer Behinderung, was unfair war. Und doch war Hilda ihr Liebling. Als ich dann heiratete – als ich Tim heiratete –, freute sie sich gar nicht richtig. Wir hatten unser ... unsere Freundschaft sehr lange geheim gehalten, verstehen Sie. Vielleicht habe ich es mir eingebildet, aber es kam mir so vor, als nähmen es mir die beiden übel – Hilda auch, weil sie nicht verheiratet war.«

»Haben Sie diesen Eindruck immer noch?«

Caroline zögerte, dann brachte sie heraus: »Jetzt wirft Mutter Tim immer Knauserigkeit vor. Sehen Sie, obwohl seine Familie sehr wohlhabend ist ...«

»Öl, nicht wahr?«

»Öl und sehr viele andere Geschäfte. Aber Tim bezieht nur das Gehalt eines mittleren Angestellten, solange er die verschiedenen Seiten des Geschäfts erlernt; das ist eine Familientradition. Sie sind sehr stolz darauf. Deshalb sind wir wirklich nicht reich. Nicht so, daß wir Mutter so unterstützen könnten, wie sie das zu erwarten scheint. Sie hatte irgendeinen Plan, Woodhoe zu einem Gästehaus zu machen...«

»Könnten Sie nicht eine Weile bei Ihrer Schwiegermutter wohnen?« schlug Miss Hume vor.

»Sie hat ihr Haus verkauft, als Tims Vater starb, und ist ständig auf Reisen. Sie leistet viel Sozialarbeit für die Firma. Sie haben Büros in Rom und Athen, wissen Sie, und auch in London.«

»Können Sie noch nicht zu Ihrem Mann zurückkehren?«

»Er meint, das wäre unklug, solange er noch da draußen ist. *Alle* meinen das«, sagte Caroline verzweifelt.

»Sie haben sich doch nicht gestritten?«

»Aber *nein*! Wenn ich nur bei ihm sein könnte...« Sie hielt inne, rang um Selbstbeherrschung.

»Ja, ich verstehe. Tja, mein liebes Kind, ich finde immer noch, daß die Stelle bei Gervase Lockhart die Lösung für Ihr Problem sein könnte: Er ist ein lieber Mensch, die Arbeit würde Sie ablenken, und er würde Ihnen soviel bezahlen, daß Sie von zu Hause weggehen und sich in Bridpool ein Zimmer nehmen könnten.«

»Ja«, stimme Caroline mutlos zu. »Aber ich weiß einfach, daß ich es nicht könnte.«

»Da bin ich nicht so sicher. Aber ich will Ihnen jetzt nicht zusetzen, Kind: wie ich sehe, sind Sie immer noch erschöpft und mitgenommen. Ich werde allerdings an Sie denken, also bleiben Sie mit mir in Verbindung. Und wie Gervase schon sagte, fassen Sie keinen vorschnellen Entschluß.«

Die Wärme ihres Lächelns war wie ein flüchtiger Blick in eine Welt, wo Freundschaft und Logik noch nicht zerbröckelt waren, wo Freundlichkeit uneigennützig und Distanz wohlwollend sein konnten. Es war wie der letzte Strahl der untergehenden Sonne.

Caroline verabschiedete sich und ging hinaus in die Dunkelheit.

Noch lange, nachdem die schmächtige Gestalt das Zimmer

verlassen hatte, saß Miss Hume stirnrunzelnd da. Dann raffte sie sich auf, ging tatkräftig zu einem Schreibtisch aus Walnußholz unter dem Porträt der Mme de Staël, klappte eine praktische kleine tragbare Schreibmaschine auf, die sie überallhin begleitete, und setzte sich, um einen Brief an Timothy Conroy, Esq., c/o Conroy Natural Fuels Production Alliance, Ltd., Anticline House, London W.C. 2, zu schreiben:

Sehr geehrter Mr. Conroy: Wir haben uns nie kennengelernt, aber die Umstände rechtfertigen es meiner Ansicht nach, daß ich mich mit Ihnen in Verbindung setze ...

Bitte nachsenden, schrieb sie auf den Umschlag. Dann legte sie, da sie eine methodische Frau war, den Brief in ihre Aktentasche, um ihn am anderen Morgen noch einmal zu überdenken.

»Na!« sagte Hilda. »Das hat ja lang genug gedauert. Was hast du denn die ganze Zeit gemacht?«

Hilda wirkte angeheitert. Ihre Augen glänzten stark; offenbar hatte sie einiges getrunken. Sie hatte sich das Haar auf neue Art frisieren lassen: eindrehen, ausbürsten, locken und mit Festiger besprühen lassen, bis es wie eine Schnitzerei aus feingemasertem Rotkiefernholz wirkte. Ungeachtet ihrer Worte schien sie noch nicht sehr lange im Auto zu warten; es waren keine Zigarettenstummel im Aschenbecher. Aber Caroline entschuldigte sich.

»Ja, ja, schon gut.« Hilda rutschte auf den Beifahrersitz. »Die andere Tür, Kleines. Du fährst uns nach Hause.«

»O Hilda, nein!«

»Stell dich nicht an, Schätzchen, irgendwann mußt du wieder anfangen. Du kannst nicht ewig den Kopf in den Sand stekken. Und jetzt ist es günstig, wo das Auto in der Inspektion war und in Ordnung ist. Außerdem haben sie heute die neue Bremsanlage eingebaut, wenn du also in Schwierigkeiten kommst, gibt's mit dem Anhalten keine Probleme. Los – steh hier nicht bibbernd rum.«

Caroline glitt zur Fahrertür hinein und saß zitternd da. Es

vergingen mehrere Sekunden, ehe sie genug Entschlossenheit aufbringen konnte, den Zündschlüssel zu drehen. Als sie es tat und der Motor ansprang, schien sie von dem Geräusch benommen und verharrte unentschlossen, die Hand auf der Gangschaltung.

»Macht es dich überhaupt nicht nervös?« fragte sie. »Von mir gefahren zu werden?«

»Nein.« Und das stimmte: Hilda lehnte sich ruhig zurück und zündete sich am Stummel der ersten Zigarette eine zweite an. »Ich habe eiserne Nerven, Kleines«, sagte sie fröhlich. »Fahr uns ruhig gegen die Parkuhr, wenn es sein muß, vielleicht ist es genau das, was du brauchst. Schocktherapie.«

So ermutigt, legte Caroline vorsichtig den ersten Gang ein, und sie setzten sich ruckend in Bewegung. Einer der Stöße verschob den Bedienungshebel der Hupe, der wackelig an der Steuersäule befestigt war, und sie begann plötzlich ohrenbetäubend loszugellen, als sie sich einem Zebrastreifen näherten. Caroline fuhr zusammen, und das Auto machte einen Schlenker.

»Paß auf, Schätzchen!« Hilda legte ihre Zigarette weg, griff ins Lenkrad und drehte es geschickt nach links. »Brems, Mädchen!«

Die neue Bremsanlage war zweifellos effektiv; als Caroline das Bremspedal berührte, kam das Auto heftig erbebend zum Stehen, wodurch beide Insassen auf ihren Sitzen nach vorn geworfen wurden. Ein Geruch nach verbranntem Gummi wehte zum Fenster herein.

»Na, abwürgen hättest du ihn nicht müssen«, meinte Hilda und steckte die Zigarette wieder in den Mund. »Es ist niemand auf dem Zebrastreifen. Wirf ihn wieder an!«

»Hilda, ich ...«

»Mach schon, Kleines. Mutter kriegt Zustände, sie wird sich schon fragen, wo wir bleiben.«

Sie krochen erneut vorwärts. Mit gereizter Gutmütigkeit lotste Hilda ihre jüngere Schwester durch das Netz der Innenstadt auf die Straße nach Exeter, wobei sie manchmal ins Lenkrad griff und manchmal die Handbremse anzog, wenn unmittelbar eine Katastrophe drohte. Sie schien völlig immun gegen Angst; ihre Augen funkelten, sie machte den Eindruck, als genieße sie die Fahrt, und lachte über einen Fahrer, der sich umdrehte und ihnen mit der Faust drohte, als Caroline das Auto furchtsam durch einen Kreisverkehr fädelte.

»Vielleicht bringt ihm das bei, daß er dem Verkehr von rechts die Vorfahrt läßt, der ungehobelte Rüpel!« sagte sie. »Nur schade, daß wir ihm nicht den Kotflügel abrasiert haben. He, tritt drauf, Mädchen, wir biegen hier rechts ab! Warte doch, Schwachkopf, siehst du nicht, daß dich jemand überholt?«

Ein Röhren und ohrenbetäubendes Hupenplärren dröhnte an ihrem rechten Fenster vorbei, verfehlte sie, so schien es, nur um Millimeter. Caroline stieg auf die Bremse. Wieder wurde ihre Hupe ausgelöst und gellte protestierend. Der Motor wurde abgewürgt. Sie zog die Handbremse an, legte knirschend den Leerlauf ein und plumpste am ganzen Leibe zitternd nach vorn gegen das Lenkrad. Tränen begannen ihr über die Wange zu laufen.

»Ich kann das nicht. Ich *kann* das verdammt noch mal nicht, Hilda.«

»Okay, okay, Schätzchen. Reg dich ab. Gleich geht's wieder. Aber fahr uns mal lieber woanders hin. Wir können nicht die ganze Nacht mitten auf der A 38 sitzen, sonst werden wir plattgewalzt. Na los, wirf ihn an.«

»Nein.«

Caroline war völlig verausgabt. Sie machte die Tür auf, stieg aus, ohne auf eine vorbeikommende Vespa zu achten, die ihr durch einen heftigen Schlenker auswich, und stand schwankend neben der Motorhaube. Von ein paar Atemzügen frischer Luft etwas ruhiger geworden, schleppte sie sich, den Abendverkehr fatalistisch ignorierend, bis zum Straßenrand und setzte sich auf den grasbewachsenen Randstreifen.

Achselzuckend steckte sich Hilda die Zigarette wieder zwischen die Lippen, rutschte auf den Fahrersitz und manövrierte das Auto an den Bordstein.

»Also gut, komm schon!« rief sie. »Rein mit dir. Ich fahre den Rest, wenn du es nicht durchstehst. Vielleicht nur gut. Es wird bald dunkel.«

Schweigend und gehorsam stieg Caroline ein. Hilda schaltete die Scheinwerfer ein und ließ den Motor an. Nachdem sie – ruhig, schnell und geschickt – etwa zwanzig Meilen gefahren war, sagte Caroline mit zaghafter Stimme:

»Es tut mir leid, Dee.«

»Nenn mich nicht bei diesem gräßlichen Kosenamen, bitte. Na ja«, Hilda war völlig gelassen, »vielleicht bist du einfach noch nicht so weit, daß du fahren kannst. Was hat der alte Galbraith gesagt?«

»Er hat gesagt, es ginge mir besser«, antwortete Caroline teilnahmslos. »Ich soll nicht mehr zu ihm kommen. Er schien zu glauben, ich mache ein großes Getue um nichts.«

»Ach ja? Lorraine Duke hat ja, als sie ihn empfahl, davor gewarnt, daß er vielleicht nicht sehr *einfühlsam* wirkt. Aber sie hat gesagt, er sei *gut*. Bei ihrem verrückten alten Pa hat er sich ziemlich schlau angestellt, hat sie gesagt. Ob die wohl wirklich gewußt hat, wovon sie redet? Wahrscheinlich sind diese Psychiater zur Hälfte Quacksalber, nur wissen wir's nicht. Na ja, wir müssen halt abwarten, wie es mit dir weitergeht, nicht wahr? Was hast du gemacht, nachdem du bei ihm warst?«

»Ich bin in ein Konzert in der Philharmonic Hall gegangen.«

»*Was* ...«

Das Lenkrad schlug in Hildas Händen heftig aus, das Auto wurde langsamer, und plötzlich raste im Scheinwerferlicht der Wall einer Grasböschung auf sie zu. Zum Glück herrschte kein Verkehr; sie waren mittlerweile auf einer wenig benutzten Nebenstraße ein ganzes Stück weit im Moor. »Mein Gott«, sagte Hilda leichthin, »die haben die Lenkung ein bißchen zu sehr geschmiert, was? Jetzt wundert's mich nicht mehr so sehr, wie du in Bridpool rumgeschlittert bist.« Sie lenkte das Auto in die Spur zurück. »Was sagtest du gerade?«

»Ich sagte, ich bin bei einem Mittagskonzert in der Philharmonic Hall gewesen. Ein Geiger namens Lupac – du weißt doch, der, der von irgendwo in Osteuropa geflüchtet ist, war's nicht Rußland? Du hast ihn dir vor kurzem im Fernsehen angesehen.«

»Ach ja? Keine Ahnung warum. Hatte ich vergessen. War er gut?«

»Ich glaube schon. Ich war nicht in der richtigen Stimmung dafür. Und dann war ich zum Tee bei Miss Hume.«

»Ach ja, deine geliebte alte Direktorin. So«, sagte Hilda, als sie gekonnt zwischen zwei alles andere als senkrechten Pfosten ohne Tor hindurchsteuerte, »da wären wir, zurück auf den ererbten Ländereien. Ein Hoch auf den alten Squire. Herrgott, ich wünschte, der alte Gutsherr oder sonst jemand hätte genug Geld gehabt, um ein paar Tonnen Schotter auf diesen Weg zu kippen, das ist ja wie auf der Cresta.«

Nachts nach Hause zu kommen, war besser, dachte Caroline. So entging einem der schmerzliche Anblick des Hauses von weitem, während man die Einfahrt hinunterkroch. Erst im letzten Moment erhaschte man im Scheinwerferlicht einen Blick auf seine abblätternde Fassade; dann schlugen sie einen Bogen zu den Wirtschaftsgebäuden und parkten das Auto unter einem durchhängenden Torweg. Von den Ställen her begrüßte sie ein Chor von Gejaule, Gebell und Gewinsel. »Verdammte Viecher, ich wette, Hudson hat sie nicht ausgeführt«, meinte Hilda, sich streckend und gähnend. »Ich frag mich, was Ma für eine Laune hat. Nicht daß man da fragen muß. Sie hat immer die gleiche. Man würde kaum den Eindruck bekommen, daß ihr an unserer Gesellschaft liegt, wenn wir im Haus sind, aber es scheint sie richtig anzuöden, wenn sie mit Kusine Flora allein gelassen wird. Was soll's, zum Teufel damit.«

Sie ging durch eine Hintertür voran. Caroline folgte schweigend, einen trübe beleuchteten, steinernen Flur entlang, der nach Trockenfäule roch.

Im Anrichteraum saß eine gebeugte, weißhaarige Gestalt,

die sich als Silhouette vor dem schwachen Licht einer Petroleumlampe abzeichnete, und füllte Totozettel aus.

»Ach Hudson, könnten Sie das Auto wegstellen«, sagte Hilda. »Wo ist Mutter, wissen Sie das?«

»Lady Trevis ist im Salon, Miss Hilda.« Der alte Mann machte sich kaum die Mühe, den Kopf zu wenden, seine Stimme war voller Abneigung. »Sie hat gesagt, ich soll mit dem Essen warten, bis Sie und Miss Caroline zurück sind.«

»Au verflixt. Ich habe gehofft, das bliebe uns erspart. Da kann man nichts machen. Sag ihr, daß wir zurück sind, Schätzchen, während ich die Sachen da hochbringe, ja?«

Hilda verschwand mit ihrem raschen, leicht wiegenden Gang die Treppe hinauf.

Lady Trevis saß in einem von dem matten, blauen Schimmer des Fersehschirms fahl erleuchteten Halbdunkel und sah sich eine Quizsendung an. Caroline machte das Licht an. Das Fernsehgerät war das einzige moderne Stück in dem schäbigen Raum; seit den Tagen von Großvater Trevis, der, wie der Prinzgemahl, viel Geschmack, und zwar nur schlechten, gehabt hatte, hatte sich niemand die Mühe gemacht, neue Möbel oder Vorhänge zu kaufen.

Ohne sich die Mühe zu machen, den Ton leiser zu drehen, fauchte Lady Trevis: »Macht euch um mich bloß keine Sorgen, ja? Bleibt bis in die Puppen in der Stadt; ich kann mich zu Tode ängstigen, weil ich glaube, ihr habt einen Unfall gehabt, das ist euch beiden völlig piepe. Ihr hättet wenigstens anrufen und Bescheid sagen können, daß es spät wird. Warum habt ihr nicht noch einen Film mitgenommen, wo ihr schon dabei wart? Warum seid ihr nicht über Nacht geblieben?«

»Entschuldigung, Mutter«, sagte Caroline mechanisch.

»Entschuldigung! Dafür kann ich mir was kaufen! Du gibst weiß Gott klar genug zu verstehen, daß es dir nicht gefällt, wieder zu Hause zu sein, aber da du nun einmal hier bist, kannst du mir wenigstens ein bißchen Gesellschaft leisten. Wo ist Hilda? Was macht sie eigentlich? Und wo ist Flora? Ißt wahrscheinlich Ingwerkekse auf ihrem Zimmer. Ich bin bei der Warterei auf euch fast verhungert.« Ein Sturm von Gelächter und Jubelrufen brachte den Fernseher zum Zittern. »Gott, warum schaue ich mir bloß diese Schlampe an«, sagte Lady Trevis gereizt, aber sie schaltete nicht aus.

Immerhin nicht schlimmer als sonst, dachte Caroline, während sie ihre Mutter betrachtete.

Lady Trevis war in den letzten vier Jahren sehr gealtert. Auf den ersten Blick machte ihr Gesicht den Eindruck, als sei es ein wenig zur Seite verrutscht, wie eine Maske: ein leuchtend orangefarbener Mund war nachlässig aufgemalt worden, ohne die Lippen genau zu treffen; schwarze Linien spreizten sich ungenau auf dem natürlichen Bogen ihrer gezupften Brauen. Keine falschen Wimpern heute; ihre Augenlider trugen ihren eigenen Besatz aus sandfarbenen Stoppeln. Die fahlen Augen, die sie auf Caroline richtete, wirkten unscharf, blicklos, wie die einer Katze bei hellem Licht. Ihr unbeirrt blondes Haar war zum steifen Gekräusel der Mode von vor dreißig Jahren erstarrt. Sie trug Freizeithosen, Pantoffeln und keinen Hüfthalter, und ihre Bluse war nicht sehr sauber.

»Na?« fuhr sie fort, wobei sie ihre heisere Stimme automatisch über den Lärm des Fernsehers erhob. »Was hat Galbraith gesagt?«

»Er sagt, es geht mir besser.«

»Dann ist er selber verrückt. Natürlich geht es dir nicht besser. Jedenfalls siehst du nicht so aus. Du siehst furchtbar aus, wie ein ausgewrungener Lappen. Wo zum Teufel ist Hilda eigentlich hin?«

»Da kommt sie.«

»Gott sei Dank.«

»Es ist angerichtet«, verkündete Hudson düster.

»Gott sei auch dafür Dank.«

Kusine Flora erschien in Windeseile von oben, als Hudson den Gong anschlug.

»Na?« erkundigte sie sich zwitschernd bei den Mädchen. »Habt ihr einen schönen Tag gehabt? Hast du mir ein paar

Taschenbücher mitgebracht, Hilda, wie es sich für ein braves Mädchen gehört?«

»Himmlisch, danke.« Hildas Ton war lustlos, aber ihre Augen glänzten immer noch stark. »Hudson bringen Sie mir etwas Kaffee, bitte, ich brächte nichts hinunter, ich habe im Club eine Wurst gegessen. Taschenbücher sind in der Halle, Kusine Flora, ich hoffe, sie sind okay.«

Caroline konnte ebenfalls nichts essen. Sie stocherte in ihrem Teller herum, während Kusine Flora einen erklecklichen Anteil ihres wöchentlichen Beitrags von neun Guineen verdrückte und den Blick dabei schlau über den Tisch huschen ließ, um festzustellen, wieviel die anderen schafften. Von Zeit zu Zeit ließ sie im Plauderton eine Bemerkung fallen; sie war von den vieren die einzige, die sich die Mühe machte, etwas zu sagen. Lady Trevis schlang gefräßig, schaufelte ihr Essen hinunter wie ein hungriger Hund. Als sie beim zweiten Gang angelangt war und ein wenig langsamer aß, sagte sie:

»Na? Warum erzählt ihr mir nichts von der Stadt? Was gibt's Neues?«

»Gibt nichts zu erzählen«, sagte Hilda knapp. »Eingekauft, beim Friseur gewesen, mit Esmee und Brenda etwas getrunken, Caroline abgeholt – die anscheinend groß in Kultur gemacht hat, Konzert in der Philharmonic Hall...«

»Wozu denn das? Ich dachte, du wolltest dich mit Miss Hume treffen?« Lady Trevis wurde sofort argwöhnisch, feindselig.

»Ich habe mich auch mit Miss Hume getroffen. Mit dem Konzert habe ich nur die Zeit überbrückt.«

»Gut, weiter. Wo hast du dich mit ihr getroffen?«

»In ihrem Club, bei den Absolventinnen.«

»Ach, in *dem* Loch«, sagte Lady Trevis geringschätzig. »Nicht gerade ein fröhlicher Ort. Voller alter Schachteln, nehme ich an. Die Hume ist auch so eine Schachtel, hat es immer geschafft, mich in meine Schranken zu weisen, weil ich keinen Hut wie ein Kuhfladen getragen habe und nicht aus den feinen Kreisen komme. Gott, was für eine Geldverschwendung das war, dich auf diese Schule zu schicken. Wenn ich bloß jetzt soviel Bares hätte. Na, weshalb hat dich die verehrte Miss Hume denn kommen lassen?«

»Sie wollte, daß ich eine Arbeit annehme.«

»Eine *Arbeit*?« Lady Trevis gab ein schrilles, freudloses Lachen von sich. »Also das ist gut. Was für eine Arbeit könntest du in deinem Zustand wohl annehmen? Ganz abgesehen davon, daß du noch nie in deinem Leben eine Arbeit gehabt hast.«

Sie läutete, und Hudson kam herein, um abzuräumen. Während er wie ein Krebs den Tisch umrundete, konnte man ihn vor sich hinmurmeln hören: *»Und tausend, tausend schleim'ge Wesen lebten weiter, so wie ich.«* Niemand beachtete ihn.

»Eine Arbeit annehmen?« sagte Hilda. »Die alte Hume ist eine ziemliche Optimistin, wie?«

»Aber ihr Lieben, warum soll Caro nicht eine kleine Arbeit annehmen? So ein vernünftiger Gedanke! Bestimmt gibt es massenhaft einfache Routinesachen, an denen sie sich versuchen könnte.«

Niemand nahm von Kusine Floras in klagendem Ton geäußerten Vorschlag Notiz.

»Miss Hume hatte einen Bekannten zu Besuch – einen Professor, der irgendwelche historischen Forschungen angestellt haben will.« Carolines Stimme wurde immer farbloser. Sie beugte den Kopf über ihre Kaffeetasse.

»Das könntest du nicht«, sagte Hilda kategorisch. »Forschungen? Du wüßtest gar nicht, wo du anfangen solltest. Sei kein Kindskopf! Du würdest dich verirren, Fehler machen, die Polizei würde uns anrufen, wir sollen dich aus der Bibliothek von Bridpool holen kommen, weil du vergessen hast, wo du bist, und man würde uns vorwerfen, daß wir es dir erlaubt haben. Du sollst dir doch Ruhe und Erholung gönnen, weißt du noch, Schätzchen? – das heißt, wenn du je zu deinem gutaussehenden Mann zurück willst.«

Sie warf Caroline ein rasches, feindseliges Lächeln zu; ein winziges Zucken lief über ihre Wange.

»Ja, Forschung ginge im Moment vielleicht ein *kleines* bißchen über Caros Kräfte. Wir müssen gehen lernen, bevor wir springen, Liebes, nicht wahr? *Ich* hatte an so etwas gedacht wie in der Schulküche helfen oder für die Blinden stricken...«

»Was hast du zu Miss Hume gesagt?« fragte Lady Trevis auf dem Weg in den Salon.

»Ich habe gesagt, mal sehen. Ich werde es wohl nicht machen. Aber der Professor hat mir seine Karte gegeben und mich gebeten, es mir zu überlegen.«

»Karte? Zeig mal.« Hilda streckte die Hand aus. Caroline fand die Karte in ihrer Handtasche. »Gervase Lockhart, M.A., F.S.A., Inst. f. Archäol. Studien, Prof. Arch. Fak. Univ. London, Ehrendingsbums hier, da und dort. Nun schau dir die schicken Titel an! Nicht ganz deine Kragenweite, würd ich doch meinen, Schätzchen, ehrlich!« Sie stellte die Karte auf den Kaminsims.

»Telefon, Hilda«, sagte Lady Trevis, als es zu klingeln begann.

»Warum kann Hudson nicht mal drangehen?«

»Telefon, ihr Lieben!« flötete Kusine Flora überflüssigerweise aus einem Wandschrank, wo sie Wolle für ihre Dauerbeschäftigung, das Stricken für die Blinden, aufbewahrte. »Ich würde ja drangehen, aber es besteht nicht die leiseste Aussicht, daß es für mich armes Geschöpf ist!«

»Du weißt doch, daß Hudson zu taub ist, er hört es gar nicht.«

Hilda schlurfte gähnend hinaus, kam zurück und verkündete in leicht überraschtem Ton:

»Es ist für dich, Caroline.«

»Für *mich*? Bist du sicher? Wer?«

»Hat's nicht gesagt. Ein Mann.«

»Ein Mann?« Strahlende Hoffnung leuchtete in Carolines Augen auf. »Doch nicht *Tim*?«

Sie flog aus dem Zimmer. Hilda und Lady Trevis wechselten Blicke. Kusine Flora setzte ein nachsichtiges Lächeln auf und entschied sich für ein Garn von schreiend giftgrüner Farbe, die die Empfänger glücklicherweise nie sehen würden.

Aber nach kurzer Zeit kam Caroline niedergeschlagen zurück. Drei Augenpaare hefteten sich an sie.

»Na? Wer war es?«

»Ich weiß nicht. Wer es auch war, er hatte schon aufgelegt: es kam bloß das Freizeichen.«

»Na ja, du hast dir beim Drangehen auch ziemlich Zeit gelassen, Schätzchen. Mach dir nichts draus; vielleicht ruft er wieder an.«

Eine halbe Stunde später sagte Caroline: »Ich habe ziemliche Kopfschmerzen. Ich denke, ich gehe ins Bett. Ihr sagt mir doch Bescheid, wenn noch ein Anruf kommt, oder?«

»*Natürlich*, Schätzchen.«

Während Caroline sich die Treppe hinaufschleppte, als hätte sie nicht nur im Kopf, sondern am ganzen Leib Schmerzen, griff Hilda gedankenvoll nach Professor Lockharts Karte, riß sie mittendurch und warf die Fetzen in das glimmende Feuer. Angesichts der hochgezogenen Augenbrauen von Kusine Flora meinte sie:

»Viel besser, das Ding loszuwerden. Sie wird seinetwegen ohnehin nichts mehr unternehmen, und wenn es da steht, regt sie das bloß auf und sie bekommt Schuldgefühle.«

Lady Trevis nickte achselzuckend; sie machte den Fernseher an und vertiefte sich in eine Sendung, die *Dreifaches Glück* hieß.

Kusine Flora sagte: »Tja, ich gehe auch mal ins Bettchen. Ob Hudson wohl daran gedacht hat, meine Wärmflasche zu füllen?« nahm den Stapel grell eingebundener Taschenbücher, den Hilda ihr mitgebracht hatte, an sich und ging weg, um es festzustellen.

Es verging etwa eine halbe Stunde. Hilda legte eine Patience, klatschte gereizt eine Karte auf die andere. Einmal bemerkte sie:

»Ich habe heute nachmittag versucht, sie fahren zu lassen.«

»Wie war es?«

»Hoffnungslos. Sie hat sämtliche Spuren gebraucht.«

»Was hast du denn erwartet?«

»Genau das, denke ich. Vielleicht schlägt sie nach dir – du hast den Dreh auch nie rausgekriegt, stimmt's?« Hilda stieß eine Rauchwolke aus und warf ihrer Mutter durch sie hindurch einen boshaften Blick zu. Plötzlich kam von oben ein Poltern und ein Schrei.

»O Gott«, sagte Lady Trevis resigniert. »Was denn nun?«

»Bleib sitzen. Ich gehe.«

Hilda legte ihre Zigarette auf den Rand eines Aschenbechers und ging rasch nach oben, in eine rechteckige, dunkle, fensterlose Halle, die mit paarweise überkreuzten, rostigen orientalischen Waffen geschmückt war.

Caroline war dort, lehnte in einem alten Bademantel aus blauer Wolle am Geländer. Sie war totenblaß und umklammerte Hildas Arm.

»Im Badezimmer ist eine Schlange!«

»Bist du sicher?« sagte Hilda und zog die Augenbrauen hoch. »Du weißt ...«

»Ganz sicher! Sie hat sich bewegt!«

»Wo?«

»In der Wanne.«

»Na denn. Auf geht's.« Hilda nahm gelassen einen malaiischen Kris von der Wand.

»Willst du nicht Hudson holen?«

»Was würde *der* uns wohl nützen?« sagte Hilda verächtlich und ging ins Badezimmer. Gleich darauf kam sie mit ausdruckslosem Gesicht wieder heraus, in der Hand ein feuchtes Reinigungstuch. »Da hast du deine Schlange«, sagte sie. »Das muß es sein, was du gesehen hast. Gladys muß es nach dem Saubermachen in der Wanne liegengelassen haben.«

»Das kann es nicht gewesen sein! Es war eine schwarze Schlange, glänzend, mit einem weißen v auf dem Kopf! Ich hab sie deutlich gesehen.«

»Und sie ist aus der Wanne verschwunden? Vielleicht durch den Abfluß? Ich bin müde, also wollen wir jetzt nicht darüber streiten«, sagte Hilda und lotste Caroline in ihr Schlafzimmer zurück. »Hast du noch ein paar Schlaftabletten? Na los, schluck um Gottes willen eine, damit wir alle ein bißchen Schlaf kriegen.« Carolines Proteste ignorierend, verabreichte sie ihr die Tablette, machte das Licht aus und lief wieder nach unten.

Ihre Zigarette war zu einer langen Aschensäule verglommen und Lady Trevis sagte, angewidert mit der Hand wedelnd: »Dieses Zimmer stinkt nach verbranntem Papier. Mach das Fenster auf. Na, worum ging es eigentlich?«

»Schlangen, auch das noch.«

»Herr im Himmel. Als nächstes sind's rosa Elefanten. Dieser supertolle Gehirnklempner scheint ihr ja trotz all der Honorare, die die Conroys bezahlt haben, nicht besonders gut getan zu haben. Weiß der Himmel, warum sie unbedingt ihr Geld verpulvern wollten – wenn sie soviel Bares übrig hatten, warum konnten sie mir dann kein Darlehen geben, um das hier zu einem Gästehaus zu machen?«

»Meine Güte, wer würde schon hierher kommen wollen? Ich kann den Conroys keinen Vorwurf machen, daß sie da vorsichtig waren.« Hilda sah sich geringschätzig in dem trostlosen Zimmer um. »Ein Blindenheim wäre das einzig Angemessene. Schade, daß Kusine Flora so den Daumen auf dem Geld hat, sonst könntest du *sie* um ein Darlehen anpumpen – wo ihr die Blinden scheint's so am Herzen liegen.«

»Flora? Sei nicht albern«, sagte Lady Trevis leichthin. »Flora hat kein Kapital zu verleihen.«

»Was soll das heißen? Was ist mit Tante Prues Spargroschen?«

»Flora hat das alles in eine Rente umgewandelt – nein, sie hat es mir nicht gesagt, sie ist viel zu heimlichtuerisch, der alte Hatherleigh war's, als ich mich bei ihm nach meiner Dividende aus den Investmentfonds erkundigt habe – er dachte natürlich, ich wüßte es. Flora hat sonst nichts. Warum«, sagte Lady Trevis und schleuderte einen verschlagenen Blick auf Hilda, die ausnahmsweise tief betroffen wirkte, »hast du mit einer hübschen kleinen Erbschaft gerechnet? Das kannst du dir gleich aus dem Kopf schlagen, Kleines.« Sie lachte säuerlich.

Hilda gab keine Antwort, aber ein paar Minuten lang brannten auf ihren Jochbeinen zwei rote Flecken, und sie legte die Patiencekarten mit mehr als nur ihrer üblichen Unaufmerksamkeit aus. Nach einer Weile bemerkte sie zusammenhanglos: »Tja, wenn Arbeit für Caroline Therapie ist, fängt sie am besten damit an, daß sie bei den Hunden hilft.«

Lady Trevis wirkte skeptisch.

»Hältst du das für klug? Sie würde sie wahrscheinlich vergiften.«

»Verdammt, Mutter, ich brauche dringend Hilfe, von dir kriege ich nicht viel, Hudson ist gar nicht dazu imstande, und es gibt jede Menge Sachen, die Caroline machen kann. Wenn ich es ihr jetzt beibringe, kann sie es machen, wenn ich im Oktober weggehe.«

»Ach? Das erste Mal, daß ich davon höre, daß du im Oktober weggehst«, erkundigte sich Lady Trevis spitz.

»Jetzt weißt du's. Morgen fange ich an, Caroline anzulernen. Na denn, ich nehme ein Bad«, sagte Hilda und ging.

Lady Trevis schaltete auf eine Sendung um, die sich *Riskier etwas* nannte, und sah sie sich an, bis sie in ihrem Sessel einschlief; gleich darauf rappelte sie sich, gelangweilt das Gesicht verziehend, auf und wankte wie eine Schlafwandlerin zu Bett.

2

Freitag, 20. August – Sonntag, 22. August

»Da kommt Lorraine Duke«, sagte Hilda mit einem Blick aus dem vom Regen schraffierten Fenster. »Was die wohl an einem regnerischen Nachmittag in diese Gegend führt? Nicht das Vergnügen an unserer Gesellschaft, wette ich. Laß sie doch rein, Schätzchen. Hudson ist die Hunde ausführen gegangen, und ich habe ganz klebrige Hände, weil ich diesem verdammten Köter Oegycin ins Ohr zu träufeln versuche.«

Der Pudel auf ihren Knien zappelte und winselte asthmatisch.

Caroline war blaß und teilnahmslos; sie hatte schwarze Ringe unter den Augen. Ohne zu antworten, ging sie zur Haustür und ließ Lorraine ein, ein großes, strammes, rosiges Mädchen mit schwarzem, wuscheligem Haarschopf, das mit durchdringender Stimme ausrief:

»Hallo, Carey, bist du noch da? Kommst du gut zurecht bei uns Landeiern? Findest du's ein bißchen fade nach dem Ausland?«

Sie wartete Carolines Antwort nicht ab, sondern schritt in den Salon weiter. Caroline folgte, niedergedrückt von dem Gefühl, gar nicht zu existieren, das Lorraine ihr gewöhnlich zu vermitteln verstand. Lorraines lautes, häufiges Lachen, ihr schriller Public-School-Tonfall, ihre etwas dickhäutige Überschwenglichkeit und ihre Unfähigkeit zuzuhören hatten auf ihre schüchterneren Bekannten häufig diese Wirkung.

»Kannst du mir einen Gefallen tun, Hilda?« fragte sie gerade. »Ich muß vorübergehend ein paar von meinen Jobs aufgeben – meine Liebe, ich habe schlicht keine *Zeit* dafür, solange ich meinem Bruder helfe. Pfadfinderinnen, Rotes Kreuz, Essen auf Rädern, freiwillige Frauenarbeit, Theatergruppe – normalerweise kann ich alles einschieben, aber im Moment geht es einfach nicht, sonst schwindet mein gesellschaftliches Leben schlicht dahin. Ob du's glaubst oder nicht, ich sehe kaum eine Menschenseele!« Sie verdrehte die vorstehenden, pflaumenblauen Augen nach oben.

»Ich fange gleich an zu weinen«, sagte Hilda trocken. »Also? Was soll ich tun? Wenn es die Pfadfinderinnen sind, kann ich dir gleich sagen, daß die Antwort Nein lautet. Ich bin nicht sehr für diesen Gemeinnützigkeitsquatsch, das weißt du. Wir haben nicht diese Traditionen in unserer Familie.«

»Nein, nicht die Pfadfinderinnen. Meine Liebe, *könntest* du die Dorfbücherei für mich übernehmen? Es macht nicht viel

Arbeit. Du brauchst nur zweimal die Woche, Mittwoch und Freitag abends, eine Stunde im Gemeindehaus zu sitzen und den Lesestoff auszugeben. Das würde dir doch nichts ausmachen, oder? Du schreibst einfach den Namen in ein Buch und mahnst die alten Leutchen, wenn sie die Leihfrist überschreiten; mittlerweile kommt kaum noch jemand, die gucken alle viel lieber Fernsehen.«

Hilda wirkte alles andere als begeistert. »Ich gehe Freitag abends oft nach Bridpool. Kannst du niemand anders finden? Wie wär's mit Caroline? *Ja*«, fügte sie, sich erwärmend, hinzu, als ihr die Vorteile dieser Idee dämmerten, »Caroline macht das für dich, nicht wahr, Schätzchen? Es ist genau das, was du brauchst, du wolltest doch irgendeinen Job, oder nicht?«

»Caroline? Ich dachte, die würde jeden Moment wieder abreisen?« Lorraine drehte sich um und starrte Caroline zweifelnd an, als wäre sie nie auf eine solche Idee gekommen, aber Hilda fuhr in überzeugendem Ton fort:

»Das ist ein guter erster Schritt, dich einfach wieder mit Leuten zusammenzubringen. Du brauchst nur ruhig im Gemeindehaus zu sitzen, du weißt doch, wo das ist, an der Hafenmole; du kannst mit den alten Omis schwatzen und dir ihre ganzen Sorgen anhören, könnte gar nicht besser sein.«

»Ich bin wirklich nicht ...« begann Caroline, aber sie wurde von den anderen beiden, die den Plan aus unterschiedlichen Gründen für ausgezeichnet hielten, entschlossen niedergeredet.

»Wie machen sich die Arme, Caroline«? besann sich Lorraine gleich darauf zu fragen. »Du solltest öfter schwimmen gehen. Ich hole dich demnächst mal dazu ab. Stellt euch vor, wen ich neulich vor Pennose Head habe schwimmen sehen, das erratet ihr nie ...«

»Wen denn?« Hilda war sichtlich nicht interessiert. »Höchstwahrscheinlich kenn ich ihn sowieso nicht – ich habe nicht deine ausgedehnte Bekanntschaft mit den Leuten von hier.«

»Ach was, niemand aus der Gegend. Nein, diesen Geiger,

Lupack, Lupatsch, oder wie spricht er sich gleich aus? Der, der aus der Tschechoslowakei oder Ungarn oder wo abgehauen ist.«

»Lupac?« sagte Caroline unwillkürlich. »Den habe ich gestern spielen hören. Bist du sicher, daß er es war, Lorraine? Es scheint ziemlich unwahrscheinlich, daß er hier herunter kommt.«

»Keine Ahnung. Ich denke, Geiger gehen auch manchmal schwimmen, wie normale Menschen. Pennose ist schließlich ein ziemlich berühmtes Stück Küste, auch wenn es ziemlich unzugänglich ist.«

»Er *könnte* es wohl gewesen sein«, sagte Hilda, die sich mit Mühe aus ihrem Schweigen zu reißen schien.

»Könnte? Ich sage dir, es war Lupac. Wenn nur noch ein anderer auf der Bank sitzt, kannst du ihn gar nicht übersehen. Und sein Gesicht konnte ich nicht verwechseln, es war letzthin so viel in den Nachrichten. Hab natürlich nichts gesagt, der Typ liegt mir nicht so – außerdem ist er abgehauen, als er mich gesehen hat. Meinst du, er ist wirklich ein kommunistischer Agent? Daddy ist sich sicher.«

»Glaub ich nicht«, sagte Hilda gleichgültig. »Warum sollte er auch? Offensichtlich wird er im Westen sein Glück machen, alle sagen, er ist ein Genie. Ich denke, die Roten sind ziemlich sauer, daß sie ihn verloren haben.«

»Ja, aber vielleicht haben sie ihn heimlich in der Hand!« rief Lorraine mit aufgeregter Stimme.

»Glaub das bloß nicht.«

»Warum?« sagte Lorraine. »Was macht dich so sicher?«

»Ach – nichts. Bloß sein Gesicht. Er wirkt wie ein ziemlich harter Bursche. Ich kann mir nicht vorstellen, daß er sich erpressen läßt. Du mußt doch auch diesen Eindruck gehabt haben, als du ihn aus der Nähe gesehen hast?«

»Ja-a. Nicht direkt hart, aber irgendwie kalt und skrupellos – eine Gänsehaut hab ich gekriegt. Deswegen finde *ich*, er sieht wie ein Spion aus.«

Caroline verlor das schwache Interesse an dem Thema und

ging still aus dem Zimmer. »He, wo willst du hin?« rief Hilda. Es kam keine Antwort. Kurz darauf sah man Carolines in einen Regenmantel gehüllte Gestalt am Fenster vorbeigehen und auf dem laubbedeckten Pfad am Tebburn entlang kleiner werden.

»Der Teufel soll das Mädchen holen!« sagte Hilda. »Mindestens ein halbes Dutzend Hunde müssen ausgeführt werden, und ich hätte Verschiedenes, was im Dorf zu erledigen wäre. Sie geht nur sehr ungern dorthin, das ist das Problem.«

»Ich denke, der Anblick der Kinder regt sie auf«, meinte Lorraine, wobei sich auf ihrem gesunden Gesicht flüchtig so etwas wie ein Anflug widerwilliger Anteilnahme abzeichnete. »Sie erinnern sie zwangsläufig... Wie macht sie sich eigentlich? Sie sieht immer noch ziemlich käsig aus. Geht sie wieder zurück nach Dingsbums...«

»Ins Krankenhaus?«

»Nein, wo Tim ist, diese Insel im Roten Meer.«

»Ras al-Abdan...«

»... oder kriegt Tim einen Job in England?« Lorraine stellte die Frage mit allergrößter Beiläufigkeit, aber unter Hildas scharfem Blick verfärbte sie sich langsam zu einem düsteren, unkleidsamen Rosa.

»Zwecklos zu hoffen, daß Tim schon nach England zurückkommt, Schätzchen, scheint's kommen sie dort nicht ohne ihn aus. Also mach dir nicht allzu viele Hoffnungen. Du gehst am besten so vor, daß du dir dort einen Job organisierst. Ich bezweifle nämlich *sehr*, ob Caroline diesem Klima je wieder gewachsen sein wird.«

»Hilda, manchmal kannst du ein absolutes *Biest* sein.« Ihre Beiläufigkeit völlig einbüßend, begann Lorraine zu stottern. »Als ob – ich meine, du weißt ganz genau, ich würde nie...«

»Ach ja? An deiner Stelle würde ich aber«, sagte Hilda kategorisch. »Du wolltest Tim doch immer, der Himmel weiß warum. Tja, du wirst ihn nicht kriegen, wenn du hierbleibst, bei Gymkhanas mitreitest und die Damentennismeisterschaft des West Country gewinnst, das kann ich dir sagen.«

Mit säuerlicher Belustigung sah sie zu, wie Lorraine geschlagen abzog.

Als Caroline mehrere Stunden später ins Haus kam und langsam ihre feuchten Regensachen auszuziehen begann, konnte sie aus der kleinen Telefonnische in der vorderen Halle Hildas Stimme hören.

»Heißt das, morgen klappt's nicht? Ziemlich kurzfristige Absage, findest du nicht? Angenommen, du hättest mich nicht erreichen können, was hättest du dann gemacht? Meine Güte, *nein*, ich beklage mich nicht. Ich weiß, daß berufliche Kontakte vorgehen. Ich meine nur, daß du ein bißchen früher Bescheid sagen ... *Natürlich* nicht, Schätzchen, deine Karriere ist heilig, das sehe ich doch voll und ganz ein ... Ich hoffe, sie ist auch hübsch. Nein, nein! Meine Güte, ich habe einen Witz gemacht; unser berühmter Inselhumor, du weißt doch. Wann treffen wir uns dann? Gut. Gut. Wie du meinst. Prima. Okay. Bis dann. Tschüs.« Es gab eine längere Pause, dann hörte Caroline sie heftig eine andere Nummer wählen.

»Cecilia? Ach, Siss, bist du das? Was macht die Hornblaserei? Die Bazooka noch in Ordnung? Hör mal, Schätzchen, ob du mir wohl einen Gefallen tun kannst?«

Lady Trevis war im Salon und sah sich eine Sendung an, die *Millionenchance* hieß. »Wo zum Teufel bist du gewesen?« fragte sie gereizt.

»Oben im Wald, spazieren«, sagte Caroline.

»Du hättest sagen können, daß du weggehst, du hättest die Pekinesen mitnehmen können. Und ich wollte noch Zigaretten. Mach mir noch einen Drink, bevor du dich hinsetzt, ja?«

»Was denn?«

»Gin und Coca-Cola.« Lady Trevis mußte sich wiederholen, um sich über das Gebrüll des Studiopublikums hinweg verständlich zu machen.

»Mann, was für ein Gebräu. Haben wir denn kein Tonic?« Hilda war hereingekommen und durchstöberte den Flaschenschrank aus Mahagoni. Sie wirkte sowohl verärgert als auch triumphierend. Als sie den Kronenkorken von einer Flasche hebelte, zitterten ihr leicht die Hände. »Dreh um Gottes willen leiser, Mutter. Hast du die Getränke nicht bestellt, Caroline?«

»Nein, sollte ich denn?«

»Ich habe dich doch darum gebeten, Schätzchen. Ich habe dir die Liste gegeben und gesagt, ruf sie um zehn an, rechtzeitig zur Auslieferungsfahrt.«

»Liste? Du hast mir keine Liste gegeben.«

Hilda seufzte. »Du hast sie in die Tasche gesteckt«, sagte sie. »Ich habe sie dir gegeben, du hast gesagt: ›Ich mach's, wenn ich meine Strümpfe gewaschen habe‹, und dann hast du sie in die Tasche gesteckt.«

Mit gutmütiger, schwesterlicher Derbheit steckte sie eine Hand in Carolines Tasche und holte einen Zettel hervor.

»Da!«

Caroline starrte ihn mit zusammengepreßten Lippen an. »Ich ... ich könnte *schwören*, daß ich das noch nie gesehen habe. Bist du sicher?«

»Wie soll es denn sonst dahingekommen sein?«

»Ich habe zwar Strümpfe gewaschen – aber ich kann mich nicht erinnern ...«

»Nun hört schon zu streiten auf, ihr zwei«, fauchte Lady Trevis. »Wie ich dieses Leben ertrage, weiß ich nicht. Zwei Frauen in einem Haus ist schlimm genug, aber vier! Geh Mackenzies jetzt anrufen, Caroline, ja?«

»Sie haben geschlossen.«

»Dann gib Gladys die Bestellung mit, sie kann sie ihnen in den Briefkasten stecken, wenn sie heute abend heimgeht.«

»Hat Caroline dir von ihrem Job erzählt?« fragte Hilda, während sie auf das Dienstmädchen warteten.

»Job, was für ein Job? Ich dachte, sie würde dir bei den Hunden helfen?«

»Das ist zusätzlich – bloß im Dorf«, sagte Hilda besänftigend und blies einen Rauchring. »Unsere hockeyspielende Freundin wollte, daß jemand die Bücherei übernimmt. Das sollte Caroline schaffen können.«

»Wenn sie nicht alle Bücher durcheinanderbringt und die Leihscheine verlegt. Ich habe mich schon gefragt, weswegen Lorraine hergekommen ist – ich wußte, sie würde nicht bloß wegen des Vergnügens an unserer Gesellschaft vorbeischauen... Oh, da sind Sie ja, Gladys. Nehmen Sie bitte die Getränkebestellung mit und werfen Sie sie bei Mackenzies ein, wenn Sie nach Hause gehen.«

Gladys war plump, mit stämmigen, in schwarzen Strümpfen hervorquellenden Waden; ihr ziemlich fades Gesicht, das im frühen Teenageralter von blasser, ätherischer Schönheit gewesen sein mußte, war zur teigigen Stumpfheit seines endgültigen Zuschnitts geronnen, und was ein Ausdruck schlichter Gutmütigkeit hätte sein können, war dick mit wachsbleichem Lippenstift und vampirhaften Massen von Lidschatten zugekleistert. Ihr blondes Haar war zu einer Hochfrisur toupiert.

»Vielen Dank für die Kleider, Miss Caro«, sagte sie ernst, als Caroline ihr die Liste gab, nachdem sie einen letzten, gequälten Blick darauf geworfen hatte.

»Kleider?«

»Du erinnerst dich doch, Caroline«, mischte sich Lady Trevis ein. »Ich habe gemeint, daß es gut wäre, Gladys den Koffer mit den... den Sachen des Jungen zu geben.«

»Das war ja so nett«, fuhr Gladys verlegen fort. »Die kleinen T-Shirts sind wunderschön. Nicht daß Sie meinen, ich wüßte sie nicht zu schätzen, Miss Caro. Mein Garry findet sie ja so todschick.«

»Nun ja, schon gut, Gladys«, schnitt ihr Lady Trevis das Wort ab. »Sie gehen jetzt besser, sonst machen Sie noch Überstunden. Und das ginge doch nicht, oder? Na, na, Caroline, reiß dich zusammen!« fügte sie scharf hinzu, als die Tür sich hinter Gladys schloß. »Es hatte absolut keinen Sinn, die Kleider aufzuheben, oder? Fang nicht an, dich deswegen in etwas hineinzusteigern, wir leben nicht in irgendeinem morbiden Roman aus dem neunzehnten Jahrhundert, wo die Leute für den Rest ihres Lebens Hochzeitskleider tragen. Du mußt damit aufhören.«

Caroline nickte, die Finger ineinander flechtend. Sie war ganz weiß.

»Hey«, sagte Hilda mit einem Blick auf ihre Uhr. »Du machst dich besser auf den Weg ins Dorf, Schätzchen, Büchereiabend, vergiß das nicht. Lorraine hat den Schlüssel zum Gemeindehaus dagelassen, da ist er. Übrigens, ich habe gemerkt, daß sie es ziemlich komisch fand, wie du mitten während ihres Besuches einfach weggegangen bist – nicht sehr höflich, wie? Sie hat mich gebeten, dir auf Wiedersehen zu sagen, und gesagt, sie würde dich demnächst mal zum Schwimmen abholen.«

»Danke«, sagte Caroline mechanisch.

»Jetzt aber los, Mädchen, sonst stehen die alten Leutchen im Regen Schlange und machen ihre Bücher naß. Du weißt doch noch, wo das Gemeindehaus ist? An der Fußgängerbrücke, direkt hinter der Schule, bei der Hafenmole. Hier, du wirst eine Taschenlampe brauchen – nun steh nicht so mondgesichtig rum – Bewegung!«

Caroline fand sich draußen in der feuchten Nacht wieder, wie sie knirschend die feuchte Auffahrt entlangging, vorbei an den dunklen Wällen von Rhododendron. Und dahinter verborgen die dunkleren, höheren Wälle der bewaldeten Talwände, wo die stillgelegte Eisenbahnstrecke dahinkriecht wie ein alter, leerer Rattengang. Und den schmalen Pfad hinab, wo die Stimme des Flusses alle anderen Geräusche übertönt. Es ist mittlerweile dunkel, zu dunkel, um zu sehen, wie das braune Wasser über den Felsen grünlich-weiß aufschäumt, aber der Geruch von Wasser ist überall; auf dem Pfad überspannen ab und zu kleine Stein- und Bohlenbrücken Miniaturwasserfälle, die sich herabwirbelnd mit dem Hauptfluß vereinen.

Der Stadtrat von Woodmouth knauserte mit der Straßenbeleuchtung. Warum nicht, wo alle Dorfbewohner um sieben in den Häusern waren? Zwei trübe Einheitslampen flackerten, eine am Ortseingang, wo die mit fünfzehnprozentigem Gefälle herunterkommende Moorstraße auf den Fluß traf und das Tal sich gerade genug verbreiterte, um Straße und Fluß neben einer

Doppelreihe von Häusern mit Hintergärten, die im Winkel von fünfundvierzig Grad anstiegen, Platz zu bieten. Die andere Straßenlaterne stand an der Hafenmole, am hinteren Ende der winzigen Straße. Daneben stürzen sich, zwischen Granitwänden eingezwängt, die vereinigten Wasser des Tare und des Tebburn tosend in den Atlantik.

Caroline suchte sich ihren Weg über den Strandkies, den Sommerböen auf das Pflaster geworfen hatten, zu einer ziemlich kleinen Holzhütte, die an der Stelle stand, wo die Hafenmole in einen verkürzten, von Klippen eingeschlossenen Strand überging. Früher einmal hatte man in der Hütte optimistisch Tee angeboten, aber als dieses Unternehmen aus Mangel an Touristen fehlschlug, war sie als Mehrzweckgebäude für die Gemeinde vom Stadtrat übernommen worden.

Das Dorf hinter ihr war still, und über ihr zerschnitten die bewaldeten Klippen den Nachthimmel.

Als sie sich der Hütte näherte, trat eine dunkle Gestalt aus dem tiefen Schatten auf der kleinen Veranda.

Caroline stieß unwillkürlich einen Schrei aus und ließ ihre Taschenlampe fallen.

»Na na, nur ruhig, Mädchen! Nich' nötig, wegen mir historisch zu werden.«

Die knarrende Stimme war so vertraut, daß sie einen Moment lang ganz unfähig war, sie zu erkennen. Dann rief sie, schwach vor Erleichterung: »Hudson! Meine Güte, haben Sie mich erschreckt. Was machen Sie denn hier?«

»Wollt mein Büchereibuch umtauschen, was ha'm Sie denn gedacht?« sagte der Butler mürrisch. Er hob jedoch die Taschenlampe auf und leuchtete ihr, während sie die Tür aufschloß.

Der Flur roch kalt, staubig und salzig. Sand knirschte auf dem Dielenboden. Hudson fand die Lichtschalterreihe, knipste sie an und erleuchtete so das Häuschen, das trostlos war: ein länglicher, brauner Raum, die Wände entlang gerade Holzstühle, eine Bühne mit Jutevorhängen an einem

Ende, eine weitere Tür, die zu einem Künstlerzimmer nebst Küche mit Spüle und Wasserhahn führte.

»Die Bücher sind in den Kisten da«, unterrichtete sie Hudson. »Man legt sie auf dem Tisch aus.«

»Es sind nicht sehr viele; ist das alles, was sie haben?« sagte Caroline, während sie tat wie geheißen.

»Alle drei Monate kommt 'n Lieferwagen und bringt neue«, sagte Hudson. Er half ihr unter asthmatischem Schnaufen. Sie blickte voll Neugier auf sein bleiches, verschlossenes, haarloses Gesicht.

»Ich wußte gar nicht, daß Sie gern lesen, Hudson.«

»'türlich les ich. Was kann man denn in so 'ner Gegend sonst machen? Geht die Zeit schneller rum, oder?«

»Vermutlich...« Caroline blickte sich unbehaglich in dem düsteren kleinen Saal um. »Hier finden doch manchmal Vorträge statt, nicht? Meinen Sie, wir sollten die Vorhänge zuziehen, man kommt sich ja wie auf dem Präsentierteller vor. Jeder könnte hereinschauen.«

»Zieh'n Sie sie zu, wenn Sie wollen, aber da ist niemand, der schaut. Bloß die Schule auf der einen Seite, und der Strand auf der anderen.«

Sie starrte hinaus in die Dunkelheit und erhaschte einen weißen Schimmer, wo die tiefstehende Ebbe am Kiesufer entlangmurmelte.

»Und auf der Bucht das Mondlicht lag, und des Mondes dichter Schatten«, sagte Hudsons Stimme dicht hinter ihr.

»Meine Güte, Hudson, wenn Sie mir bloß nicht ständig so einen Heidenschreck einjagen würden!« Sie zog raschelnd die Vorhänge zu und trat wieder an den Tisch.

»Ach ja, es geht nix über Gedichte, wenn sich's drum dreht, auf den Kern der Sache zu kommen«, grummelte Hudson, während er zwischen den Büchern herumstöberte. Er fixierte Caroline mit seinen glitzernden Augen und deklamierte: *»In tiefem Zuge schien mein Nerv des Herzens Furcht zu trinken*! Das hat Ausdruck, was? Stehen einem die Haare zu Berge, wie? Und ich könnt noch viel mehr zitieren.«

»Tun Sie's lieber nicht«, sagte sie schaudernd und machte sich daran, die Bücher nach Kategorien geordnet auszulegen.

»Miss Caroline.« Mit einemmal war Hudsons knarrendes Flüstern gewichtig, bedeutungsvoll, eindringlich geworden.

»Ja, Hudson? Was?«

Er sah sich um und senkte die Stimme verschwörerisch noch weiter. »Ich bin heute abend mit Absicht gekommen, wie ich Miss Hilda hab sagen hören, daß Sie Miss Duke vertreten.«

»Warum, Hudson?« sagte Caroline begriffsstutzig. »Warum sind Sie gekommen?«

»Um Sie zu warnen, natürlich. Manche Leute sind doof geboren, wenn Sie mich fragen.«

»Um mich zu warnen? Wie meinen Sie das?« Auch sie hatte die Stimme gesenkt, wie aus Furcht vor der Stille, die nur vom Gemurmel des Meeres unterbrochen wurde.

»Woodhoe House is' nich' der richtige Ort für Sie. Sie sollten nich' hier bleiben. Hier gibt's Böswilligkeit – spüren Sie's nicht, wie eine Krankheit in der Luft?«

Sie stammelte: »Ich, ich glaube, ich verstehe nicht ganz. Was meinen Sie?«

»Hier unten ist es schon immer schlimm gewesen«, sagte er. »Zu eingeschlossen. Zu dunkel, alles wird mies und faul. Besonders wenn man jung ist. Wenn Junges eingeschlossen wird, dann kann's nicht gerade wachsen, und alles Leben drin wird zu Bosheit. Oh, ich hab das hier schon erlebt. Deswegen sollten Sie nich' bleiben. Jemand hier will Ihnen übel, spüren Sie das denn nich'?«

»Woher wissen Sie das? Wer will mir übel?«

»Das darf ich nich' sagen, Miss Caroline.« Einen Moment lang furchten sich seine fahlen Wangen zu einer Reihe paralleler Falten, als amüsiere ihn etwas insgeheim, wenngleich die wäßrigen Augen immer noch ohne zu blinzeln auf sie gerichtet waren. »Aber jemand hier unten haßt Sie, das kann und will ich sagen. Haßt Sie genug, um ...« er sah sich um und kam noch näher, »Ihnen was *anzutun*. Wissen Sie nich', wer's ist? Können Sie's nich' erraten?«

»Nein«, flüsterte sie, die Finger an die Stirn pressend. »Wie soll ich denn erraten, wer es ist? Es stimmt, ich habe ... etwas gespürt ... ich dachte, ich würde mir das bloß ... *wer ist es*, Hudson?«

Aber er hatte sich wieder entfernt und sagte mit lauterer, beiläufiger Stimme: »Miss Duke bewahrt die Leihkarten in der Keksdose da auf, Miss, und die Namen schreibt sie in das rote Buch hier; zwei Wochen darf man ein Buch behalten, und dann kostet's einen Penny Strafe pro Woche.«

Die Tür ging auf, und eine unförmige, vertraute Gestalt kam herein. »Nanu, Miss Caro! Ich hab gar nicht gewußt, daß Sie jetzt die Bücherei machen. So eine nette Überraschung!«

»Hallo, Gladys«, sagte Caroline dumpf und nahm die zwei Bücher, die ihr hingehalten wurden.

Gegen Ende der zweistündigen Öffnungszeit kam Kusine Flora hereingetrottet. Es war Nebel aufgekommen, und sie trug einen mit Gürtel und Kapuze versehenen, geknöpften Regenmantel aus glänzendem, geblümtem Plastik, der gleichzeitig grell und geschmackvoll wirkte.

»Klappt alles, Liebes?« zirpte sie. »Da ist die Leihkarte! Wollte nur eben meine Krimis umtauschen. Brauche nachts einfach was zum Einschlafen!« Und sie legte einen Armvoll Bücher hin, deren Umschläge aus einem Gewirr von Blutspritzern, Fingerabdrücken, Pistolen und geknoteten Seilen bestand. »Was nehm ich nur? Was nehm ich nur?« summte sie, während sie die Auswahl auf dem Tisch musterte. »Mit diesem dummen alten Rheuma in den Knien kommen einem die Nächte so lang vor, ich weiß wirklich nicht, wie ich ohne massenhaft Thriller und eine Thermosflasche Tee zurechtkäme. Der Himmel weiß, wie viele Tassen ich trinke, während ihr alle süß schlummert. Na, bist du fertig? Dann helfe ich dir abschließen und gehe mit dir nach Hause; ich bin froh um einen Arm und eine zusätzliche Taschenlampe.«

»Schaffst du die Strecke mit deinem Rheuma, Kusine Flora?«

»So gerade, Liebes, so gerade; ich Ärmste! Der liebe Mr. Pearce, der Tierarzt, hat mich bis hierher mitgenommen. Aber ich muß zugeben, daß ich meine großen Wanderungen von früher, als ich noch fünf bis zehn Meilen laufen konnte, arg vermisse. Ach ja, wenn ich doch bloß noch einmal den Sonnenuntergang vom Baggy Tor aus sehen könne! Aber es ist unartig zu murren.«

»Ginge es dir in einer weniger feuchten Gegend nicht besser?« bemerkte Caroline geistesabwesend, als sie das Dorf verließen und sich Arm in Arm auf den schmalen Flußpfad begaben. Aber Kusine Flora schien von der Anregung sehr gekränkt zu sein und widersprach energisch dem Gedanken, daß die Luft von Woodhoe feucht sein könnte.

»*Seeluft* ist niemals feucht, Liebes – nicht die Sorte Feuchtigkeit, die schadet. Und bei all dem herrlichen Moorland hinter uns ist der Boden zwangsläufig gut entwässert – Entwässerung ist genau das Richtige, weißt du ...«

In der Dunkelheit plapperte ihre Stimme weiter. Nicht genügend interessiert, um die Debatte weiterzuführen – sollte Kusine Flora eben hierbleiben und vom Rheuma geplagt werden, wenn es ihr Spaß machte –, rief sich Caroline Hudsons mysteriöse Mitteilung ins Gedächtnis zurück. Hatte er es ernst gemeint? Hudson war ein so seltsamer Kauz, daß sie vorhin halb zu der Annahme geneigt hatte, er habe es nur getan, weil es ihm Spaß machte, sie zu ängstigen. Aber hier draußen zwischen den Bäumen, beim Geräusch des unsichtbaren Flusses, das laut und eindringlich aus der tiefen Rinne heraufdrang, wußte sie es besser.

Sie konnte sie spüren, die Böswilligkeit, die Bosheit, wie eine in der Luft liegende Krankheit.

Die Cocktailparty der Chumleys im Nabob hatte um sieben begonnen, sich während der ersten halben Stunde aber nur spärlich bevölkert. Mittlerweile allerdings, um Viertel vor acht, strömten Gäste in die Suite, die im Viereck angeordnet war, so daß man sie ohne umzukehren durchschreiten konnte.

Sir Horace Chumley war ein kleiner, kahlköpfiger Mann mit gleichbleibend traurigem Gesichtsausdruck und aschfahlem Teint; das Seltsame war, daß er mit diesem totenähnlichen Äußeren eine solche Dynamik verband. Er wirkte wie ein ungemein lebendiger Leichnam, während er in der Suite umherflitzte und einen weiblichen Gast nach dem anderen verfolgte.

»Er ist ein hervorragender Dirigent, ich weiß«, sagte der holländische Pianist, der sich mit Dominic Tree unterhielt, »aber er hat etwas von einem alten Bock, nicht wahr? Irgend etwas von Hieronymus Bosch. Kein Wunder, daß er Orchester dazu bringt, zu tun, was er will; es muß sein, als würde man vom Gehörnten persönlich dirigiert. Ich möchte meinen, *Eine Nacht auf dem kahlen Berge* müßte seine Spezialität sein. Seine Tochter ist ganz anders, nicht wahr?«

»Schlägt nach der Mutter«, sagte Dominic, der alles über alle wußte. Er warf einen beifälligen Blick zu der Ecke hin, wo Fernanda Chumley, scheu und ernst in einem weißen Kleid, sich mit Harry Lupac unterhielt. Harry war so viel größer als sie, daß er sich in galant aufmerksamer Haltung vorbeugen mußte, um zu verstehen, was sie sagte; die Party kam mittlerweile in Schwung, und das Stimmengewirr wurde immer schriller, wie unendlich verstärktes Mückensummen.

»Was ist mit der Mutter passiert?«

»Bei einem Flugzeugabsturz umgekommen; eine glückliche Befreiung für Sir Horace.«

»Fernanda ist ein hübsches Mädchen, wirkt hier ein bißchen verloren; immerhin, Ihr neuester Wunderknabe scheint sich ja nett um sie zu kümmern.«

»Ich sollte ihn dazu bringen, etwas herumzugehen«, sagte Dominic, war in Wirklichkeit aber durchaus bereit, Harry seinem Stelldichein zu überlassen, das höchst zufriedenstellend zu verlaufen schien; Fernandas Augen strahlten, und ihre Blässe hatte einen Anflug von Rosa angenommen; sie lachte über Harrys Scherze. Was wohl in ihn gefahren ist, daß er so kooperativ ist? fragte sich Dominic; neulich hätte ich keinen Pfifferling für seine Bereitschaft gegeben, zu der Party zu gehen. Ich weiß, er hat deswegen eine andere Verabredung abgesagt, und er haßt jede Andeutung von Zwang. Möchte meinen, daß er unangenehm werden könnte, wenn man ihm wirklich in die Quere kommt, ganz bestimmt stur. Aber die Mädchen fliegen auf ihn, keine Frage.

Er blickte erneut auf Harrys länglichen, lächelnden Kiefer und die bewußte Geste, mit der er die widerspenstige Haarlocke zurückwarf; wegen der sensiblen Fernanda Chumley zwickte Dominic flüchtig das Gewissen, aber das verdrängte er; schließlich war es Sir Horaces Aufgabe, auf seine Tochter achtzugeben.

Die Party ging weiter. Die Gäste drängten sich mittlerweile Ellbogen an Ellbogen; Dominic führte eine Reihe kurzer, nützlicher Gespräche mit verschiedenen Bekannten. Gleich darauf sang ein junger Tenor einige Lieder, was Dominic für einen Mißgriff hielt; fast alle Anwesenden hatten in irgendeiner Weise mit Musik zu tun, aber sie waren wegen Sir Horaces ausgezeichneter Drinks und wegen des Prestiges gekommen, das es ihnen einbrachte, auf seiner Party gesehen zu werden, nicht um sich eine mittelmäßige Solodarbietung anzuhören. Die Gespräche verstummten zögernd oder wurden im Schutze der Klavierbegleitung in verlegenem Gemurmel weitergeführt. Dominic bemerkte, daß Harry nicht von Fernandas Seite gewichen war; er hockte mittlerweile auf der Armlehne ihres Sessels und brachte es fertig, verehrungsvoll und anbetend zu wirken, wie der Held eines Romans aus dem neunzehnten Jahrhundert. Hoffentlich übertreibt er's nicht und bittet sie aus schierer Bosheit um eine Haarlocke oder schickt ihr Bücher über die Sprache der Blumen, dachte Dominic. Sir Horace ist ein gerissener alter Bursche, er würde das bald durchschauen.

»Wer ist das Mädchen, das Sir Horace sich da geschnappt hat?« fragte sein Gegenüber.

»Ich weiß nicht, wie sie heißt«, mußte Dominic gezwungenermaßen einräumen. »Ich habe sie mit ein paar Leuten vom Western Counties College of Music hereinkommen sehen, also nehme ich an, daß sie damit zu tun hat. Sie hat etwas, nicht?«

»Jedenfalls hat sie Sir Horace ziemlich auf Touren gebracht.«

»Das ist nicht schwer«, sagte Dominic trocken.

Das Mädchen, das bei Sir Horace stand, war nicht hübsch, aber ihr Gesicht auf dem recht langen Hals war so lebendig, daß die Züge sich nicht leicht beurteilen ließen; sie standen nie still. Sie lachte sehr viel, verdrehte dabei den Hals; sie rauchte unaufhörlich, sie gestikulierte mit den Händen. Ihr ganz schlicht geschnittenes Kostüm aus braun-weiß getigertem Stoff lenkte den Blick nach oben auf den kunstvoll verschlungenen Wust ihres hellbraunen Haars, in dem sie einen großen, grünen, funkelnden Stein trug.

Sir Horace deutete auf diesen Schmuck und sagte etwas; aus seinem begräbnishaften Gesichtsausdruck ließ sich nicht auf den Inhalt schließen, aber es schien etwas Galantes gewesen zu sein, denn das braunhaarige Mädchen stieß ein schallendes Lachen aus, das in dem ganzen sich leerenden Raum zu hören war, und rief aus:

»Bei *Woolworth*, Sir Horace! Ich kaufe all meinen Schmuck dort, ich kann mir nichts Besseres leisten.«

Harry blickte jäh von seinem Gespräch mit Fernanda auf; seine Augen verengten sich, während er durchs Zimmer starrte. Was hat ihn überrascht? fragte sich Dominic.

Genügend Gäste hatten sich mittlerweile entfernt, so daß Sir Horace, der mit glasigem, aber immer noch scharfem Blick die Häupter zählte, offenbar befand, er könne anfangen, die Leute zu seiner Dinnerparty zusammenzutrommeln.

»Sie können doch bleiben und einen Bissen mitessen, nicht wahr, Tree?« sagte er, Dominic kummervoll zunickend. »Bloß Sardinen auf Toast, wissen Sie, mehr so eine Art Imbiß, zu arm für etwas anderes – werden sich daran gewöhnen müssen, meine Liebe«, sagte er zu dem Mädchen neben ihm und ruckte an ihrem von ihm eingeklemmten Arm, »die Leute werden Ihnen erzählen, daß ich reich bin, aber das stimmt nicht! Touristenhotels und Käsebrot – das ist alles, was Sie bekommen, wenn wir durchbrennen!«

»Aber, Sir Horace, ich dachte, wir würden in einer Blockhütte wohnen und über einem Lagerfeuer kochen. Touristenhotels sind Luxus für mich!«

»Ans rauhe Leben gewöhnt, wie?« Sir Horace entwand seinen Arm lange genug, um ihr vertraulich auf den Po zu klatschen. »Dieses wunderschöne Mädchen ist Hilda Trevis, eine bezaubernde neue Bekannte von mir«, teilte er Dominic mit. »Sie und ich werden zusammen nach Australien durchbrennen, nicht wahr, meine Liebe?«

»Aber, aber, Sir Horace, mir haben Sie gesagt, auf die Salomoninseln!« Das Mädchen warf ihm einen ausgelassenen, koketten Blick zu. »Australien könnte ich nicht *ertragen*, fürchte ich.«

»Na schön, na schön – irgendwohin, wo es ein bißchen Sonne gibt und die Mädchen Baströcke tragen«, sagte der Dirigent, bugsierte sie mit einer Hand auf ihrem Schenkel weiter und rief nach hinten: »Kommt schon, kommt schon, Fernanda und ihr anderen; ich bin am Verhungern. Erst kürzlich in diese Gegend gezogen, nicht wahr?« hörte Dominic ihn zu dem Mädchen sagen, während sie nach unten gingen. »Aber nicht doch, Sir Horace«, sagte sie mit ihrer hohen, tragenden Stimme, »ich wohne seit meiner Geburt in Woodmouth, wir machen alle unsere Einkäufe in Bridpool.«

»Tatsächlich, meine Liebe? Wie kommt es dann, daß ich Sie noch nie gesehen habe?«

Dominic folgte mit Harry, Fernanda und einem halben Dutzend anderer Leute in den privaten Speisesaal; er war in der ursprünglichen Einladung zum Essen nicht erwähnt worden und ärgerte sich ziemlich über diese beiläufige Einbeziehung in letzter Minute; einen Moment lang hatte er nicht übel Lust gehabt, eine andere Verpflichtung vorzuschützen, aber irgend etwas an Harrys Gesichtsausdruck machte ihn neugierig und ein wenig besorgt; er beschloß, seinen Stolz im Interesse professioneller Forschung hinunterzuschlucken.

Sir Horace winkte seine Gäste vage zum Tisch, ohne sich darum zu kümmern, wer wo saß, und fuhr fort, seine ganze Aufmerksamkeit dem braunhaarigen Mädchen zu widmen. Er fragte sie gerade, was sie beruflich mache.

»Ich züchte Hunde, Sir Horace.«

»Hunde! Großer Gott!«

»Ich *weiß*! Ist es nicht *schrecklich*!« pflichtete sie, wiederum unter schallendem Gelächter, bei. »Aber es ist das einzige, was ich kann! Ich beherrsche keinen nützlichen Beruf, ich hatte nie eine richtige Ausbildung. Und wenn wir durchbrennen, Sir Horace, halte ich es nur für fair, Sie zu warnen, daß ich eine völlige Ignorantin bin – ich kann keine Note von der anderen unterscheiden!«

»Und ich weiß nicht das geringste über Hunde, womit wir schon zwei wären.« Sir Horace warf ihr sein leichenhaftes Grinsen zu. »Ich will auch gar nichts wissen. Üble, gefährliche Biester. Werden Sie denn nie gebissen?«

»Aber ja doch, ständig, ich habe am ganzen *Leib* Hundebisse! Aber ich bin daran gewöhnt. Hundebisse können allerdings gefährlich sein, wenn man nicht die richtigen Vorsichtsmaßnahmen ergreift. Meinen Sie nicht auch, Mr. Lupac?« Sie lachte Harry, der ihr gegenüber saß, über den Tisch hinweg herausfordernd zu; Dominic bemerkte, daß er seine Unterhaltung mit Fernanda unterbrochen hatte, um diesem Gespräch zuzuhören.

Aber er warf dem Mädchen einen kühlen, abweisenden Blick zu und sagte nur: »Ach ja? Ich weiß leider auch nicht das geringste über Hunde«, ehe er den Kopf wieder Fernanda zuwandte.

Irgendwas ist da eigenartig, sagte sich Dominic, der mit geistesabwesendem Genuß von Sir Horaces köstlicher kalter Platte aß, während er fortfuhr, die Unterhaltung der beiden Paare mitzuhören. Dieses Mädchen stichelt gegen Harry. Ist sie ihm schon einmal begegnet? Wie ist das möglich?

Seine Tischnachbarn wurden immer ausgelassener. Sir Horace, der mehr denn je wie der Totenkopf beim Bankett aussah, erzählte Hilda Skandalgeschichten von Orchestertourneen in Südafrika, über die sie laut und ungehemmt lachte; Harry unterhielt Fernanda mit Schilderungen des Lebens in Paris. Aber Fernanda war sehr still und antwortete einsilbig; sie schien von der makabren Übermütigkeit ihres Vaters peinlich berührt zu sein.

»Sie und ich sind die Stillen, Miss Chumley«, murmelte ihr Dominic zu, als Sir Horace sich gerade wegen eines musikalischen Datums an Harry wandte – »War das 58 oder 59, Harry, als die Warschauer Philharmonie achtzehn Malteserkreuze hervorbrachte?«

Fernanda richtete ihre großen, ziemlich jammervollen dunklen Augen auf ihn.

»Wissen Sie, wie ich mir vorkomme?« sagte sie leise. »Wie die Zweitbesetzung, die ihren Text vergessen hat... Ist es nicht albern, so etwas zu sagen?«

»Eine ganz bezaubernde Zweitbesetzung«, antwortete Dominic lahm. Sie hatte den Nagel auf den Kopf getroffen, die arme Fernanda, dachte er; auf eine undefinierbare Weise gehörte sie überhaupt nicht hierher, sie war nur ein Lückenbüßer. Aber für wen? Für zwei kleine, dunkelhaarige, irgendwo in Osteuropa zurückgelassene Mädchen?

Mittlerweile spielte Harry den Clown und ahmte eine ganze Reihe berühmter Opernstars nach. Offenkundig zielte dieses Feuerwerk nicht mehr auf Fernanda ab. Mit einemmal ging dem lauschenden Dominic auf, daß die drei – Harry, Sir Horace und das braunhaarige Mädchen – in einem Balzritual miteinander wetteiferten, sich plusterten und zur Schau stellten – aber wer balzte wen an? Für wen wurde das alles in Szene gesetzt? Harrys Imitationen waren verblüffend gekonnt und grausam, und höchst unpassend; Dominic hatte große Lust, ihn unter dem Tisch zu treten. Diese Party, dachte er, lief aus dem Ruder, lief überhaupt nicht nach Plan, und je eher er Harry loseisen konnte, desto besser.

»Dieser Harry ist ein begabter Bursche, nicht wahr, Hilda?« sagte Sir Horace gerade. »Wir müssen eine Konzertreihe für ihn arrangieren, doch, ich glaube, das müssen wir. Ich vereinbare das besser, ehe er mit seiner eigenen Unterhaltungssendung im Fernsehen anfängt, wie, Harry? Wußte nicht, daß Sie soviel verborgenes Talent haben, mein Junge!«

»Er ist wirklich höchst brillant«, sagte Hilda mit ihrem schrägen, koketten Blick auf Harry, »aber für mich ist ein Opernsänger wie der andere, so dumm bin ich! Wer sollte das letzte sein, Fresca Garroux? Ach so, nein, das ist doch die, die gestorben ist, nicht wahr? Haben Sie sie eigentlich gekannt, Mr. Lupac? Also wenn ich bloß meine Schwester wäre, könnte ich Sie besser beurteilen. Sie ist sehr musikalisch – stellen Sie sich nur vor, Mr. Lupac, sie war am Donnerstag in einem Konzert von Ihnen in der Philharmonie, ist das nicht ein Zufall?«

»Wohl kaum. Die Leute besuchen meine Konzerte, glaube ich.« Harry hob die Brauen. Verlegenes Schweigen trat ein.

»Harry ...« Dominic sah auf seine Uhr. »Ich zerre dich nur sehr ungern weg, aber denk daran, daß du morgen nachmittag in Bournemouth spielst ... ich glaube wirklich ...«

»Dieser Dominic umsorgt mich wie eines Ihrer englischen Kindermädchen«, beklagte sich Harry bei Fernanda. »Und das Schlimmste daran ist, daß er immer recht hat! Aber ich hoffe, daß wir uns nicht für lange trennen – können wir uns bitte bald wieder sehen?«

»Natürlich«, murmelte sie schüchtern.

»Auf Wiedersehen, mein Junge. Ich melde mich wegen dieser Konzertreihe.« Sir Horace warf Harry sein Friedhofsgrinsen zu. »Natürlich nur, falls ich mich nicht entschließe, mit meiner bezaubernden Tischnachbarin hier nach Papua durchzugehen ...«, und er stieß Hilda in die Rippen. Sie quietschte entzückt.

»Was für ein männermordender Vamp«, sagte Dominic, als sie im Lift hinunterfuhren. »Ich glaube, dieses eine Mal hat der alte Horace Chumley seinen Meister gefunden.«

»Ach, das bezweifle ich.« Harrys Tonfall war gleichgültig. »In Wirklichkeit unterscheidet er kaum eine Frau von der anderen. Sobald er eine Partitur in die Hand nimmt, wird er ihre Existenz wieder vergessen.«

Dominic war selbst überrascht von seiner nächsten Bemerkung. »Ich fand, sie hatte etwas Gefährliches.« Wie eine Klinge, dachte er, wie eine scharfe, glänzende Rasierklinge, die in die falschen Hände geraten könnte.

Sie erreichten die Straße in einem Schweigen, das Harry beendete, indem er leichthin sagte: »Du hast mich also weggebracht, um mich vor ihrem üblen Einfluß zu bewahren? Schön, und ich bin dir dankbar für all deine Fürsorge, Dominic. Und jetzt lasse ich dich allein und mache einen Spaziergang. Wir treffen uns dann morgen um zwei im Bournemouth Pavillon. Richtig? Also dann, gute Nacht.«

Er ging mit in den leeren Straßen hohl widerhallenden Schritten davon. Dominic verspürte den Drang, ihm hinterherzurufen, beherrschte sich aber; Harry, der mit dem absoluten Minimum an Schlaf auszukommen schien, war von Bridpool bei Nacht fasziniert und ging oft meilenweit durch die Docks. Er würde rechtzeitig zu dem morgigen Konzert erscheinen; in beruflicher Hinsicht war er vollkommen verläßlich.

Dominic schüttelte sich ungeduldig und ging zum Parkplatz, wobei er sich fragte, warum seine aus reinem Instinkt gesagten Worte von eben mit einem so düsteren, unheilvollen Klang in seinem Kopf nachhallten.

Etwas Gefährliches.

Sonnenlicht schien in diesen Wäldern eine Seltenheit und, wenn es kam, seltsam und schön wie ein Traum zu sein. Die Bäume standen dichtgedrängt im Tal von Woodhoe; auf den unteren Hängen, die dem National Trust gehörten, hatte man den ursprünglichen Eichenwald stehen lassen, aber alles höhergelegene Land, das an das Moor angrenzte, war vor Jahren an eine erfolgreiche Gesellschaft verkauft worden, die die Hänge mit Kastanienbäumen für Zaunpfähle und rasch wachsenden Kiefern bepflanzt hatte. Die jungen Kastanien waren mittlerweile etwa fünf Meter hoch, buschig vom Beschneiden und dicht beieinander stehend. Jede halbe Meile gewährte ein langer Reitweg oder eine Feuerschneise einen Blick den steilen Hang hinab und ließ die mühsam aus dem Abhang herausgehauene schmale Straße, die an der Talseite hinabführte und in Woodmouth endete, flüchtig sichtbar werden. Selbst in diese künstlich angelegten Reitwege sickerte das Sonnenlicht nur in seltenen Augenblicken, so dicht war das Laubwerk darüber; sie bildeten grüne, stille, mit Gras und den stachligen Hüllen der letztjährigen Kastanien ausgelegte Tunnel, wo das einzige Geräusch das träumerische Gurren von Wildtauben, der gelegentliche Schrei eines Fasans war. Caroline war dieser Teil des Waldes lieber als die Kiefern; obwohl er so dicht war, war er nicht dunkel, denn die Bäume waren niedrig; wenn, wie jetzt, die Sonne schien, spürte man noch durch das Blätterdach ihre Wärme darüber.

Den Kopf gesenkt, die Hände in den Taschen, ging sie in ihrem raschen, hüpfenden Schritt von Reitweg zu Reitweg quer über den Hang.

Sie hatte es einmal mehr geschafft zu entkommen, ohne einen von den Hunden mitzunehmen; es würde eine Szene geben, wenn Hilda es herausfand. Hilda wirkte in letzter Zeit, als stünde sie unter elektrischem Strom; die leiseste Berührung rief einen scharfen, schneidenden Funken hervor.

Sie war gestern abend zu irgendeiner Party gegangen – Hilda sprach zu Hause nie über ihre Freunde oder erzählte, wo sie gewesen war, es sei denn, Lady Trevis zog ihr die Würmer aus der Nase –, aber sie hatte sich zu diesem Anlaß mit äußerster Sorgfalt angezogen und war, als sie sehr spät zurückkam, in seltsamer Stimmung, wütend, triumphierend, fiebrig ausgelassen, imstande, beim geringsten Anlaß hochzugehen. Die Stimmung hatte über Nacht und bis in den heutigen Sonntag hinein angehalten. Sogar Kusine Floras übliche Munterkeit wurde dadurch etwas gedämpft; ein Großteil der spitzen Bemerkungen Hildas schien gegen sie gerichtet. Caroline, in der sich unerträgliche Spannung aufgebaut hatte, war nach dem Lunch entschlüpft, um auf ein paar Stunden Frieden und Freiheit zu entkommen; von der geladenen Atmosphäre hatte sie heftige Kopfschmerzen bekommen.

Spätnachmittäglicher Sonnenschein, strahlend golden, von Staubteilchen durchwirkt, fiel schräg zwischen die Kastanien und überflutete die Straße am Ende des Tunnels, schlug Funken aus Glimmerflecken in ihrer Schotterdecke. Im Dorf, zwei Meilen das Tal hinab, läutete eine Kirchenglocke schwach zur Abendandacht, aber es kamen keine Autos vorbei; die Talstraße wurde wegen ihres letzten, abschüssigen Gefälles nach Woodmouth hinein wenig benutzt. Die zu leichteren Steigungen eingeebnete Hauptverkehrsstraße von Bridpool machte südlich vom Dorf einen Bogen und stieß zehn Meilen weiter, im Moor, wieder auf die Nebenstraße.

Diese Wälder waren sicher; keine quälenden Erinnerungen suchten sie heim. Aber oben, links von Caroline, kam die alte Eisenbahnstrecke aus dem Hügel, und die Streckenwärterhütte lag verborgen hinter einem Dickicht junger Eschenschößlinge, die in den vier Jahren groß geworden waren. Unter keinen Umständen würde sie dort hinaufsteigen; bei dem bloßen Gedanken preßte sich ihr Herz vor Schmerz und Scham zusammen, vor einer hoffnungslosen Sehnsucht, die Zeit zurückzudrehen und ihr Leben einen anderen Verlauf nehmen zu lassen, wie bescheiden, unglücklich oder umdüstert er auch sein mochte. Sie wagte nicht, sich an das himmlische Glück dieser fernen Tage zu erinnern; der Preis dafür war zu hoch gewesen.

In dem Bemühen, diese Gedanken hinter sich zu lassen, beschleunigte sie unwillkürlich ihren Schritt und erstarrte, als sie vor sich Schritte und ein schrilles, unmelodisches Pfeifen hörte. Jemand rannte den nächsten Reitweg hinunter und näherte sich im rechten Winkel Carolines Laufrichtung. Gleich darauf sah sie ihn.

»O Gott, nein!« flüsterte Caroline.

Ein kleiner Junge in Jeans, mit einem roten T-Shirt mit großem, blauem Anker darauf; einen Moment lang war die Illusion vollständig, und Caroline dachte in äußerstem Entsetzen, das kann nicht sein, wie kann das sein? Es *ist* – ehe der Junge herumwirbelte, ein völlig unbekanntes Gesicht zeigte und sie sah.

Das T-Shirt natürlich. Es ist bloß das T-Shirt. Ihre Gedanken machten sich frei. Gladys' Garry – er ist größer, das T-Shirt ist eigentlich zu klein für ihn, dachte sie. Es ist Gladys Vernons Garry. Er strolcht aber wirklich ziemlich weit weg von zu Hause herum für einen so kleinen Jungen – er kann nicht viel älter als fünf sein. Älter... ein paar Jahre älter als... aber er muß klein sein für sein Alter.

Selbst bei dem kurzen, direkten Blickkontakt, den sie gehabt hatten, mußte sich dem Jungen etwas von dem Schock und der Furcht in Carolines Gesicht mitgeteilt haben. Einen verschreckten Blick zurückwerfend floh er noch schneller den Hügel hinab, auf den sonnenerleuchteten Ausschnitt der Straße am Fuße des Tunnels zu. Er trug einen simplen Bogen und eine Handvoll Pfeile – Hereward? Oder Robin Hood? Vielleicht spielte er Geächtete und Normannen; vielleicht dachte er, sie sei die Besitzerin der Wälder und könnte ihn bestrafen.

»Schon gut, ich tu dir nichts«, rief Caroline. »Warte...«

Aber er flitzte weiter, ohne sie zu beachten. Keiner von ihnen hatte das vom Moor herunterkommende Auto gehört, dessen Geräusch durch die Gewundenheit des oberen Tals gedämpft wurde. Jetzt bog es um eine letzte Kehre, gelangte auf den langen, verlockend geraden Straßenabschnitt direkt unter ihr und beschleunigte.

Caroline erreichte den Reitweg, blickte hinunter, sah die kleine, rot-blaue Gestalt in ungestümem Tempo entschwinden, dann auf den Ausschnitt von Sonnenlicht hinausstürzen. Sie sah das rasche Aufblitzen einer Windschutzscheibe, hörte das Quietschen von Bremsen, das Mahlen von Metall auf Gummi, von Gummi auf Teer. Eine Stimme schrie. Eine Autotür knallte.

Sie begann zu rennen, auf Beinen, die sich seltsam schwach

anfühlten. Im Laufen schluchzte sie, ein trockenes Schluchzen aus zugeschnürter Kehle. Oh, bitte nicht. Bitte nicht. Oh, bitte.

Als sie zwei Drittel des Weges zurückgelegt hatte, nahm die Szene unter ihr scharfe Konturen an, wie der Lichtkreis am Ende eines Fernrohrs: das Heck eines schräg über die Straße geschleuderten weißen Sportwagens, ein Mann in weißem Hemd, der sich über etwas beugte, das auf der Straße lag – ein zerdrücktes, rot-blaues Häufchen. Der Mann richtete sich auf; er schleuderte mit einem heftigen Ausdruck des Widerwillens etwas von sich und verließ rasch den Bildausschnitt. Er hatte Caroline nicht bemerkt, die einige Meter über ihm in dem ansteigenden, dämmrigen Schacht des Reitweges stand. Gleich darauf hörte man das laute, doppelte Röhren des Auspuffs, das Autoheck schlitterte außer Sicht, und in einer Baumlücke etwas weiter huschte etwas Weißes vorbei.

Das rot-blaue Bündel lag reglos da.

Caroline machte einen weiteren, schwankenden Schritt. Ihre Beine fühlten sich wie Wolle an. Das von seinen lanzenartigen Kastaniensäulen gestützte grüne Dach über ihr begann sich in einem schwindelerregenden Kaleidoskop aus Licht und Schatten zu drehen und herumzuwirbeln, verengte sich zu einem tiefen, grünen Loch, klaffend, um sie zu verschlingen. Sie fiel hinein, tiefer und tiefer. Sie lag, wo sie gefallen war, von der Straße aus unsichtbar hinter einem dichten Schirm niedrig stehender Schößlinge.

Sie hörte weder das andere Auto, das eine Stunde später abbremste und anhielt, noch die Schritte und die entsetzten Ausrufe. Als sie wieder zu sich kam, war die Sonne untergegangen, die Straße war leer, und kein Geräusch störte die Stille der Dämmerung. Nieselregen hatte eingesetzt.

Ich muß es geträumt haben, sagte sie sich. Ich bin im Wald eingeschlafen und hatte einen schrecklichen Traum. Nicht schlimmer als die, die ich nachts habe, aber tagsüber habe ich noch nie einen gehabt. Und wieder dachte sie, was geschieht mit mir? Warum sagt Dr. Galbraith, daß es mir besser geht? Oh, Tim, Tim, was mache ich bloß?

Sie rappelte sich schwächlich auf und machte sich in schräger Richtung, diagonal den Hang hinab, auf den Heimweg, überquerte die Reitwege auf steifen Beinen, die von der tiefen Nachwirkung des Schocks immer noch zitterten. Die Abendkühle schien sich unter ihrer Haut eingenistet zu haben.

»Da bist du ja endlich«, sagte Hilda gereizt, als sie das Haus mit seinem bedrückenden Geruch nach Feuchtigkeit und Hunden betrat. »Was hast du eigentlich gemacht? Zum Mars gelaufen? Ein Mann hat zweimal für dich angerufen – wollte nichts ausrichten lassen.«

»Wer war es?« Caroline legte die Hand auf die dunkle Täfelung, um sich zu stützen; ihre Augen waren benommen, glänzten zu stark. »Doch nicht – Tim?«

»Herrgott, nein. Ich weiß es doch nicht. Er wollte es nicht sagen. Natürlich nicht Tim – sei doch vernünftig! Ich bin ganz sicher, er ruft wieder an. Warum zum Teufel kannst du nicht ein paar von den Hunden mitnehmen, wenn du weggehst; du könntest dir ein *bißchen* Mühe geben, dich nützlich zu machen.«

»Du weißt doch, daß sie mir ausreißen würden«, sagte Caroline. »Ich könnte sie nicht halten.«

Sie ging erschöpft die Treppe hoch und legte sich auf ihr Bett; sie wußte, daß sie ihre feuchten Kleider wechseln sollte, fühlte sich aber zu schwach. Bald darauf klingelte das Telefon.

»Caroline!« rief Hildas Stimme. »Es ist für dich.«

Elektrisiert rappelte sie sich irgendwie auf und rannte nach unten.

»Wo hast du denn gesteckt?« sagte Hilda mit mühsam beherrschter Wut.

»Ich war in meinem Zimmer.«

»Du hast dir ja ganz schön Zeit gelassen.«

Caroline ging an ihr vorbei in die Nische und nahm den Hörer auf, der auf dem Regal neben dem Telefon lag. Er summte sie leise an.

»Hallo?« sprach sie hinein. »Hallo?«

Nach kurzer Stille blaffte eine Stimme: »Die Nummer, bitte! Welche Nummer wollten Sie?«

»Jemand hat mich angerufen – jemand hat meine Nummer verlangt.«

»Er muß aufgelegt haben – jetzt ist niemand mehr in der Leitung.«

»Könnten Sie feststellen, woher der Anruf kam?«

»Tut mir leid, das geht nicht.«

»Ach so. Danke.« Langsam legte Caroline den Hörer wieder auf die Gabel.

3

Montag, 23. August – Dienstag, 24. August

Der eingedellte Messinggong, groß wie ein kleiner Kaffeetisch, hing zwischen Spinnweben und Schatten in der unteren Halle.

Von allen Pflichten Hudsons schien ihm einzig die wirklich Spaß zu machen, ihn vor dem Frühstück zu schlagen; das tat er mit dem rachsüchtigen Vergnügen eines chinesischen Folterknechts aus einem alten Film. Alles in der Halle vibrierte: die Geweihe, die verzogenen Billardstöcke, die gekreuzten Waffen. Stets stießen mehrere Hunde ein erschrockenes Gebell aus.

Eines Tages, dachte Caroline, stürzt vielleicht das ganze Haus in einem Durcheinander aus zerbröckelnden Steinen und pulverisiertem, verrottetem Holz zusammen, wenn Hudson auf den Gong hämmert. Sie schauderte, als sie langsam herunterkam; draußen fiel unablässig Regen und dämpfte das Murmeln des Flusses; drinnen schien der Schall des Messings ihr ins Mark zu dringen und Erinnerungen der gequälten Träume der vergangenen Nacht freizurütteln; sie hatte schlecht geschlafen, unter immer wiederkehrenden Alpträumen.

Hudsons ausdrucksloses Gesicht änderte sich kaum, als sie guten Morgen sagte; es war, als hätten sie dieses seltsame, kurze Gespräch neulich abend nie geführt. Heute wirkte er noch zittriger als sonst, und seine wäßrigen Augen waren rotgerändert.

Lady Trevis, die unter Schlaflosigkeit litt, war immer um sieben wach und sehnte sich nach menschlicher Gesellschaft, selbst die ihrer Töchter oder Kusine Floras. Selten vor Mittag angekleidet, schleppte sie sich in einem wahllosen Sortiment von Nachtgewändern und mit dem hohlen Blick von jemand, der schon länger als erträglich auf sich allein gestellt ist, durchs Haus.

Heute morgen war sie bereits im Speisezimmer, ignorierte Kusine Floras Versuche, ein Gespräch anzuknüpfen und fetzte wütend durch einen Stapel Post, der nur aus Rechnungen und Prospekten bestand. Hilda, die die Post bei deren Eintreffen durchgesehen, zwei Briefe herausgefischt, gelesen – wer schrieb Hilda? Niemand wußte es – und dann in das trübe Feuer geworfen hatte, starrte mit verdrießlicher, gedankenverlorener Miene aus dem Fenster. Ihre fieberhafte Stimmung vom Vortag schien verflogen zu sein und einen emotionalen Kater bei ihr hinterlassen zu haben; sie ignorierte die anderen im Zimmer.

»Rechnungen, Rechnungen, Rechnungen! Man könnte meinen, die verdammten Hunde leben von Kaviar und Lachs«, sagte Lady Trevis, während sie den Stapel butterfleckiger, vollgekrümelter Umschläge rings um ihren Teller durchblätterte. »Hudson, dieser Toast ist ekelhaft – am Rand verbrannt und in der Mitte klitschig. Bringen Sie mir noch welchen, ja?«

»Tut mir leid, Milady.« Hudson nahm den Toastständer und warf ihr aus seinen verschleierten Augen einen haßvollen Blick zu. »Mrs. Hudson is' durcheinander, wie nich' anders zu erwarten. Ich sag ihr, daß der Toast Ihnen nich' geschmeckt hat.« Er schlurfte fort.

»Es ist ein Jammer!« gab Kusine Flora lebhaft ihr Mitgefühl kund. »Verbrannter Toast ist so widerlich, nicht wahr? Zu schade, daß du diese *Slimyum Toastiebisks* nicht ißt – willst du auch wirklich keins probieren, solange du wartest? Die tun einem ja so gut!«

»Um Himmels willen, nein, Flora!«

Flora gab mit gekränkter Miene nach und widmete sich der Lektüre der medizinischen Broschüren, die ihr in großer Zahl auf Bestellung zugesandt wurden, sowie den Besprechungen von Kriminalromanen in den gestrigen Sonntagszeitungen.

»Du hättest dich erkundigen sollen«, sagte Hilda, aus ihrer Geistesabwesenheit erwachend und an ihre Mutter gewandt.

»Wonach erkundigen?«

»Warum Mrs. Hudson durcheinander ist, natürlich.«

»Ach, was du nicht sagst! Wenn etwas los ist, warum sagen sie's dann nicht? Ich bin kein Gedankenleser! Ich kann diese Andeutungen nicht ausstehen.«

Hilda zuckte die Achseln und wandte sich wieder dem Fenster zu.

Da Hudson seine Unabhängigkeit demonstrierte, indem er sich mit dem Toast soviel Zeit wie möglich ließ, fiel Lady Trevis über die schweigsame Caroline her.

»Dein Mann schreibt nicht sehr oft, nicht wahr?«

»Ich denke, er ist beschäftigt«, sagte Caroline verteidigend.

»Beschäftigt oder nicht, man sollte meinen, er fände Zeit, eine Zeile zu schreiben. Es wäre nur höflich, mir ab und zu zu schreiben – wer beherbergt und kümmert sich schließlich um dich? Jedenfalls nicht seine feine Mutter, die ständig nach Syrien düst. Und wo wir gerade beim Thema Tim sind, Caroline, ich finde wirklich, daß er nach all der Zeit, die wir dich jetzt hier haben, wenigstens ...«

»Ach, Mutter ...«

»Was soll das heißen, ach Mutter?« fragte Lady Trevis gebieterisch.

»Falls du sagen willst, daß er in die Hunde investieren oder ein Gästehaus aufziehen soll ...«

»Und ob er das soll!« sagte Lady Trevis aufgebracht. »Da sind die Conroys, die vor Geld stinken, und wir sind praktisch am Verhungern, und was tust du, um uns zu helfen? Investierst Tante Prues ganzes Erbe in diese Firma. Und was tut Tim? Feiner Schwiegersohn, das!«

»Ich habe dir gesagt, daß er von der Firma nur das Gehalt eines mittleren Angestellten bezieht. Und außerdem«, sagte Caroline unbesonnen, »warum sollte er auch? Er bekäme wahrscheinlich keinen großen Gewinn zu sehen.«

Lady Trevis machte den Mund auf, um zu antworten, aber in diesem Moment kam Hudson zurück und knallte wütend den großen, angelaufenen, silbernen Toastständer vor sie hin. Eine von Lady Trevis' Extravaganzen nach der Hochzeit war ein Glastisch mit kunstvollen schmiedeeisernen Beinen gewesen; unpassend und verloren stach er unter dem spätviktorianischen Speisezimmermobiliar hervor. Hudson schmetterte ständig Geschirr darauf, als hoffte er, daß eines Tages ein feiner, langer Sprung in seiner geriffelten Platte entstehen würde.

»Gladys kommt heute nich'«, verkündete er mit düsterer Freude. »Wie unter den Umständen nich' anders zu erwarten.«

»Nehmen Sie sich in acht, Hudson!« fauchte Lady Trevis. »*Was* für Umstände? Wieso nicht anders zu erwarten?«

»Dann haben Sie's gar nich' gehört?«

»Was gehört? Natürlich haben wir nichts gehört.«

»Gladys hat ihren kleinen Jungen verloren.«

Caroline setzte klirrend ihre Tasse ab; aus ihren Wangen wich langsam die Farbe.

»Ihn verloren? Was soll das heißen, ihn verloren? Sie meinen, er hat sich verlaufen? Ich habe ihr schon einmal gesagt, sie soll besser auf ihn achtgeben oder ihn von jemand beaufsichtigen lassen. Ich habe ihn schon öfter oben im Wald gesehen.«

»Nich' verlaufen – *umgebracht*.« Hudson starrte sie an, zitternd, aber trotzig.

»*Umgebracht?*«

Jetzt hielt er das Publikum in seinem Bann; alle sahen ihn an wie hypnotisiert.

»Von so einem Fahrerflüchtigen«, sagte er. »Ich hab ihr immer wieder gesagt, was passieren würd', wenn sie beschließt, hier raufzukommen, und ihn verwildern läßt, bloß weil sie ein paar Pfund extra verdienen will. Die kommen mit Joes Gehalt als Polizist zurecht, die brauchen nich' mehr. Aber diese Mädchen heutzutage sind alle gleich, tun alles, um Geld für Dauerwellen und Raten zu kriegen, und lassen ihre Kinder vor die Hunde gehen.«

»Aber wann ist das passiert?«

»Gestern nachmittag, wo sie hier war und das Geschirr abgewaschen hat. Jemand hat ihn drüben bei Woodhoe Bottom gefunden, ungefähr um halb sieben. 'türlich war's da schon zu spät.«

O mein Gott, dachte Caroline, dann war es kein Traum. *Ich* bin schuld. Wenn er dieses T-Shirt nicht angehabt hätte... wenn er mich nicht gesehen und sich erschreckt hätte... ich weiß, ich hätte diese Kleider verbrennen sollen, ich hätte nie zulassen dürfen, daß Mutter sie weggibt. Ich war zu feige, mich selbst damit zu befassen, und jetzt hat die böse Macht, unter der ich stehe, jemand anders getroffen.

Sie stand wankend auf, stieß dabei gegen den Tisch.

»Liebes, was ist denn? Gib acht!«

»Caroline, paß doch auf. Du hast Kaffee über meine ganze Post geschüttet.«

Hilda zog die Brauen hoch, und Hudson wandte vage verwirrt sein altes Schildkrötenhaupt, aber Caroline eilte ohne ein Wort blindlings aus dem Zimmer.

»Jetzt werden wir wohl wieder einen Rückfall und jede Menge hysterischer Anfälle erleben«, sagte Lady Trevis gereizt.

Hilda zuckte die Achseln, trank noch etwas Kaffee und starrte dann weiter hinaus über den von Regen genarbten Fluß.

Auf das Dach von Tim Conroys Bungalow in Ras al-Abdan brannte die Sonne mit erbarmungsloser Kraft. Die defekte Klimaanlage funktionierte schon wieder nicht richtig, aber daran war er gewöhnt. Ein feuchtes Handtuch um Kopf und Hals saß er da und versuchte zu arbeiten. In seinem jungen, unschönen, intelligenten Gesicht lag so etwas wie Verzweiflung; die Linien an seinen Mundwinkeln vertieften sich, und seine Augen wurden dunkel, als er zum vierten Mal einen kurzen, auf Luftpostpapier gekritzelten Brief herausnahm und las:

Liebster Tim – wie ich mir wünsche, bei Dir zu sein. Ich bin sicher, ich bin kräftig genug, egal was Mutter sagt. Das Problem ist, daß ich mich immer noch nicht daran erinnern kann, was passiert ist, aber Dr. Galbraith sagt, das würde schon irgendwann – aber es war doch nicht alles meine Schuld, oder? Bitte sag, daß es das nicht war. Ich bin sicher, daß es das nicht ist, weil es meine Schuld war, daß ich mich nicht erinnern kann. Liebling, sie sagen, daß Du mich nicht wiederhaben willst, aber bitte komm und hol mich. Ich bin wirklich gesund genug, um zurückzukommen, und ich hasse es hier so, ich bin so verängstigt und einsam und unglücklich. Bitte vergiß mich nicht, bitte komm mich bald holen …

Der Brief war voller Kleckse und ungelenk geschrieben, und das Papier sah fleckig aus, als wäre er in einer Tasche versteckt gewesen und heimlich zur Post gebracht worden. Tim verglich ihn mit einem anderen, sauber getippten Brief, der lautete:

Lieber Tim, ich hoffe, Du machst Dir keine Sorgen um Caroline. Wie du weißt, ist sie immer noch in höchst neurotischem Zustand, was auch nicht verwunderlich ist, aber ihr körperliches Befinden bessert sich zusehends. Dr. Galbraith meint allerdings, daß es, wenn überhaupt, lange dauern wird, bis sie gesund genug ist, nach Ras al-Abdan zu reisen und sich wieder dem heißen Klima – und den unvermeidlichen unglücklichen Erinnerungen – zu stellen. Unter diesen Umständen halten wir es, wenn es auch hart klingt, für besser, wenn Du keine falschen Hoffnungen in ihr weckst, indem Du zu häufig schreibst oder Versprechungen machst, die vielleicht schwer zu halten sind, da der geringste Anlaß sie aus dem Gleichgewicht bringt und aufregt. Natürlich umsorgen Mutter und ich sie nach Kräften.

Herzlich, Hilda

Sein Blick fiel wieder auf den ersten Brief. Bitte, bitte vergiß mich nicht, bitte komm mich bald holen ...

Heute war noch ein Umschlag mit englischer Briefmarke und unbekannter Handschrift dabei. Er hatte ihn bis zuletzt liegenlassen, und nun nahm er ihn, da Post aus England stets Niedergeschlagenheit in ihm hervorrief, ohne großes Interesse zur Hand.

Das Zimmer, in dem er saß, war unnatürlich ordentlich und still; manchmal bekam er Lust, Zeitungen und Schallplatten zu verstreuen, Schubladen und Bücher offen zu lassen, seine Kleider auf den Boden fallen zu lassen, nur um ein bißchen gemütliche Unordnung zu haben, aber er fand es zu künstlich, er war von Natur aus peinlich ordentlich. Und doch hatte ihn Carolines Schlampigkeit nicht gestört; sie hatte ihn gerührt und belustigt, da er fand, daß das Schlampigsein etwas in ihr befreite.

»Hier sieht's wie in einem *richtigen* Schlafzimmer aus«, sagte er immer, wenn er mit Vergnügen verstreuten Puder roch und das feine Gewirr aus achtlos hingeworfenen, duftigen Kleidungsstücken, Kosmetika – nicht daß Caroline viel Make-up benutzte oder das nötig hatte, dachte er liebevoll –, Sandalen, Skizzenblocks und Gedichtbänden bewunderte. »Man sieht, daß hier wirklich jemand wohnt. Ein aufgeräumtes Haus bedeutet, daß niemand richtig lebt – sondern sein Leben nur mit Aufräumen zubringt.« – »Ach Schatz, ich liebe dich«, sagte Caroline und umarmte ihn, »ich werde mich bald ein wenig bessern, was das Wegräumen angeht, aber hier mit dir zu leben ist so schön, und man kann so viel wunderbare Dinge unternehmen, daß das Aufräumen irgendwie immer ganz nach unten auf der Liste rutscht.«

Caroline hatte das Leben in Ras al-Abdan geliebt. Im Unterschied zu einigen Ehefrauen der Angestellten hatte sie sich nie gelangweilt.

Und es hatte auch immer Spielzeug herumgelegen ...

Mit gewaltiger, bewußter Anstrengung verbannte Tim diesen Gedanken aus seinem Kopf und öffnete seinen letzten

Brief. Er war in schwarzer, schwungvoller Schrift geschrieben. Ausladend aufs Papier geworfen, weckte er eine vage, weit zurückliegende Erinnerung.

Lieber alter Tim, wahrscheinlich trifft Dich der Schlag, wenn Du von Deiner alten Tennis- und Schwerttanzpartnerin einen Brief bekommst (erinnerst Du Dich noch an diese schrecklichen Tanzstunden, wenn Monsieur Bolitoff zu uns nach Hause kam und Du so wütend warst, weil Du einen Kilt anziehen mußtest?). Tja, während Du Dich in der Weltgeschichte herumgetrieben hast, bin ich brav zu Hause geblieben und habe Bruder Marcus bei der Dressur der Jagdpferde geholfen – ganz amüsant bis zu einem gewissen Grad, aber allmählich wird es fade, und ich sehe mich nach neuen Möglichkeiten um!!! Ich wäre nicht auf den Gedanken gekommen, mich mit Dir in Verbindung zu setzen, wenn Hilda mich nicht darauf gebracht hätte. Also nehme ich mein Herz in beide Hände und frage Dich, ob da draußen bei Deiner Firma nicht Aussicht auf einen Job für mich besteht?!!! Ich habe Kenntnisse in Büroarbeit (ob Du's glaubst oder nicht), da ich Marks Bücher und Korrespondenz geführt habe, und mein Französisch ist aufgrund der ganzen Jahre in Vevey nicht schlecht. Ist es sehr dreist, Dir so zu schreiben? Wie dem auch sei, Du kannst mir jederzeit eine Abfuhr erteilen!

Ich habe Caroline neulich gesehen. Sie sieht immer noch ein bißchen spitz aus, scheint einfach keinen Mut zu fassen. Bist Du sicher, daß Woodhoe House der geeignetste Ort für sie ist? Es tut sich nicht viel hier. Du sagst wahrscheinlich, es geht mich nichts an, aber ich würde meinen, daß ein hübsches, freundliches Erholungsheim wesentlich besser wäre. Aber ich war auch noch nie unbedingt hingerissen von Lady T. und Hilda, wie Du vielleicht noch weißt.

Verzeih mir, daß ich solche Romane schreibe, wo Du wahrscheinlich bis zum Hals in Arbeit steckst.

Mit herzlichem Gruß, Lorraine
(immer noch Miss Duke, falls Du's nicht gewußt hast)

Lorraine! Natürlich, jetzt fiel es ihm wieder ein. Ein großes, warmherziges Mädchen mit Haaren wie eine Vogelscheuche, das man bei sämtlichen lokalen Tanzveranstaltungen und Tennisspielen sah, ungestüm, mit lauter Stimme, fröhlich und nicht sonderlich helle. Was war bloß in sie gefahren, daß sie ihn plötzlich wegen eines Jobs anschrieb? Gab es denn keine Stellenvermittlungen? Er las den Brief noch einmal. Diesmal fiel ihm die Wendung »wenn Hilda mich nicht darauf gebracht hätte« auf. Hilda hatte Lorraine immer verachtet, was hatte sie wohl bewogen, ihr behilflich zu sein und Vorschläge zu machen? Das paßte nicht zu Hilda. Vielleicht hatte Lorraine eine beiläufige Bemerkung von Hilda aufgegriffen und ihre Bedeutung aufgebauscht. Oder hatte ihr Brief ein verborgenes Motiv? Stirnrunzelnd las er den letzten Absatz noch einmal. Deutete Lorraine an, daß Caroline Hilfe brauchte? Wollte sie es so verstanden wissen? Oder versuchte sie möglicherweise, ihm beizubringen, daß es Caroline mittlerweile so viel schlechter ging, daß eine Nervenklinik die einzige Lösung wäre?

Er rief sich Lorraines Bild ins Gedächtnis zurück: große, pflaumenblaue Augen und Pausbacken, dieses ziemlich schrille Lachen. Sie hatte immer durchaus aufrichtig gewirkt, ein bißchen dickfellig, aber harmlos und gutmütig. Nicht der Typ, der dunkle Hinweise fallenließ, würde er meinen, oder die Sorte Brief schrieb, bei der man zwischen den Zeilen lesen mußte. Er beschloß, den Brief für bare Münze zu nehmen. Es gab ohnehin keinen Job für sie hier draußen. Das würde er ihr in ein paar Tagen höflich schreiben.

Aber trotzdem ließen ihn ihre Bemerkungen über Woodhoe House vage beunruhigt zurück.

Der Regen hielt für den Rest des Tages an, wie ein mürrischer Protest gegen das ungewohnt schöne Wetter des Vortages. Am Nachmittag heiterte es sich kurz auf, dann sank der Himmel herab, verdichtete und schloß sich wie ein tropfender, grauer Deckel. Die Bäume im Tal krümmten die Schultern gegen den

Regenguß und hielten das ohnehin schwache Licht von Woodhoe House fern.

Um fünf war das unbenutzte Kinderzimmer im ersten Stock beinahe dunkel. Sein nackter, gebohnerter Boden spiegelte den düsteren Himmel, aber die beiden Menschen, die hierher gekommen waren, um ungestört miteinander zu reden, waren fast unsichtbar füreinander, denn in der Lampenfassung war keine Glühbirne. Seit Jahren hatte das Zimmer weder Spielzeug noch Kinder beherbergt, und sein frostiges, herrenloses Gepräge hatte auf die derzeitigen Benutzer gewirkt, die mit verschwörerischer, gedämpfter Stimme sprachen.

»Aber ich sage dir, ich habe ihn erkannt – ich habe sein Gesicht erkannt. Ich konnte es unmöglich verwechseln. Ich habe es doch erst kürzlich gesehen. Und außerdem, bei allem, was in den letzten Monaten über ihn in der Zeitung gestanden hat, ist er so bekannt wie ... wie einer von den Beatles.«

»Na gut. Na gut. Du hast das Gesicht erkannt. Glaubst du jedenfalls. Aber Schätzchen, denk doch mal einen Moment nach«, die andere Stimme klang überdrüssig, hatte alles schon zigmal durchgekaut, »bist du sicher, daß du die ganze Sache nicht bloß geträumt hast? In deinem jetzigen Zustand könnte eine so schreckliche Nachricht ganz leicht etwas derartiges auslösen. Du weißt, daß du dir in letzter Zeit – nun ja, eine ganze Menge Dinge einbildest, die in Wirklichkeit gar nicht passiert sind. All die Male, wo du gemeint hast, nachts das Telefon klingeln zu hören. Und die Lichter, die du im Garten zu sehen meintest, und die Geschichte mit der Schlange im Bad ...«

»*Hör auf*. Ich weiß, daß ich das gesehen habe, ich weiß es.« Die erste Stimme klang gequält, zittrig. »Das ... das Blut. Es war entsetzlich. Das kann ich mir nicht eingebildet haben.«

»Und du bist außerdem schlafgewandelt, Kleines, und hast Sachen verloren und Sachen vergessen. Versteh doch, wenn wir, wie du vorschlägst, zur Polizei gingen – tja, jeder hier kennt dich, und selbstverständlich *lieben* wir dich alle, aber offen gestanden, Schätzchen, so wie die Dinge im Moment liegen, bezweifle ich, daß sie deine Geschichte auch nur eine Sekunde glauben würden. Sie wissen, daß du ... nun ja, krank gewesen bist, verstehst du, und sie hätten wahnsinniges Mitgefühl, aber ...«

»Ich muß sie überzeugen. Du hilfst mir doch, Dee, oder?«

»*Bitte* nenn mich nicht Dee.«

»Entschuldige – ich hab's vergessen. Aber bitte hilf mir. Weil es in gewisser Weise meine Schuld war.«

»Deine *Schuld*? Was soll das heißen?«

»Er ... verstehst du, als ich Garry sah, dachte ich ... er hat eins von den T-Shirts angehabt.«

»Eins von den T-Shirts? Was für T-Shirts?«

»Die ... die Kleider, die Gladys bekommen hat. Und als ich Garry darin gesehen habe, dachte ich einen Moment ...«

»Schon gut, Kleines, beruhige dich. Du hast ihn in dem T-Shirt gesehen und dich aufgeregt, das ist ganz natürlich. Aber es war schließlich kein Unglücksbringer an dem T-Shirt, wir wollen doch vernünftig sein.«

»Nein«, kam es zweifelnd, »aber für *mich* war es ein solcher Schock, daß ich *ihn* erschreckt habe. Er ist den Hügel hinunter und auf die Straße gerannt ...«

»Ach Quatsch, Kleines, der junge Garry ist ständig herumgesaust. Wahrscheinlich hatte das gar nichts mit dir zu tun.«

»Und dann bin ich auch noch in Ohnmacht gefallen ... wenn ich ihm gleich geholfen hätte ...«

»Hör mal, du mußt aufhören, so krankhaftes Zeug zu denken«, sagte die zweite Stimme mit einem Anflug von Gereiztheit. »Was hat das für einen *Sinn*?«

»Aber ich kann doch nicht schweigen, wenn ich weiß, wer ihn überfahren hat, oder? Und dann in aller Ruhe weitergefahren ist und ihn auf der Straße hat liegenlassen ...«

»Du mußt dich wirklich bemühen, dir all das aus dem Kopf zu schlagen. Wen willst du eigentlich bestrafen? Denk an dich. Denk an Tim. Es würde dir nur wieder schlechter gehen. Und Tim hätte bestimmt keine Lust, in einen üblen, schlimmen Fall verwickelt zu werden und vor Gericht auszusagen, oder? Willst du denn nicht so gesund werden, daß du wieder zu ihm zurückgehen kannst? Und außerdem, verstehst du«, fuhr die zweite Stimme ohne Unterbrechung eindringlich fort, »ist deine Lage juristisch schrecklich heikel. Jemand so Berühmtes bekäme die besten Anwälte, da kannst du sicher sein, und als nächstes würden sie dir eine Verleumdungsklage anhängen und dir Schadenersatz aufbrummen. Tim wäre das gar nicht recht, oder? Ehrlich, Kleines, ich würde die Finger davon lassen. Vergiß die ganze Sache. Viel besser so. Sieh mal, es ist doch so, daß du nicht den Hauch eines Beweises hast, oder?«

»Doch. Doch! Ich habe seinen weißen Sportwagen und die Nummer gesehen – CC 5000.«

»Ah.«

Die Stille um sie herum änderte ihre Qualität und wurde plötzlich dynamisch. Ein kurzes Schweigen trat ein.

»Hör zu.« Hildas Stimme war ganz anders. Die freundliche, geduldige, ungläubige Vernünftigkeit war verschwunden. An ihre Stelle war etwas Hartes, Zielbewußtes und Reserviertes getreten. »Überlaß das mir. Unternimm nichts; sag keinem Menschen ein Wort. Sie würden bloß glauben, du spinnst, wenn du's tust, und das willst du doch nicht, oder? Wenn du Galbraith wieder siehst, möchtest du doch, daß er sagt, du bist gesund genug, um wieder zu Tim zurückzukehren, oder? Na gut, Kleines, dann reg dich nicht auf, *ich* kümmere mich um die Sache. Heute abend gehe ich in der Stadt mit Esmee und Brenda ins Theater; morgen schaue ich bei einem Anwalt vorbei und erzähle ihm die ganze Geschichte. Auf einen Tag kommt es nicht an. Okay?«

»Okay.« Es war der matteste Seufzer, kaum mehr als ein Hauch, und er wurde plötzlich vom grellen, mißtönenden Schrillen einer Klingel irgendwo in der Nähe übertönt, das die Stille explodieren ließ. »Hilda! Was war das?«

»Was war was, Schätzchen?«

»Dieser – dieser Lärm. Diese Klingel.«

»Klingel? Da war keine Klingel. Da war überhaupt kein Lärm.«

»Das mußt du doch gehört haben, Hilda! Es war ohrenbetäubend.«

»Kleines, du weißt, daß du immer noch ziemlich angeknackst und überdreht bist. Diese Geschichte hat dich wieder völlig durcheinandergebracht, fürchte ich ...«

»Meinst ... meinst du, ich sollte deswegen lieber zu Galbraith gehen? Er könnte kaum behaupten, daß ich *das* erfunden habe.«

»Ich würde ihn im Moment nicht belemmern, Schätzchen. Schließlich ist es erst fünf Tage her, daß er dich rausgeschmissen hat ... ich meine, gesagt hat, daß es dir besser geht. Ziemlich blöd, wenn du so schnell wieder angelaufen kommst. Meinst du, das würde ihn *freuen*?«

»N-nein, aber ich würde mich wohler fühlen, wenn ich mit ihm reden könnte ...«

»Das würde ich nicht, wenn ich du wäre. Nein, ich glaube, er würde es eindeutig für ein schlechtes Zeichen halten, wenn du bei der ersten Lappalie angerannt kommst und ihm etwas vorjammerst. Er hat dir doch gesagt, du sollst versuchen, auf deinen eigenen Beinen zu stehen. Konzentrier dich einfach darauf, wieder so gesund zu werden, daß du zu Tim zurückkehren kannst. Komm, wir gehen besser nach unten. Wir wollen doch hier nicht gefunden werden, oder?«

Zu Harrys Festivalkonzert war der große Saal der Philharmonic Hall ausverkauft; bis zum letzten Glockenzeichen strömten unaufhörlich Leute die breite, luftige, spiegelblanke Treppe hinauf. Dutzende von Optimisten, die in der Hoffnung auf nicht abgeholte Eintrittskarten Schlange standen, wurden enttäuscht und mußten sich so gut es ging mit der Aussicht vom Dachgarten auf Bridpool bei Nacht trösten, Lichtergirlanden, die sich die umliegenden Hügel emporwanden. Dominic, der den Hals reckte, um das Publikum zu mustern, vermerkte zufrieden die Reihen international berühmter Gesichter. Das war Harrys erstes bedeutendes Konzert, und alles schien auf einen Erfolg hinauszulaufen.

Das wirre Summen und Brummen des Instrumentestimmens verstummte, als Sir Horace hereinkam, sich vor dem vereinzelten Applaus verbeugte und das Orchester lebhaft in die Ouvertüre zur Sizilianischen Vesper hineinführte (er sagte, er habe sie ausgewählt, weil sie ihn stets an seine Flitterwochen erinnere, aber Dominic neigte eher zu der Auffassung, daß ihm die Vorstellung eines herzhaften Massakers gefiel).

Harry sollte das d-Moll-Violinkonzert von Sibelius und, im zweiten Teil des Konzerts, unter eigener Leitung ein Violinkonzert von Mozart spielen. Dominic hoffte, daß ihn dieses Programm nicht zu stark belastete; die letzten ein, zwei Tage hatte er leicht zerstreut gewirkt, nicht direkt besorgt, sondern so, als ginge ihm der Gedanke an irgendeine vergessene Aufgabe im Kopf herum. Was es indes auch sein mochte, sein Spiel schien es nicht zu beeinflussen; bei der Vormittagsprobe war Sir Horace auf seine übliche, begräbnishafte Art begeistert gewesen.

»Er ist wirklich ein bemerkenswertes Talent«, vertraute er Dominic an. »Das Erstaunliche ist, daß er nicht schon viel früher über den Zaun in die Freiheit und das Streben nach Glück gehüpft ist, wenn man bedenkt, wie die Roten ihn unter den Scheffel gestellt haben müssen. *Mir* können Sie nicht erzählen, daß es Geiger von diesem Kaliber da drüben wie Sand am Meer gibt. Und er ist erst, was, einunddreißig – hat noch Jahre im Beruf vor sich. Hoffe, wir verlieren ihn nicht an die Amis, das ist alles.«

»Er scheint sich hier durchaus wohlzufühlen«, sagte Dominic, der mit Interesse bemerkte, daß Harry sich die Probenpause zunutze gemacht hatte, um sich zu Fernanda durchzudrängen und bei einer Tasse Kaffee mit ihr zu plaudern.

»Müssen dafür sorgen, daß es so bleibt, nicht wahr?« sagte Sir Horace, der Dominics Blick mit kummervollem Grinsen folgte.

Wo war Fernanda heute abend? fragte sich Dominic. Er sah sich um, während das Orchester umgruppiert wurde, und entdeckte sie schließlich nicht weit weg. Sie trug Grau mit weißen Rüschen, was ihren blassen Teint nicht gut zur Geltung brachte, und sie wirkte angespannt und nervös, saß vorgebeugt und knüllte ihre Handschuhe. Dominic lächelte ihr beruhigend zu und empfing dafür ein schwaches Lächeln. Tja, ein bißchen Bangigkeit machte ihr Ehre und war durchaus verständlich; schließlich war Harry ein ziemlicher Protegé ihres Vaters, und das war sein erster Auftritt vor einem Publikum mit Mitgliedern des Königshauses.

Der kleine Mann, der neben Fernanda saß, schien ihr zahlreiche Fragen zu stellen, und Dominic musterte ihn neugierig; wer konnte dieser Wildfremde sein und wie hatte er seinen Platz ergattert? Rundlich, plump und bebrillt sah er sich ohne Scheu neugierig um, als sei er noch nie in einem Konzertsaal gewesen. Fernanda beantwortete freundlich seine Fragen, und er nickte, lehnte sich zurück und musterte die Tür, durch die Harry erscheinen würde.

Harry kam herein; Applaus brandete auf, den er mit kurzem Nicken quittierte. Wie stets in der Öffentlichkeit wirkte er gesammelt, streng und völlig unbeeindruckt von der Größe seines Publikums. Die Masse der Gesichter ignorierend, hielt er sein Augenmerk auf Sir Horace gerichtet.

Alles in Ordnung, dachte Dominic nach ein paar Minuten. Ich hätte mir keine Sorgen zu machen brauchen. Er hat nie besser gespielt. Es war lächerlich, Zweifel zu haben; wenn es etwas gibt, dessen man bei Lupac sicher sein kann, dann ist es seine Beständigkeit. Das sogenannte Künstlertemperament geht seiner Veranlagung völlig ab; er ist vollkommen kaltblütig. Sein Spiel ist allerdings nicht kaltblütig, mußte Dominic einräumen; es ist ... triumphierend. Sir Horace hatte recht gehabt mit der Wahl des Sibelius. Zurückgelehnt streifte er seine berufliche Verantwortung für eine Minute ab und ließ sich von der Musik über- und durchströmen wie von einem starken Wind.

Harry hatte wissen lassen, daß er in der Pause in Ruhe gelassen werden wollte, deshalb ging Dominic, als die Wellen donnernden Beifalls sich gelegt hatten, zu Fernanda, um sich mit ihr zu unterhalten. Der kleine Mann neben ihr war hinausgegangen, um etwas zu trinken oder sich den Dachgarten anzusehen; Dominic glitt auf seinen leeren Platz. »Wer ist Ihr Bekannter?« fragte er mit seiner üblichen, unverblümten Neugier.

»Welcher?«

»Der Mann mit der Brille, der wie ein Versicherungsvertreter aussieht.«

»Ich weiß nicht.«

»Ich habe ihn mit Ihnen reden sehen, ich dachte...«

»Nein, er hat bloß Fragen über das Orchester gestellt. Und ob Harry – Mr. Lupac – schon gekommen wäre. Er spielt gut, nicht wahr?«

»Sehr gut. Ihr Vater dürfte sich freuen.«

»Oh, das tut er, wie man sieht. Schauen Sie, er hat den Earl und die Countess alleingelassen; er ist da oben und spricht mit diesem Mädchen, Miss Trevis.«

Dominic blickte verblüfft auf und sah, daß Sir Horace auf der Brüstung einer der schubladenartigen Logen hockte, wie ein belebter Wasserspeier wirkte und sich lebhaft mit der Frau in der Loge unterhielt, die viel lachte.

»Ich wußte nicht, daß sie da ist«, sagte Dominic ziemlich verstimmt. »Hat Ihr Vater ihr die Loge besorgt?«

»Das nehme ich an. Da kommt mein Sitznachbar wieder.«

Dominic stand auf, um dem plumpen Mann Platz zu machen.

»Sehen wir uns nach dem Konzert?« fragte er Fernanda höflich. »Gehen Sie zur Party Ihres Vaters?«

»Vielleicht. Mal sehen.« Sie warf ihm noch ein banges Lächeln zu, und er ging zu seinem Platz zurück.

Zum Kuckuck mit dieser Trevis, dachte er, ohne auf die Passacaglia zu achten, die die zweite Hälfte des Programms einleitete. Warum habe ich das Gefühl, daß sie eine Art Unglücksbringer ist? Es sieht mir gar nicht ähnlich, Vorahnungen zu haben. Aber ich hoffe, sie erweist sich als eine von Sir Horaces flüchtigeren Launen. Er sah unbehaglich zu Hildas Loge hin, wo sie gelassen, mit entrücktem, gedankenvollem Gesichtsausdruck dasaß. Ob Harry wohl weiß, daß sie hier ist? fragte sich Dominic.

Harry wußte es offenkundig nicht und bemerkte sie ebenso offenkundig, als die Reihe an ihm war, den Mozart zu dirigieren. Sir Horace war wieder in der Loge aufgetaucht und warf Harry das Grinsen zu, das seine Version eines freundlichen, ermutigenden Lächelns war. Harry faßte sich augenblicklich; er zog die Brauen hoch und warf einen kurzen Blick über die restlichen Logen; Dominic war so, als träte ein Schimmer von Belustigung in das Auge dieser Trevis.

Ihre Anwesenheit jedenfalls beeinträchtigte weder Harrys Spiel noch seine Leistung als Dirigent. Mit dem Rücken zum Orchester stehend, führte er es mit einem gelegentlichen mahnenden Blick über die Schulter; der Mozart war schiere Bravour, von Anfang bis Ende eine glänzende Darbietung. Harry lockerte sein strenges Gebaren schließlich soweit, daß er dem Publikum ein vertrauliches, spitzbübisches Grinsen zuwarf, das stürmisch bejubelt wurde. Seine Haarlocke war wieder nach vorn gefallen, und von der Kraft seines Spiels hatte sich seine Krawatte gelöst. Er trieb wie ein Korken auf der Brandung von Applaus.

»Feuerwerk, Feuerwerk«, murmelte Sir Horace hinterher Dominic ins Ohr. »Die mögen das allerdings.«

Alles war außer Rand und Band; Sir Horace kam herunter und klopfte Harry auf die Schulter, das Publikum jubelte und tobte; später, in seiner Garderobe, war Harry nett zu den Journalisten, und als sie alle gingen, gab sich Dominic der behaglichen Hoffnung auf ausgezeichnete Kritiken in den morgigen Zeitungen hin. Sogar Fernandas Wangen waren schwach rosa.

»Na, wie wär's, gehen wir alle noch irgendwohin etwas trinken?« sagte Sir Horace, der hereingewuselt kam, nachdem er den Hoheiten höflich gute Nacht gewünscht hatte. Er brachte

Hilda mit; sie wirkte ausgelassen und kampflustig; ihre Augen hatten den gehärteten Glanz von Schwedenstahl. »Was halten Sie davon, ins Hoopoe mitzukommen und sich zur Abwechslung ein bißchen Jazz anzuhören, wär Ihnen das recht, Harry?«

»Es tut mir sehr leid«, sagte Harry gewandt, »aber ich habe Fernanda versprochen, mit ihr irgendwohin zu gehen, wo es ruhig ist; ich glaube nicht, daß sie Lust auf Jazz hat, und ich bin auch ein bißchen müde. Ein andermal würde ich sehr gerne ins Hoopoe mitkommen. Wir werden an Sie denken, wie Sie sich Ihren Jazz anhören, nicht wahr, Fernanda? Gute Nacht, zusammen, gute Nacht, lieber Dominic.«

Sein Blick ging ohne Interesse über Hilda hinweg. Geschickt und zügig entführte er Fernanda, ehe jemand Zeit fand, einen Gegenvorschlag zu machen.

»Aha«, sagte Sir Horace, nicht im geringsten verstimmt. »Hat seine eigenen Pläne, der kleine Schlawiner! Tja, die Jugend zieht's zueinander. Was ist mit Ihnen, Tree, wollen Sie nicht mitkommen?«

Dominic entschuldigte sich mit der Begründung, sein Terminkalender für den nächsten Tag sei voll und kompliziert; er verließ Sir Horace und Hilda, die übermütige Pläne für das abendliche Vergnügen machten, und fragte sich, ob er sich das flüchtige Aufblitzen reiner, kalter Wut in ihren Augen, als Harry ohne ein Wort für sie weggegangen war, eingebildet hatte.

Es war nach eins, als Harry leise, nüchtern und allein nach Hause kam.

Er hatte eine Wohnung im obersten Stock eines alten Gebäudes in der Nähe der Docks gefunden, hoch oben und abgesondert zwischen Kaufhäusern und Reedereibüros; außer Dominic wußte kaum einer seiner Bekannten davon. Nachts und am Wochenende hatte er keine Nachbarn – außer Hausmeister und Nachtwächter – und konnte, wenn er wollte, stundenlang üben, ohne daß Klagen von im Schlaf gestörten Mietern kamen. Um ihn herum brüteten Gittertore, verschlossene Türen, leere Schalter und abgedeckte Schreibmaschinen in einem Labyrinth von Stille vor sich hin.

Einer der Nachteile der Wohnung war das Nichtvorhandensein eines Lifts, aber das störte Harry nicht; er rannte, eine Mozart-Kadenz pfeifend, leichtfüßig die Treppe hoch, frisch und unternehmungslustig, als sei es heiterer Morgen anstatt mitten in der Nacht.

Am oberen Treppenabsatz hielt er mit leichtem Stirnrunzeln inne; unter seiner Wohnungstür war ein schmaler Lichtstreifen zu sehen. Er wußte, daß das Licht nicht eingeschaltet gewesen war, als er die Wohnung bei Tageslicht verlassen hatte. Niemand sonst hatte Zugang dazu.

Er öffnete die Tür und ging hinein.

Die Wohnung war nur zur Hälfte möbliert; einige Zimmer waren völlig leer, und er hatte sich nicht die Mühe gemacht, die Eingangshalle zu renovieren. Ihr Anstrich blätterte ab und warf Blasen, und die alten, dicken Eichendielen waren mit den Jahren grau geworden. Er überquerte sie rasch und leise und sah durch die Tür dahinter in ein großzügig geschnittenes Zimmer mit eigenartig in einer Ecke plaziertem Kamin und schrägen Mansardendecken. Die Wände waren cremefarben gestrichen worden, und dunkelblaue Vorhänge verdeckten die Fenster, doch weitere Renovierungsbemühungen waren unterblieben. Es war ein nüchternes, maskulines Zimmer; die aus zweiter Hand erworbenen Stühle waren Büromöbel, Stahlrohr und Leinwand; ein großer, lederbezogener Tisch, arg fleckig, war dick mit Noten bedeckt. In einer Ecke stand ein Flügel, in einer anderen ein Diwan; es gab zwei schwere, breite, lederbezogene Sessel, die offenkundig von Generationen von Katzen zerkratzt worden waren. In einem davon saß rauchend Hilda Trevis. Sie warf Harry ein strahlendes Lächeln zu.

»Hallo, Liebling! Wie spät du noch unterwegs bist! Wie war's an dem ruhigen Plätzchen? Hast du dich gut amüsiert?«

Harry hatte bei ihrem Anblick gestutzt; er verkniff sich

einen Ausruf in seiner Muttersprache und sagte langsam, ohne viel Ausdruck:

»Hilda. Wie bist du hereingekommen?«

Er war sowohl erleichtert als auch verärgert.

»Das würdest du wohl gerne wissen?« sagte Hilda ausgelassen. »Soll ich es geheimhalten?«

Er durchquerte das Zimmer und blieb vor ihrem Sessel stehen. Sie lehnte sich träge zurück und sah lächelnd zu ihm auf.

»Du sagst es mir besser«, sagte er.

»Das klingt schrecklich ominös, Schätzchen! Was machst du, wenn ich's nicht tue? Bambussplitter unter die Fingernägel oder eine dieser gräßlichen Techniken, die du beim Militär lernen mußtest? Ich glaube, du bist durchaus dazu fähig.«

»Es ist nur«, sagte er mit geduldiger, besonnener Stimme, »daß ich es gern wissen und etwas dagegen unternehmen möchte, wenn es eine Möglichkeit gibt, unbefugt meine Wohnung zu betreten. Eine meiner Geigen ist eine Stradivari, die ziemlich wertvoll ist, weißt du.«

Er sah sich im Zimmer um, als überprüfe er dessen Inhalt. Alles schien so zu sein, wie er es verlassen hatte. Auf dem Boden lagen dicht verstreut Zigarettenasche und Zeitungen. Ein in Schwarz und Rot gedrucktes Plakat der Philharmonic Hall lag halb ausgerollt auf dem Flügel: Harrys Gesicht, das über dem einzelnen Wort Lupac und dem Programm des Abends entrückt zur Decke starrte. Schubläden und Schränke waren geschlossen.

»Du hältst sowieso alles unter Verschluß«, bemerkte Hilda, die seinem Blick folgte. »Ein verfluchter Heimlichtuer, wie? Natürlich habe ich gehofft, nach deinen alten Liebesbriefen von anderen Frauen stöbern zu können, aber denkste. Der arme Einbrecher, der hier reinkommt, tut mir wirklich leid.«

»Du hast mir nicht gesagt, wie *du* hereingekommen bist.«

»Ganz einfach, Liebling.« Sie blies gekonnt einen Rauchring. »Das soll dir eine Lehre sein, deine Freundinnen nicht auf Botengänge zu schicken. Weißt du noch, Donnerstag, als du fandest, es wäre nett, wenn ich Zigaretten holen ginge? Dieser zwielichtige, kleine Bursche, der einen Stand am Corn Market hat, fertigt in Minutenschnelle Schlüssel an.«

»Gib ihn mir«, sagte er ruhig und streckte die Hand aus.

»Aber Schätzchen, warum? Was ist dagegen einzuwenden, daß ich einen Schlüssel habe?«

»Daß ich es nun einmal vorziehe, niemandem außer mir selbst freien Zutritt zu meiner Wohnung einzuräumen.«

Sie sah aus, als erwäge sie, sich zu weigern, aber sein Blick hielt den ihren kalt fest; nach einer Weile zuckte sie die Achseln, öffnete ihre Handtasche und gab den Schlüssel heraus.

Er musterte ihn, probierte ihn an der Tür aus, um sich zu vergewissern, daß es der richtige war, und steckte ihn dann in die Tasche.

»Woher weißt du«, sagte Hilda, »daß ich zu Hause nicht noch zwei habe?«

Harry drehte sich um und starrte sie an; er hatte Bierdosen aus einem Schrank genommen. Nach einer Weile sagte er:

»Ich glaube dir nicht, aber wenn du welche hast, bist du ziemlich dumm. Das bedeutet nur, daß ich das Schloß auswechseln lassen muß. Hast du dein Auto draußen stehenlassen?«

»Nein, nein, beruhige dich! Es steht auf dem öffentlichen Parkplatz, wie üblich.«

»Freut mich zu hören. Möchtest du ein Bier?«

»Bitte.«

Als er ihr das Glas reichte, hob sie eine Hand und streichelte ihm träge die Wange.

»Nun mach nicht so ein saures Gesicht! In Wirklichkeit freust du dich nämlich riesig, mich zu sehen. Du hast einen teuflisch langweiligen Abend mit diesem Seelchen verbracht – na los, gib's schon zu!«

»Überhaupt nicht. Es war sehr angenehm«, sagte er und warf sich in den anderen Sessel. »Du hast dich mit Sir Horace natürlich toll amüsiert?«

»Och, ich mußte ihm ein paarmal auf die Finger klopfen«, sagte sie fröhlich, »aber er ist nicht übel.«

»Sag mir, warum bist du hinter ihm her?«

»Schätzchen! Um dich zu Gesicht zu kriegen, natürlich!«

Sie strahlte ihn so freudig an, daß er ihr ein widerstrebendes Lächeln zuwarf.

»Du Spinnenfrau! Webst deine Netze – mich kriegst du nicht, wenn ich es nicht will.«

»Das werden wir sehen«, sagte Hilda. »Jedenfalls magst du es ziemlich, umgarnt zu werden, nicht? Und ich bin eine viel bessere Gesellschaft als Fernanda Chumley, oder etwa nicht?« Sie stand auf, glitt neben ihn auf seinen Sessel und schob ihm einen Arm unter den Nacken. »Ich kenne deinen Geschmack; ich weiß, du magst traurige, verklemmte, dunkelhaarige Mädchen nicht.« Sie schmiegte sich behaglicher an ihn, legte das Kinn auf seinen Kopf, rieb ihre Brust an seiner Wange.

»Wie geht's dir so in letzter Zeit? Schuftest du dich zu Tode? Ständig lese ich in der Zeitung von deinen Konzerten. War es nicht eigenartig, daß meine Schwester am Donnerstag bei deiner Nachmittagsprobe hereingeschaut hat?«

»Ein Glück, daß sie uns nicht zusammen gesehen hat«, sagte er. »Was hat sie da gemacht?«

»Ihr Psychiater wohnt da in der Nähe auf dem Hügel; sie war bei ihm gewesen.«

»Geht es ihr denn besser?« fragte er und begann mit abwesendem, gedankenverlorenem Gesicht mit einem Finger ihre Brust zu streicheln.

»Caroline? Ein bißchen, glaube ich.« Hildas Stimme hatte einen ob seiner Neugier leicht überraschten Unterton. »Sie hat einen Job in Bridpool angeboten bekommen. Aber da habe ich gleich einen Riegel vorgeschoben. Ich habe etwas sehr viel Passenderes für sie gefunden – ehrenamtliche Arbeit in Woodmouth, wo sie mittwochs und freitags abends im Gemeindehaus sitzt und Bücher an die Dorfbewohner verteilt.« Sie lachte still vor sich hin.

Harry sagte träge: »Du willst, daß sie von diesen örtlichen Verpflichtungen nach und nach so angebunden wird, daß sie schließlich gelähmt ist, so ist es doch?«

»Vielleicht ... Harry«, sagte Hilda.

»Was denn?«

»Warum diese ganze komplizierte Heimlichtuerei um dich und mich? Was würde es schon ausmachen, wenn Caroline uns zusammen sähe? Warum kriege ich bei Sir Horaces Party eine Abfuhr?«

»Warum?«

»Ja, warum?« beharrte sie. »Du bist ein freier Mensch – wen zum Teufel kümmert es schon, ob wir uns kennen?«

»Weil«, er lächelte sie mit halbgeschlossenen Augen zärtlich an, »einfach weil – und ich glaube, das weißt du sehr wohl – ich diesen Privatheitsfimmel habe. Ich mag es nicht, daß mein Privatleben vor aller Welt ausgebreitet wird. Ich mag es nicht, daß die Zeitungen schreiben: ›Wie uns Mr. Lupac, der berühmte Geiger, mitteilt, ist er mit Miss Hilda Trevis, der bekannten West-Country-Schönheit, lediglich sehr gut befreundet!‹« Er ließ die Hand gemächlich über ihr lahmes Bein gleiten. Sie zuckte leicht zusammen. »Ich mag es, daß unsere Verbindung ein Geheimnis ist – daß auf der ganzen Welt keine Menschenseele weiß, daß wir zusammen sind. Du nicht? Hat eine solche Beziehung nicht etwas Faszinierendes?«

»Vielleicht«, sagte sie gedehnt.

»Ich finde schon.« Er drehte sich ihr zu und zog, eine Hand auf ihrem langen Hals, ihren Kopf zu sich heran, so daß er sie küssen konnte, was er mit gedankenvollem, abwesendem Gesicht tat.

»Vielleicht«, sagte Hilda noch einmal. Dann fügte sie hinzu: »Aber nicht als Dauerzustand.«

Seine Augen sprangen auf. »Wer redet denn von einem Dauerzustand?«

Hilda gab keine Antwort. Das Schweigen dehnte sich. Harrys Gesichtsausdruck blieb entrückt; gleich darauf seufzte er leise und sagte wie aus einem fesselnden Gedankengang gerissen:

»Tja, na denn; also ins Bett.«

Hilda warf ihm ein leichtes, spöttisches Grinsen zu und

sagte: »Hast du auch ganz bestimmt Zeit?« Dann rappelte sie sich energisch vom Sessel hoch und begann sich auszuziehen.

Ein paar Stunden später sagte Hilda:

»Ich habe Hunger.«

»Mach dir ein paar Rühreier, wenn du willst.«

Sie überlegte und sagte: »So viel Hunger hab ich nun auch wieder nicht.«

Harry schwieg. Sie kniete sich aufs Bett und beugte sich über ihn, um in sein abgewandtes Gesicht zu sehen.

»Schläfst du? Wach lieber auf. Ich muß dir etwas sagen.«

»Es interessiert mich nicht«, sagte er gähnend, wachte aber gleichwohl auf. Er schlief nie sehr lange an einem Stück.

»Das wird es aber. Es geht um ein Mädchen – eines von diesen dünnen, dunkelhaarigen Mädchen, der Typ, an dem dir nichts liegt.«

»Du meinst Fernanda?«

»Nein, nicht sie. Ein Mädchen, das bei uns im Dorf wohnt. Ihr Name tut nichts zur Sache.«

»Das hört sich an wie der Anfang eines Märchens«, sagte Harry gleichgültig, stand auf und hüllte sich in einen Frotteebademantel. »Na, und weiter – was ist mit ihr?«

»Nur das: sie hat gesehen, wie du den kleinen Garry Vernon überfahren hast.«

Es trat ein kurzes Schweigen ein, während seine Hände den Gürtel verknoteten, dann sagte er:

»Was soll der Unsinn?«

»Genau das, was ich sage. Sie hat gesehen, wie du den kleinen Garry Vernon überfahren hast. Du hast gedacht, du wärst ganz allein mitten auf dem Land. Tja – jemand hat dich beobachtet.«

»Ich weiß nicht, wovon du redest. Wer ist dieser Vernon? Ich habe ja noch nicht einmal den Namen gehört.«

Er schlenderte in den angrenzenden Raum, eine Küche, und Hilda hörte das Plopp einer Gasflamme; bald darauf stahl sich Kaffeeduft heraus. Da sie sich unterlegen vorkam, zog sie sich etwas an.

»Vielleicht hattest du seinen Namen nicht gehört«, sagte sie gleich darauf, während sie begann, mit dem Kamm die rotbraunen Strähnen ihres Haars zu glätten, »aber es war der kleine Junge, den du überfahren hast. Soll ich dir davon erzählen?«

»Nur zu«, sagte er nachsichtig im Hereinkommen und hob einen Stapel Notenblätter auf, die er zu sortieren anfing. »Werd dieses Hirngespinst los, wenn es sein muß.«

Hilda überlegte, den Blick auf die Haarnadeln gesenkt, die sie in der Hand hielt. »Es war am Sonntag, auf dem langen, geraden Stück der Straße, die vom Moor nach Woodmouth hinunterführt. Vermutlich bist du nach dem Nachmittagskonzert in Bournemouth nach Whistle Cottage zurückgefahren; du hättest mir sagen können, daß du dort sein würdest.« Sie hielt ein Weilchen inne und sah ihn fragend an, aber er gab keine Antwort, und sie fuhr fort: »Du bist wohl nicht sehr schnell gefahren – bescheidene hundert. Durchaus vertretbar auf diesem geraden Stück Straße – es benutzt sie praktisch niemand. Der kleine Garry Vernon muß im Wald gespielt haben und ist plötzlich auf die Straße hinausgerannt, dir direkt unter die Räder.«

Nachdem Harry die Notenblätter geordnet hatte, stieß er sie ordentlich auf Kante und steckte sie in einen Plastikhefter; er blickte nicht auf.

»Es muß übel für dich gewesen sein. Mir hätte es auch nicht gefallen. Natürlich hat die Person, die dich beobachtet hat, gesagt, du wärst *ziemlich* schnell gefahren, aber wir wissen nicht, ob das stimmt, oder? Du hast angehalten und bist ausgestiegen. Er lag auf der Straße, blutend, regungslos. Da bist du in Panik geraten, wieder ins Auto gesprungen und schleunigst weggefahren. Ein Glück, daß an den Rädern kein Blut und am Auto keine Delle war. Und bald darauf hat der Regen eingesetzt, nicht wahr? Das muß günstig gewesen sein. Doch, sich schnell davonzumachen war wohl das Vernünftigste. Du konntest dem Kind nicht helfen, und wie hättest du ohne einen einzigen Zeugen beweisen können, daß du nicht fahrlässig gehandelt hast, daß du nicht hast bremsen oder ihm ausweichen können? Das sähe wohl nicht sehr gut aus für Harry Lupac, den aufstrebenden jungen Musiker von internationalem Ruf, ein Kind überfahren und getötet zu haben? Was ist mit den einfühlsamen Interpretationen von Wiegen- und Schlafliedern? Ganz bestimmt würde sich die sowjetische Presse mächtig ins Zeug legen, und diesmal könnte etwas hängenbleiben. O nein, es war viel besser, sich rasch davonzumachen. Nur schade, daß dich zufällig jemand beobachtet hat.«

Er knallte den Hefter zu. »Na schön«, sagte er. »Wer war die Beobachterin? Du?«

Seine Stimme hatte sich nicht im mindesten verändert, und nun wurde auf eigenartige Weise deutlich, wie sehr es ihr an emotionaler Färbung fehlte, wie ausgedörrt und gefühllos sie war; seine Sprache kam, außer wenn er, wie bei Sir Horaces Party, eine seiner seltenen Anwandlungen von Hochstimmung hatte, wie durch einen Filter.

»Nein, ich nicht«, sagte Hilda. »Aber jemand, den ich gut kenne.«

»Du warst es«, sagte er noch einmal. Sie schüttelte den Kopf.

»Ist das Kaffee, was du da gemacht hast? Ich hätte furchtbar gern welchen. Nein, mein Süßer. Dein Pech. Ich würde wahrscheinlich den Mund halten; was hat es schließlich für einen Sinn, jetzt noch etwas zu sagen? Das Kind ist tot. Aber *sie* hat ein Gewissen, und sie hat dich ganz zufällig erkannt – wenn das nicht schon wieder Pech war! –, also ist sie zu mir gekommen und hat mich um Rat gefragt.«

»Weil sie über dich und mich Bescheid weiß?« Harry brachte eine Kanne Kaffee und setzte sich an den Tisch, vergaß aber, einzugießen; mittlerweile schwitzte er leicht, strich sich mit dem Finger vorsichtig über die Stirn, sah ihn an und legte dann behutsam die Hand auf den Tisch.

»Nein, Liebling.« Hilda lachte und goß sich eine Tasse ein. Sie stellte sich vor einen Wandspiegel und trug mit energischer Sorgfalt Lippenstift auf ihren Mund auf. »Dank deines Hangs zur Heimlichtuerei weiß niemand über dich und mich Bescheid. Aber diese Person dachte, ich wüßte, an welche

Stelle man sich passenderweise wendet – ob sie zur Polizei gehen sollte, weißt du, oder zum Königlichen Rat für Musik und Bildende Kunst. Es war ein fürchterlicher Schock für das arme Ding – wie wenn sie gesehen hätte, wie Mr. Gladstone jemanden niederschlägt.«

»Na und, was hast du gesagt?«

»Ich habe gesagt«, Hilda legte mit konzentriertem Stirnrunzeln etwas Lidschatten auf, »ich habe gesagt, es wäre das beste, kein Sterbenswörtchen zu sagen, bis ich einen Rechtsanwalt aufgesucht und um Rat gefragt habe. Weil du, wie ich sagte, vielleicht wegen Verleumdung klagen könntest, wenn sie sich ihrer Sache nicht sehr sicher sei.«

»Natürlich«, sagte er und atmete etwas leichter. »Natürlich, so ist es. Wie vernünftig von dir, Hilda. Aber sag mir, mein Liebling, wer ist diese Person? Ich habe es erraten, es ist die hysterische Schwester Caroline, nicht wahr? Die, die mich im Konzert gesehen hat?«

»Nein«, sagte Hilda leichthin, »sie ist es nicht.«

»Dann deine alte Kusine.«

»Nein. Ich werde dir vorläufig nicht sagen, wer es ist. Wie hieß doch gleich dieser nützliche Lehrsatz, auch so etwas, was diese Roten dir beim Militär beigebracht haben? Plaudere niemals mehr als eine Information auf einmal aus? Ich habe dir eine gegeben, und das muß dir genügen.«

Harry setzte zu einer Antwort an, wurde aber durch die Türglocke unterbrochen, die plötzlich klingelte, ein kurzes, energisches Läuten. Sie blickten beide erstaunt zur Eingangshalle.

»Eigenartige Zeiten, die sich die Leute für einen Besuch bei dir aussuchen«, sagte Hilda und hob eine Augenbraue. »Oder bekommst du immer um vier Uhr morgens Gäste?«

»Ich weiß nicht, wer das sein kann.« Harry runzelte die Stirn. »Es sei denn, der Nachtwächter hat Licht bei mir gesehen und möchte sich vergewissern, daß es kein Einbrecher ist.«

»Vielleicht brennt das Haus«, gab sie fröhlich zu bedenken.

»Oder du hast dein Auto irgendwo stehenlassen, wo es verboten ist.«

»Laß dich nicht blicken«, sagte er.

Hilda zuckte die Achseln. Sobald er aufmachen gegangen war, zog sie ihren Mantel an, hob Handtasche und Schal auf und sah sich bedächtig um, um sicherzugehen, daß sie nichts vergessen hatte. Im Spiegel unterzog sie sich einer letzten kritischen Musterung.

Aus der Eingangshalle kamen Stimmen.

»Habe ich das Vergnügen mit Mr. Lupac?«

»Ja, ich bin Lupac«, sagte Harry kalt. »Sie haben sich eine recht unorthodoxe Zeit für Ihren Besuch ausgesucht.«

»Aber doch bestimmt nicht für Sie? Wie ich höre, sind Sie ein Nachtmensch. Und ich könne sicher sein, Sie anzutreffen.«

Mit leichtem Lächeln ging Hilda in die Eingangshalle, ohne Harrys ärgerlichem Gesicht Beachtung zu schenken. Der Mann, der vor ihm stand, wirkte von ihrem Anblick leicht verblüfft.

»Oh, ich möchte nicht stören ...« begann er.

»Aber nicht doch, machen Sie sich *bitte* keine Gedanken«, sagte Hilda huldvoll. »Ich wollte ohnehin gerade gehen. Gute Nacht, Harry, Lieber. Bis auf sehr bald.«

Sie warf Harry wie auch dem Mann vor ihm ein strahlendes Lächeln zu. Er war, wie sie feststellte, ein kleiner, stämmiger Mann mit beginnender Glatze und kieselfarbenen Augen hinter einer randlosen Brille. Sie hatte das Gefühl, ihn vielleicht schon einmal irgendwo gesehen zu haben.

Als Hilda durch die Tür trat, hörte sie ihn sagen:

»Darf ich mich vorstellen? Mein Name ist Basil Todd. Vielleicht sind Sie irgendwann einmal an meinem Buchladen vorbeigekommen? Es ist ein Antiquariat am Corn Market.«

»Na, kommen Sie herein«, sagte Harry barsch zu Mr. Todd. »Zufällig kommen Sie gerade rechtzeitig für eine Tasse Kaffee.«

»Nein danke.« Mr. Todd folgte ihm nach drinnen und setzte sich. »Ich rühre das Zeug nicht an. Bekomme Verdauungsbeschwerden davon. Ich habe Probleme mit dem Magen – muß sehr aufpassen, was ich zu mir nehme. Wenn Sie allerdings ein Glas Milch erübrigen könnten ...« Er sah sich im Zimmer um und bemerkte: »Erstaunlich große Räume findet man häufig oben in diesen alten Gebäuden, nicht wahr? Und soviel Miete werden Sie wohl auch nicht bezahlen müssen, nicht wahr? Wieviel denn, wenn ich fragen darf?«

Gereizt sagte es ihm Harry, und er nickte, als freue es ihn, eine Theorie bestätigt bekommen zu haben.

»Ich habe erst neulich zu meiner Frau gesagt, daß es wahrscheinlich eine große Ersparnis wäre, wenn wir eine Wohnung in Bridpool finden könnten. Ich wohne draußen in Barlock, wissen Sie; keineswegs eine billige Gegend, und dazu kommt noch, wie umständlich und teuer es ist, ins Geschäft und nach Hause zu kommen. Wohlgemerkt, ich würde den Garten und die bessere Luft vermissen, das ganz bestimmt.«

»Ich finde Ihre Lebensumstände zwar ungemein interessant«, sagte Harry, »aber ich nehme nicht an, daß Sie mich aufgesucht haben, um sich über die Lebenshaltungskosten zu unterhalten. Wären Sie so freundlich, zur Sache zu kommen?«

»Oh«, sagte Mr. Todd, »ich hätte gedacht, das haben Sie erraten. Ihre Freunde schicken mich ... nun ja, unsere gemeinsamen Freunde, sollte ich wohl sagen.«

Er lehnte sich im Sessel zurück, der genau um seine kompakte Gestalt paßte, faltete die Hände auf dem Bauch und inspizierte seine kurzen, sauberen Fingernägel. Er sah wie der Inbegriff des kleinen Geschäftsmannes mit unbestimmt kulturellen Interessen aus; bei jeder Buchhändlertagung oder Antiquitätenhändlermesse würde man von seinesgleichen Dutzende antreffen.

»Ich verstehe.« Harry goß sich eine Tasse Kaffee ein; seine Bewegungen waren langsam und gelassen. Er fügte hinzu: »Und Sie haben einen Buchladen, sagten Sie, glaube ich?«

»Ganz recht. Modernes Antiquariat, Taschenbücher und Hardcover. Sie müssen einmal kommen und es sich ansehen. Hübsches kleines Geschäft.«

»Das glaube ich unbesehen. Wie wäre es, wenn Sie sich darum kümmerten und mich zufrieden ließen?«

»Oh, das geht nicht.« Mr. Todd sah ihn vorwurfsvoll an. »Wissen Sie, Mr. Lupac, Sie haben sich, wenn Sie mir diese Äußerung gestatten, wirklich undankbar verhalten. Bestürzt Sie dieser Gedanke denn nicht? Die ganze Spezialausbildung, die Sie erhalten haben – ganz zu schweigen von dem Musikstudium, das zigtausend Pfund gekostet haben muß ...«

»Tja«, sagte Harry lächelnd, »das war deren Risiko, nicht wahr? Ich habe sie nicht gebeten, das Geld auszugeben.«

Mr. Todd wirkte ob dieser unmoralischen Haltung schokkiert.

»Wenn ich beschließe, meine Einlage verfallen zu lassen, müssen die bereit sein, das gleiche zu tun.«

»Aber mein lieber junger Freund, wenn Sie mir die Anrede gestatten, das ist ein höchst unverantwortliches Verhalten, im Geschäftsleben kämen Sie mit solchen Gedanken nicht weit. Und ich darf sagen, daß Ihre Freunde sehr enttäuscht von Ihnen sind, zutiefst schockiert und bekümmert.«

»Es tut mir sehr leid, das zu hören«, sagte Harry höflich. »Ich hoffe, sie werden bald über ihre Enttäuschung hinwegkommen, da sie so wenig dagegen tun können.« Er sah auf seine Uhr. »Wenn Sie mich jetzt entschuldigen wollen ...«

»Nun ja«, sagte Mr. Todd, »einiges können sie schon tun.«

»Ach wirklich? Was würden Sie vorschlagen?«

»Tja, zunächst einmal«, sagte Mr. Todd, der erneut seine Fingernägel inspizierte, »könnten sie veranlassen, daß Sie als mangelhaftes Produkt eingezogen und an die Firma zurückgeschickt werden. Sozusagen zur Reparatur und Überholung.«

»Bestimmt könnten sie das«, pflichtete Harry bei, »aber meinen Sie nicht, das würde in der westlichen Welt einen ziemlich ungünstigen Eindruck machen?«

»Oh, wohl kaum. Man würde in Moskau eine Erklärung von Ihnen veröffentlichen, die sinngemäß lauten würde, Sie seien durch die Erfahrung der sogenannten kapitalistischen Freiheit zutiefst desillusioniert und enttäuscht worden.«

»Ja nun«, sagte Harry, »sie würde wohl kaum mit der sehr umfassenden, langen Erklärung übereinstimmen, die ich bei meiner Bank hinterlegt habe und die im Falle meines Todes oder Verschwindens zu öffnen und zu publizieren ist. Sie befaßt sich ungemein ausführlich mit bestimmten Arrangements, wissen Sie, und es werden einige Namen erwähnt; ich glaube, das würde sie in Verlegenheit bringen.«

Mr. Todd nickte und zuckte mit seinen fahlen, borstigen Wimpern, als hätte er etwas derartiges erwartet. »Gewiß«, pflichtete er bei, »aber unter den gegebenen Umständen und aus disziplinarischen Gründen würden sie das vielleicht in Kauf nehmen. Wie auch immer«, fuhr er sich räuspernd fort, »sie sähen es natürlich viel lieber, wenn Sie hierblieben und auf die ursprünglich geplante Weise zu kooperieren anfingen. Das entspräche ihren Zwecken viel besser. Die kleine anfängliche Verzögerung wäre damit aus der Welt geschafft; wäre womöglich ein Aktivposten.« Er schlug die Beine übereinander.

»Ganz gewiß. Aber warum sollte ich meine Meinung ändern? Das Leben, das ich führe, gefällt mir ausgezeichnet.«

»Zweifellos«, sagte Mr. Todd, »aber wir müssen in diesem Leben auch an andere außer uns selbst denken, nicht wahr? Das hat man mir in der Sonntagsschule immer beigebracht. Ihr Leben mag Ihnen im Augenblick ausgezeichnet gefallen, aber es ist auch möglich, daß es in Kürze in bestimmten Kreisen zu Mißdeutungen Anlaß geben könnte. Unsere Freunde werden von jetzt an alles, was Sie tun, *sehr* aufmerksam verfolgen. Es wäre doch sehr mißlich, nicht wahr, wenn Sie in irgendeiner Weise diskreditiert würden? Wissen Sie, die Briten haben ihre Prominenten gerne sowohl rechtschaffen als auch begabt; die Geschichte hat das erst kürzlich wieder erwiesen; ein Ausrutscher auf dem Pfad der Tugend könnte für Sie katastrophal sein und würde Ihren mutmaßlichen Wert für unsere Freunde völlig zunichte machen.«

»Ich kann mir wirklich nicht vorstellen, worauf Sie hinauswollen«, sagte Harry. »Wenn Ihre Freunde mich in Mißkredit brächten, könnte ich nicht anfangen zu kooperieren, nicht wahr? Es gibt eine Redewendung – sich ins eigene Fleisch schneiden –, die hier sehr gut zu passen scheint. Und nun – verzeihen Sie, aber es wird allmählich recht spät ...«

»Nur eine freundliche Ermahnung, mein lieber Junge.« Mr. Todd stand energisch auf. »Wie ich schon sagte – überlegen Sie es sich. Ihre Freunde werden Ihre Entscheidung mit Interesse zur Kenntnis nehmen. Wir dürfen unsere Talente nicht vergeuden, und Ihre sind, wenn ich das sagen darf, außergewöhnlich.«

»Ich weiß«, sagte Harry höflich.

»Ich war heute abend – das heißt gestern abend – in Ihrem Konzert – und ich muß zugeben, mein lieber Junge, ich war beeindruckt; sehr beeindruckt. Ich höre nicht oft Musik, ich für meinen Teil bin Fußballfan, und es braucht eine ganze Menge, um mich zu beeindrucken. Ich habe hinterher zu meiner Frau gesagt (sie war nicht mit im Konzert, sie geht lieber ins Kino, aber wir haben uns auf eine Tasse Tee getroffen, als es vorbei war), Minnie, hab ich gesagt, es war wirklich beeindruckend. Dieser junge Bursche hat wirklich etwas, *muß* etwas haben. All dieser Applaus! Und Sie haben ihn genossen, nicht wahr? O ja, es ist ein herzerwärmendes Gefühl, ein großes Publikum so mitzureißen – doch, doch. Komisch, nicht wahr, manche genießen das, und manche etwas anderes. Ich sage häufig zu meiner Frau Minnie, es ist gut, daß wir alle verschieden geschaffen sind, sonst wäre die Welt stinklangweilig. Tja, ich habe unsere kleine Plauderei genossen. Bemühen Sie sich nicht, ich finde allein hinaus. Ich darf mich dann verabschieden.«

Er war verschwunden: eine untersetzte, plumpe Gestalt, die rasch die Treppe hinunterging.

4

Dienstag, 24. August

Draußen bei dem neuen Ölbohrturm gab es einen kleinen, als Büro dienenden Schuppen, bloß eine Baracke mit einem Ventilator, der nicht mehr tat, als die stickige, staubige Luft zirkulieren zu lassen. Die ganze Hütte vibrierte unaufhörlich vom Dröhnen der Maschinerie.

Tim Conroy war dort und sah sich einige Bohrproben an, als Nicolson, seine Ablösung, im Landrover eintraf.

»Was machen wir jetzt?« fragte Nicolson.

»Ungefähr drei Meter die Stunde; noch zwei Wochen, und wir müßten auf die Antiklinale stoßen, wenn nichts schiefgeht.«

Die beiden Männer gingen nach draußen und stiegen auf den Bohrturm. Die Stahlplatten waren mit Sackleinen verkleidet worden, sonst wären sie zu heiß, um darauf zu stehen. Durch einen braunen Schleier aus Qualm und Sand brannte betäubend die Abendsonne herunter.

»Ach so«, sagte Nicolson. »Hätt ich beinah vergessen. Hab einen Brief für dich mitgebracht, den die Zentrale nachgeschickt hat.« Er übergab ihn. Die Adresse war mit Maschine geschrieben, und auf den Poststempel von Bridpool war ein Londoner Stempel gedrückt.

»Wen zum Teufel kenne ich in Bridpool, der eine Schreibmaschine hat?« sagte Tim.

»Wahrscheinlich eine Sherryreklame; genau das, was man hier draußen braucht, eine schöne Flasche süßen, dunklen, klebrigen Sherry. Oder einen Topf Rumkugeln. Mein Gott, was wäre das herrlich, in richtigem Nebel draußen auf dem Moor zu sein, wo dir die Feuchtigkeit die Kleider durchnäßt und dich zu Hause ein Kamin erwartet.«

Tim schlitzte den Umschlag auf und begann den getippten Brief zu lesen.

Sehr geehrter Mr. Conroy

Wir haben uns nie kennengelernt, aber die Umstände rechtfertigen es meiner Ansicht nach, daß ich mich mit Ihnen in Verbindung setze. Ich bin gerade mit Ihrer Frau zusammengetroffen, die, wie Sie wissen, eine sehr geschätzte Schülerin von mir war, und bin ganz und gar nicht glücklich mit ihr.

Obwohl sie sich von dem Unfall und dem Nervenzusammenbruch körperlich recht gut erholt zu haben scheint, kam es mir so vor, als habe ihre seelische Verfassung etwas äußerst Unbefriedigendes. Bitte ziehen Sie nicht den Schluß, ich hätte sie in irgendeiner Weise geistig gestört gefunden – ich bin überzeugt, daß Caroline im Grunde einer der normalsten Menschen ist, denen man begegnen kann. Aber ich habe sehr stark den Eindruck gewonnen, daß irgend etwas in ihrer derzeitigen Umgebung sie fast unerträglich belastet. Dieser Eindruck wurde von meinem Freund Professor Gervase Lockhart, dem Archäologen, bestätigt, dem ich Caroline in der Hoffnung vorstellte, daß sie einige Forschungsarbeiten für ihn verrichten könnte. Es sieht leider nicht so aus, als ließe sie sich dazu überreden zuzustimmen, obwohl es höchst vorteilhaft wäre: Sie scheint in gefährlichem Maße das Vertrauen in sich selbst verloren zu haben.

Carolines Äußerungen habe ich entnommen, daß Sie selbst infolge des schmerzlichen Ereignisses unter starker Arbeitsbelastung stehen. Ich weiß, es ist wahrscheinlich überaus schwierig, Ihre Tätigkeit zu delegieren oder zurückzustellen, aber ich glaube, es ist von allergrößter Bedeutung, daß Sie zurückkehren und Caroline sehen, wenn es irgend möglich ist. Ich kann die Stärke meiner Empfindung nicht genügend betonen. (Dieser Satz war zweimal kräftig unterstrichen.) *Bestimmt leiden Sie immer noch sehr unter Ihrem Verlust, für den ich Ihnen mein aufrichtiges Beileid aussprechen möchte, aber ich bin sicher, Sie fänden großen Trost in dem Gedanken, durch rasches Handeln eine ansonsten mögliche, neuerliche Tragödie abgewendet zu haben.*

Ihre aufrichtige Freundin Teresa Hume

Nicolson fragte etwas. Tim merkte, daß er nicht zugehört hatte.

»Entschuldige, was hast du gesagt?«

»Ich habe gefragt, ob du auf der Plattform bleibst, bis sie das neue Rohrstück einbauen.«

Langsam wichen die dunklen, in Bäume gehüllten Hänge von Woodhoe Valley; öde Wüste umgab sie flach und schimmernd. Die Ölpipeline erstreckte sich nordwärts, von der Piste abweichend wie ein auf fünf vor zwölf gestellter Minutenzeiger.

»Wieviel Uhr ist es?« sagte Tim. »Nein, ich glaube, ich fahre lieber zur Basis zurück. Ich muß vielleicht eine ganze Menge organisieren.«

»Wirklich, Caroline«, sagte Lady Trevis, »ich wünschte, du würdest ein bißchen mehr Rücksicht nehmen. Es gibt heute morgen eine Menge zu tun, du kannst dich nicht einfach wie üblich aus dem Staub machen. Hilda kommt erst nach dem Mittagessen zurück, und dann hat sie wahrscheinlich einen Mordskater, wenn sie bis zum Morgengrauen auf einer dieser Parties war, auf die Esmee und Brenda spezialisiert zu sein scheinen. Jedenfalls, füttere die Chow-Chows, ja, Schätzchen, und führe die Pudel und die Pekinesen aus. Ich habe vereinbart, daß ein Junge aus dem Dorf kommt und die Großen bewegt; wenn er nicht auftaucht, was *mehr* als wahrscheinlich ist, mußt du das nach dem Tee machen. Das schaffst du doch, oder?«

»Da kommt Lorraine mich zum Schwimmen abholen.«

»Ach, Mist, na gut, vielleicht ist Hilda bis dahin zurück. Ist es denn klug, schwimmen zu gehen? Ich muß sagen, du siehst heute furchtbar aus – schon wieder große, schwarze Ringe unter den Augen –, aber das war ja schon die letzten Tage so. Hast du daran gedacht, Hilda zu bitten, dir ein Stärkungsmittel zu besorgen, wenn sie in Bridpool ist? Ach so, hilfst du mir eben, die Vorräte zu überprüfen, ehe du die Chow-Chows fütterst, ja? Flora ist mit dem Bus nach Bridpool gefahren; es hat sowieso keinen Sinn, sie um Hilfe zu bitten, die würde keinen

Finger rühren, um mich hochzuheben, und wenn ich sterbend auf dem Boden läge. Und das ist eine gute Gelegenheit, solange Hudson mit dem Deerhound draußen ist; ich habe den starken Verdacht, er hat Hundekuchen geklaut, um ihn im Dorf zu verkaufen.«

»Mutter«, protestierte Caroline, »wie kannst du nur? Hudson käme überhaupt nicht auf die Idee – er ist seit meiner Geburt bei uns.«

»Was hat das damit zu tun? Er bleibt nur, weil er weiß, daß er anderswo keinen Job mehr bekäme. Diese ganzen Leute legen einen rein, wo sie nur können. Und Hudson konnte mich noch nie ausstehen – dauernd hat er für deinen Vater Partei ergriffen. Oh, *gesagt* hat er nie etwas, aber man konnte es seinem Blick ansehen. Er haßt uns allesamt. Und jetzt steig die Leiter da hoch und zähl die Säcke, ja; ich bin zu alt, um rauf- und runterzukraxeln.«

Es war eiskalt in der alten, baufälligen Remise, wo die Vorräte aufbewahrt wurden; durch die Ritzen pfiff ein klammer Wind von einer Seite zur anderen.

»Könnte November sein«, sagte Lady Trevis und stellte den Kragen der mottenzerfressenen Pelzjacke auf, die sie sich um die Schultern geworfen hatte. »Nun mach schon, Schätzchen, ja?«

Caroline fand es fast unmöglich, die gestapelten Säcke zu zählen, weil ihre Mutter darauf beharrte, unaufhörlich zu reden, Fragen zu stellen und zu unterbrechen. »Um Himmels willen, beeil dich«, wiederholte sie in einem fort. »*Das* kann nicht stimmen«, sagte sie ungläubig, als Caroline mit einer Gesamtmenge aufwartete. »Das mußt du noch mal machen.« Carolines zweite Gesamtmenge war ebensowenig akzeptabel wie die erste, und Lady Trevis zog gereizt ihre Jacke aus, steckte sich ihre Zigarette in den Mundwinkel und begann selbst zu zählen. Sie gab ein seltsam unstimmiges Bild ab, wie sie in Seemannshosen mit Schlag und einer malvenfarbigen, um ihre magere Gestalt schlotternden Strickjacke da oben hockte. Mittendrin kam Hudson unerwartet zurück.

Lady Trevis tobte über Hudson und Caroline und erklärte, es sei unmöglich, in einem Haus, wo die Leute dumm und unfähig seien, Anweisungen zu gehorchen, etwas ordentlich erledigt zu bekommen; Caroline erbot sich zitternd, noch einmal zu zählen, und Lady Trevis warf ihr einen wütenden Blick zu und fauchte:

»Nein, laß es sein. *Laß es sein!* Was hat das für einen Sinn? Was hat überhaupt einen Sinn? Hudson, bringen Sie mir eine Kanne Kaffee, ja? Und du, Caroline, machst besser mit den Chow-Chows weiter, da jede Anstrengung auf geistigem Gebiet dich zu überfordern scheint.«

Der Corn Market war ein dreieckiges Grundstück in der Altstadt, das mit Sandsteinplatten gepflastert, von alten Bürogebäuden umgeben und von jeder Seite durch eine schmale Gasse zugänglich war. Hier ließ man keine Autos durch, nur Fußgänger, und dienstags machte eine fröhlich liederliche Ansammlung von Buden und Karren lebhafte Geschäfte, wenn an Touristen und die leichtgläubigeren Stadtbewohner Nahrungsmittel und Waren verkauft wurden, die diese ebenso billig, wenn auch nicht so vergnüglich, in den umliegenden Kettenläden hätten kaufen können. Es war ein wohlbekannter Anziehungspunkt für Touristen, und an diesem Nachmittag schob sich die kleine, flotte, in Krokodilszahn-Tweed gekleidete Gestalt von Miss Flora Tidbury in entzückter Bewunderung an den verschiedenen Ständen vorbei. Sie liebte den Markt als kostenlose Unterhaltung, obwohl sie dort niemals etwas kaufte; sie gab überhaupt sehr wenig Geld aus, da der Haushalt von Woodhoe für ihre sämtlichen Bedürfnisse sorgte und die umfangreiche Garderobe teurer und strapazierfähiger Kleider, die Tante Prudence ihr vermacht hatte, sie zweifellos noch überdauern würde.

Kusine Floras einzige Schwäche war die Vorliebe für Taschenbuchkrimis, und um die Ausgaben dafür auf ein Mindestmaß zu beschränken, hatte sie, wie bei vielem anderem in ihrem Leben, eine höchst praktische Verfahrensweise entwikkelt. Immer wenn Hilda nach Bridpool fuhr, bat Flora sie, ihr von Smiths ein, zwei Taschenbücher mitzubringen; Hilda tat ihr im allgemeinen den Gefallen – da die Bitte in klagendem Immer-laßt-ihr-mich-allein-und-schließlich-verlange-ich-ja-nicht-viel-von-dir-Ton geäußert wurde – und vergaß im allgemeinen, das Geld, das sie ausgegeben hatte, zurückzuverlangen, da es ihr kleinlich vorkam, wegen ein paar Shilling herumzunörgeln. Nachdem Kusine Flora die Bücher gelesen hatte, erzielte sie einen bescheidenen Gewinn, indem sie sie an ein modernes Antiquariat verkaufte. Dieses so hübsche, bescheidene, produktive Arrangement vermittelte ihr ein kleines, immerwährendes Gefühl der Befriedigung.

Nachdem sie nun zwischen den Ständen herumgestöbert und das maschinell geschliffene Glas, die mit den Gesichtern von Popsängern bedruckten Nylons, seidenen Kopftücher, Blumen, landwirtschaftlichen Produkte und den hoffnungsvoll unter dem Etikett ›Antiquitäten‹ firmierenden Plunder bewundert hatte, bog sie zielstrebig zu dem Buchladen ab, der das Erdgeschoß und den Keller eines der Gebäude aus dem sechzehnten Jahrhundert im hinteren Teil des Marktes einnahm.

»Guten Tag, Mr. Todd!« flötete sie fröhlich. »Was macht Ihr Magengeschwür?«

»Rührt sich nicht, danke Miss Tidbury, rührt sich im Moment nicht.« Der Eigentümer, der den Karren billiger Bücher vor seiner Tür abgestaubt hatte, folgte ihr in den Laden. »Solange ich ein sorgsam geregeltes Leben führe und mich an Schonkost halte...« – »*Viel* Milch und Kochfisch«, stimmte Flora so heftig mit dem Kopf nickend zu, daß ihre weißen Löckchen hüpften – »... stelle ich fest, daß es mir sehr wenig Probleme macht, wirklich sehr wenig Probleme. Außer einem gelegentlichen heftigen Anfall. Und selbst? Ich hoffe doch, es geht Ihnen gut? Was macht der Rheumatismus?«

Sie zählte ihm mit liebevoller Detailfreude ihre Symptome auf – niemand in Woodhoe machte sich je die Mühe, sich danach zu erkundigen – und hörte sich, wie nur recht und billig, eine Schilderung dreier schlimmer Tage an, die ihm sein Magengeschwür vergangenen Monat bereitet hatte.

»Meine Gallenblase war verknotet, Miss Tidbury, das versichere ich Ihnen. Natürlich glaube ich, daß das alles von den Nerven kommt – ich leide wirklich heftig unter meinen Nerven.«

»Ach, das verstehe ich ja so gut, Mr. Todd; an manchen Tagen kann ich spüren, wie die Nerven in meinen Knien wie Kastagnetten auf- und zuklappen.«

»Das ist dieser ganze radioaktive Niederschlag in der Luft, wenn Sie mich fragen«, sagte er düster.

»O nein, Mr. Todd, ich bin sicher, alle unsere Probleme kommen von Insektiziden und Autoabgasen. Wenn wir nur lernen könnten, ohne den Benzinmotor zu leben ...«

Aber da konnte Mr. Todd nicht zustimmen; Insektizide ja, aber er selbst habe einen Motorroller und fände, er sei für Geschäft und Freizeit von unschätzbarem Wert. Er wisse gar nicht, wie er ohne ihn auskommen solle; er habe noch heute morgen zu seiner Frau Minnie gesagt ...

Nach zehnminütigem, angenehmem Geplauder legte ihm Kusine Flora entschuldigend das Dutzend mit Bindfaden zu einem ordentlichen Stapel verschnürter Krimis, das sie mitgebracht hatte, auf den Ladentisch. Mr. Todd musterte sie fachmännisch.

»Fleming, Christie, Creasey, Gardner – alles hübsche, gutgehende Titel, Miss Tidbury. Und alle in gutem Zustand, wie ich sehe.«

»So gut wie neu«, versicherte sie ihm munter.

»Sagen wir sechs Penny pro Stück?«

Das war ein Ritual; er gab ihr stets sechs Penny für ein Buch, und sie machte sich stets daran, ihren Gewinn gleich wieder in sein Geschäft zu stecken, indem sie das Geld im Laden ausgab. Dementsprechend ging sie mit vor Erwartungsfreude glänzenden Augen an ihm vorbei in den Innenraum, wo eine Anzahl langer, schmaler, recht dunkler und bis auf Deckenhöhe mit Regalen versehener Durchgänge den Anschein erweckte, als enthielten sie sämtliche jemals auf der Welt gedruckten Taschenbücher.

Sie brauchte im allgemeinen einige Zeit, um eine Wahl zu treffen; sie brüstete sich damit, sich an jeden Krimi zu erinnern, den sie je gelesen hatte, mußte aber oft ungefähr ein Kapitel überfliegen, um sicherzugehen; derweil kamen und gingen Kunden. Der Laden war erstaunlich gut besucht, wie Miss Tidbury bei früheren Gelegenheiten festgestellt hatte; aus der Tatsache, daß seine Kunden in der Regel Seeleute waren, einzeln in regelmäßigen Zeitabständen kamen, leise Gespräche führten und häufig eingeschlagene Päckchen übergaben oder entgegennahmen, folgerte sie, daß Mr. Todd in irgendwelche verbotenen Geschäfte, vermutlich Schmuggel, verwickelt war; doch anstatt sie zu schockieren, erhöhte das in ihren Augen noch seinen Reiz. Schließlich war Schmuggel nicht direkt böse; lediglich illegal; vor hundert Jahren war es ein durchaus vornehmer Zeitvertreib gewesen, dem viele Angehörige der Oberklasse frönten. Miss Tidbury verschloß daher taktvoll Augen und Ohren vor den Transaktionen im vorderen Teil des Ladens. Da Mr. Todd ihre Anwesenheit bei diesen Gesprächen nicht zu stören schien, folgerte sie, daß er sie entweder als zu naiv oder zu dumm einstufte, um einen Grund zur Besorgnis darzustellen, und wahrscheinlich fand, sie verleihe seinen Geschäftsräumen einen nützlichen Anstrich von Glaubwürdigkeit und Respektabilität.

Nachdem Miss Tidbury sich eine ausgezeichnete Auswahl von Krimis – darunter ein früher Ngaio Marsh, den sie noch nicht kannte – zusammengesucht hatte, wollte sie sie gerade bezahlen und sich verabschieden, als eine Stimme aus dem vorderen Teil des Ladens bewirkte, daß sie wie angewurzelt stehenblieb und sich dann instinktiv ganz nach hinten in den dunkelsten Durchgang zurückzog.

»Guten Tag!« sagte Hilda, die mit ihrem leicht ungleichmäßigen, wiegenden Gang den Laden betrat. Sie betrachtete neugierig die Bücher und dann Mr. Todd, der ihren Blick mit einem leichten, geschäftsmäßigen Lächeln erwiderte. »Ob Sie wohl so etwas wie einen Orchesterführer oder eine Einführung in die Musik haben?«

»Einen Orchesterführer? Das schlägt nicht direkt in mein Fach. Da bin ich nicht sicher«, sagte Mr. Todd zweifelnd, trat jedoch an seine vordere Regalreihe. »Ich hatte vor einiger Zeit etwas in der Art...«

»Sehen Sie, ich komme mir so dumm vor, wenn ich mit meinen musikalischen Freunden zusammen bin und zugeben muß, daß ich eine Harfe nicht von einer Oboe unterscheiden kann«, vertraute Hilda ihm an. Vor Mr. Todds Ladentisch stand ein Armstuhl für bevorzugte Kunden; sie setzte sich darauf und warf ihm einen einfältigen, unbefangenen Blick zu, der sich in fein abgestuftem Übergang zu einem Ausdruck des Wiedererkennens vertiefte; dann rief sie aus: »Ich weiß, wo ich Sie schon einmal gesehen habe! Natürlich, Sie waren in dem Konzert! Sie sind Harrys Freund, der ihn in seiner Wohnung besucht hat, nicht wahr?«

»Ich nehme mir nicht heraus, mich als Freund von Mr. Lupac zu bezeichnen«, sagte Mr. Todd mit zurückhaltend gesenktem Blick. »Eher ein Geschäftskontakt, wenn ich so sagen darf.«

»Och, das enttäuscht mich aber!« Sie ließ ihr schräges, kokettes Lächeln aufblitzen. »Harry-Schatz ist ein derart unbeschriebenes Blatt, ich hatte gehofft, Sie wären schon Ihr ganzes Leben lang sein Busenfreund und könnten mich über ihn aufklären. Mir seinen ganzen Werdegang erzählen! Natürlich bete ich ihn an, aber er ist so geheimnisvoll; ich finde es manchmal recht ermüdend, mit ihm zu reden. Empfinden Sie das nicht auch so? Und niemand scheint auch nur das Geringste über ihn zu wissen. Sie sind der erste Mensch, den ich treffe, der ihn außerhalb von Musikerkreisen überhaupt kennt.«

Immer noch im hinteren Teil des Ladens versteckt, stand Kusine Flora Qualen aus. Dort auf Mr. Todds Ladentisch lag wie auf dem Präsentierteller der Stapel Taschenbücher, die Hilda selbst gekauft hatte; angenommen, sie würde diesen Beweis von Undankbarkeit und schmutziger Profitmacherei von seiten ihrer Verwandten erkennen? Wenn Mr. Todd sie bloß auf den Boden gelegt hätte! Und warum, um Himmels willen, hatte Hilda beschlossen, ihre üblichen Einkaufsgründe zu verlassen und hierher zu kommen?

»Was für Dinge würden Sie denn gern erfahren?« erkundigte sich Mr. Todd vorsichtig.

»Och, das wissen Sie doch – wer seine Freunde sind, was er so gemacht hat, als er in Frankreich war, *irgend* etwas über seine Vergangenheit – ich brenne immer darauf, auch die kleinste Kleinigkeit über meine Freunde zu erfahren, Sie nicht?« Sie strahlte ihn an und drehte sich dabei auf dem Stuhl, um zuzusehen, wie er methodisch die Bücherreihen absuchte.

Immer noch durch einen Wall von Regalen Hildas Blick entzogen, begann Miss Tidbury, sich vorwärts zu schleichen. Sie überlegte fieberhaft, ob sie es wagen sollte, den Arm auszustrecken und den belastenden Stapel Krimis den Blicken zu entreißen; aber sie hörte, wie Hilda sich bewegte, und zuckte wieder zurück.

»Tja, ich fürchte, ich könnte Ihnen sehr wenig erzählen, das Sie interessieren würde«, sagte Mr. Todd gerade. »Meine Verbindung mit ihm entstand einzig wegen der Rückzahlung eines Darlehens; jemand, dem er in Frankreich eine Gefälligkeit erwiesen hat, ein junger Musiker in finanziellen Schwierigkeiten. Mr. Lupac ist ein großer Philanthrop, wissen Sie.«

»Ach ja? Das überrascht mich aber ziemlich.«

»Doch, doch, wirklich; im stillen. Und er will sein Geld absolut nicht zurückgezahlt haben; tatsächlich hat er sich rundweg geweigert, dieses Geld anzunehmen, was mich in eine ziemlich mißliche Lage bringt, da der Betreffende Matrose auf einem Trampfrachter ist; ich kann mich monatelang nicht mit ihm in Verbindung setzen.«

»Na, das wirft ein neues Licht auf Harry – eines, das er wirklich unter den Scheffel stellt! Jungen Musikern Geld zu leihen – wie gütig! Warum hat sich der Mann an Sie gewandt?«

»Ich kenne viele Seeleute«, sagte Mr. Todd affektiert, »ich fungiere als eine Art inoffizielle Vertretung und Verrechnungsstelle für sie. Und da dieser Mann Mr. Lupacs Adresse nicht kannte, hat er mich aufgesucht, und ich habe gesagt, ich würde das Geld übergeben. Aber jetzt weiß ich nicht recht, was ich tun soll.«

»Können Sie das Geld nicht einfach auf Harrys Konto einzahlen?«

»Ach so, ja«, sagte Mr. Todd überlegend, als sei ihm ein solcher Gedanke noch gar nicht gekommen, »*das* ginge wahrscheinlich, wenn ich wüßte, bei welcher Bank er ist.«

»Western Counties«, sagte Hilda. »Die Filiale in der Cabot Street. Ich war zufällig einmal dabei, als er einen Scheck einlösen mußte.«

»Wirklich? Das ist äußerst nützlich, ich bin Ihnen sehr zu Dank verpflichtet. *Quid pro quo*«, sagte Mr. Todd leutselig, »ich gebe Ihnen ein paar Informationen über Ihren Freund, und Sie geben mir ein paar! Aber ich fürchte sehr, in meiner Eigenschaft als Buchhändler kann ich nicht viel für Sie tun. Ich scheine keinen Orchesterführer zu haben. Natürlich könnte ich Ihnen einen besorgen, wenn Sie Ihre Adresse hinterlassen möchten.«

»Würden Sie das tun?« sagte sie. »Das ist ganz reizend von Ihnen. Ich schreibe sie Ihnen auf.«

Sie wandte sich gerade rechtzeitig dem Ladentisch zu, um einen flüchtigen Blick auf einen Arm in vertrautem Tweed zu erhaschen, der ausgestreckt worden war, nun aber hastig zurückgezogen wurde. Ziemlich verblüfft trat Hilda vor und schaute um die Ecke ins Hinterzimmer.

»*Kusine Flora!* Ich wußte nicht, daß noch jemand hier ist – ganz zu schweigen von dir! Ich hatte ja nicht einmal eine Ahnung, daß du heute nach Bridpool kommst.«

»Nanu, Hilda, Liebes! Was für eine Überraschung!« Kusine Flora kam blinzelnd und vor Verlegenheit leicht errötet heraus. »Bist du schon lange hier? Ich hab dich gar nicht in den Laden kommen hören – ich versinke so in Gedanken, wenn ich die Regale durchstöbere, daß ich gar nicht mehr wahrnehme, was um mich herum vorgeht! Ja, ich habe die Gelegenheit ergriffen, mich von dem netten Mann, der den Fernseher repariert hat, zur Bushaltestelle mitnehmen zu lassen – natürlich in der Hoffnung, dich bei Esmee und Brenda zu erwischen, wenn ich in Bridpool bin, um mit dir nach Hause fahren zu können. Aber leider, als ich sie angerufen habe, habe ich erfahren, daß du nicht da bist, und hatte mich gerade mit der langen, langweiligen Busfahrt nach Hause abgefunden. Also wenn das kein glücklicher Zufall ist!«

Mittlerweile hatte sie ihren Aplomb beinahe wiedergewonnen, wenn es auch Mühe kostete, den Blick nicht zur Seite auf den Bücherstapel gleiten zu lassen.

»So, so«, sagte Hilda leichthin und nicht ganz freundlich; ihre Stimme hatte einen Unterton von Lady Trevis. »Da hast du wirklich Glück gehabt; ich wollte gerade nach Hause aufbrechen.« Sie schrieb ihre Adresse fertig und reichte Mr. Todd den Zettel.

»Was meinen Sie, wie lange wird es dauern, das Buch zu besorgen, Mr. Todd?«

»Ein paar Tage vielleicht.«

»Ich komme am Donnerstag wieder nach Bridpool; vielleicht schaue ich dann herein und erkundige mich. Ich habe unseren kleinen Schwatz so sehr genossen.«

»Na, wer hätte das gedacht«, sagte er, die Adresse studierend, »ist das nicht schön, daß die beiden Damen aus Woodmouth sich so über den Weg laufen? Fast eine Fügung, könnte man sagen.«

»Fast.« Hildas Ton war trocken. Flora war sich immer noch nicht sicher, ob sie die Bücher bemerkt hatte oder nicht.

»Woodmouth«, sagte Mr. Todd sinnend. »Das ist eine schöne Gegend, wie ich höre. Sehr malerisch, hab ich nicht recht? Ich muß mich demnächst einmal auf meinen Roller schwingen und vielleicht mit meiner Frau dorthin fahren – wir sind ganz versessen darauf, schöne Fleckchen zu besuchen. Besonders wenn wir jemanden kennen, der dort wohnt – das macht die Fahrt um so vieles interessanter, nicht wahr? Doch, ja, das muß ich mal machen.«

Mit großer Höflichkeit geleitete er seine Kundinnen aus dem Laden und blieb lächelnd auf der Schwelle stehen, bis sie den Corn Market verlassen hatten; dann kehrte er immer noch lächelnd an seinen Ladentisch zurück und las noch einmal die Adresse, die Hilda ihm gegeben hatte. Seine Heiterkeit blieb auch dann unbeeinträchtigt, als ihm aufging, daß er Miss Tidbury hatte gehen lassen, ohne daß sie die Bücher bezahlt hatte.

Hildas Rückkehr aus Bridpool fiel mit dem Eintreffen von Lorraine zusammen, die Caroline zum Schwimmen abholte.

»Hallo, ihr Lieben!« Kusine Flora strahlte, als sie mit ihren Büchern in den Salon hüpfte. »Wie steht's zu Hause?«

»Schöne Party?« fragte Caroline Hilda, die gähnte.

»Hat bis fünf gedauert. Hier, ich hab dein Stärkungsmittel besorgt.« Sie gab Caroline ein Fläschchen mit rot-schwarzen Kapseln.

»Meine liebe Hilda, was für ein zügelloses Leben!« rief Lorraine mit ihrer kehligen Altstimme aus. »Parties, Parties – kein Wunder, daß du keine Zeit für gute Werke hast. Kommst du, Carey?«

Aber in diesem Moment kam Lady Trevis, die Stimmen gehört hatte, heruntergeschlurft und bestand darauf, daß alle auf eine Tasse Tee blieben und ihr erzählten, was es Neues gäbe. Caroline wäre gern einen Moment mit Hilda allein gewesen, um sie nach dem Ergebnis ihres Gangs zum Anwalt zu fragen, aber das schien im Moment nicht möglich zu sein; sie richtete den Blick fragend auf Hilda, die Tee eingoß; die einzige Antwort, die sie bekam, war ein leichtes Nicken. Hilda war blaß, und ihre Augen glänzten stark; sie schien, dachte Caroline, erfreut, insgeheim über irgend etwas amüsiert zu sein.

»Um Gottes willen, nimm gleich eine von diesen Vitogen-Tabletten, Caroline«, sagte Lady Trevis. »Ich hab's satt, daß du aussiehst wie etwas, das unter einem Stein hervorgekrochen ist. Du kannst nicht früh genug damit anfangen.«

Gehorsam schluckte Caroline eine der Kapseln mit ihrem Tee; dann zerrte Lorraine, die darauf brannte, schwimmen zu gehen, sie weg.

»Die gute Hilda haut ganz schön auf den Putz, wie?« sagte Lorraine, als sie in dem großen Vauxhall der Dukes die Einfahrt hinaufkrochen. »Madge Curtis vom Gesangverein hat mir erzählt, sie wäre letzte Woche auf eine schrecklich vornehme Party der Chumleys gegangen und Hilda wäre dort gewesen, ein Herz und eine Seele mit Sir Horace.«

»Ach ja? Das wußte ich nicht«, sagte Caroline zerstreut. »Sie erzählt nicht viel davon, wohin sie geht, sonst würde Mutter jede kleinste Einzelheit wissen wollen.«

»Die gute Hilda ist ein unbeschriebenes Blatt, wenn du mich fragst.« Lorraine verdrehte plötzlich ihre wie schwarze Johannisbeeren wirkenden Augen seitwärts und fragte: »Wie geht's denn so, Carey – hältst du's aus, wieder zu Hause zu sein? Muß ein bißchen seltsam sein, nachdem man seinen eigenen Haushalt geführt hat – so was wie ein Abstieg?«

Seltsam?, überlegte Caroline. Nicht seltsam, dachte sie, allzu vertraut. Meinen eigenen Haushalt zu führen, war seltsam; ich war nicht sehr gut darin. Die Hausarbeit hat mir allerdings Spaß gemacht; ich war dabei, es zu lernen; Tim hat mir geholfen.

»Bestimmt ein bißchen trostlos, wenn man im Ausland gelebt hat«, hörte sie Lorraine voller Mitgefühl – oder war es Verachtung? – in der Stimme sagen.

»Mir kommt es nicht so darauf an, wo ich lebe.« Sondern auf die Menschen, dachte sie.

»Ich würde meinen, Tim kommt es ziemlich darauf an. Nach diesem schrecklich perfekten Haushalt seiner Mutter. Die Conroys haben immer so fabelhafte Parties gegeben, als sie noch hier wohnten.«

»Tim scheint nichts gegen meine Haushaltsführung zu haben.«

»Der gute Tim ist allerdings auch so ein sportlicher Freiluftmensch, nicht wahr? Die Sorte ist im allgemeinen nicht so pingelig.«

»Ach ja?«

»Aber meine Liebe! Er war doch *immer verrückt* nach Golf und Segeln und Tennis! Sag bloß, das hast du nicht gemerkt!«

»Solche Sachen haben wir nie zusammen gemacht«, sagte Caroline abwehrend.

»Mein Gott, man könnte meinen, wir reden über zwei verschiedene Leute. Ich kann mir nicht vorstellen, was du und Tim aneinander findet. Du hast Sport doch immer gehaßt, oder?«

»Ich glaube schon. Ich habe diese fürchterlichen Gymnastikstunden gehaßt, die deine Mutter immer vor Monsieur Bolitoffs Tanzunterricht bei euch zu Hause organisiert hat.«

Aber da habe ich Tim kennenglernt, der sich genauso langweilte, dachte sie, eines Nachmittags, als ich mir den Knöchel verstauchte und er mich nach Hause brachte und wir über Bücher redeten. Das war ein goldener Tag. Ich weiß noch, wie ich am nächsten Morgen aufwachte und wußte, daß ich einen Freund gefunden hatte. Ich war dreizehn.

»Hast du in letzter Zeit von Tim gehört?« fragte Lorraine. In ihrer Stimme lag jedesmal ein Hauch von Spannung, wenn sie seinen Namen erwähnte. Arme Lorraine, dachte Caroline plötzlich aus der Tiefe ihrer eigenen Ungewißheit heraus.

»In letzter Zeit nicht.« Ihre Hand schloß sich beschützend um einen gefalteten Brief in ihrer Tasche. Tims Briefe, kostbar wie Goldstücke. Dieser war vierzehn Tage alt, sie nahm ihn wie einen Talisman überallhin mit. Wie bald würde er wohl wieder schreiben?

»Da wären wir«, sagte Lorraine gleich darauf.

Der große Vauxhall fuhr durch ein Tor in einer Trockenmauer und holperte über ein Feld zu einer ausgetretenen Stelle oben auf der Klippe.

»Sieht saukalt aus, wie?« meinte Lorraine mit einem Blick über die ungeheure Fläche des dunkelblauen, seidigen Sees, die hier und da von weißem Gekräusel gekrönt war. Caroline schauderte. Sie hatte wirklich keine große Lust aufs Schwimmen. »Macht nichts, es wird uns bestimmt guttun«, fuhr Lorraine fort. »Der Klippenweg ist da drüben, links. Kommst du?«

»Mutter?« sagte Tim in die Sprechmuschel. »Bist du das? Gott sei Dank habe ich dich erreicht.«

»Tim, mein Liebling! Wie schön, dich zu hören! Aber was soll das denn, mich anzurufen, du extravagantes Geschöpf? Noch dazu um diese Zeit – bei euch muß es nach Mitternacht sein.«

»Ja.« Er sah aus dem Fenster auf die Sterne, die, von einem Moskitonetz gerastert, ihre tropische Helligkeit in seltsamen, geometrischen Mustern ausbreiteten.

»Was ist los, Tim?« sagte Mrs. Conroy hastig und besorgt. »Geht es dir gut?«

»Ja, ja«, versicherte er ihr. »Mir geht's prima. Ich hab in den letzten vierundzwanzig Stunden hart gearbeitet, das ist alles. Es ist bloß – hast du Caroline in letzter Zeit mal gesehen?«

»Oh, Liebling, nein!« Mrs. Conroy klang zerknirscht. »Bridpool ist so weit weg von London, und bei der ganzen Hin- und Herraserei zwischen hier und Athen und allem, was ich um die Ohren hatte, hatte ich keine freie Minute. Du bist nicht der einzige in der Familie, der zu tun hat, das laß dir gesagt sein! Diese Woche habe ich seit drei Monaten zum erstenmal drei Nächte in meinem eigenen Bett geschlafen.«

»Ich weiß, liebe Mama! Ich weiß, daß du zu tun hast.«

»Also fehlt Caroline etwas? Machst du dir Sorgen um sie, mein Liebster?«

»Ja, ein bißchen. Nein, das stimmt nicht«, sagte Tim, »ich mache mir riesige Sorgen um sie. Ich habe einen Brief bekommen ... zwei Briefe ...«

»Von Caroline?«

»Nein, von ihrer ehemaligen Rektorin – und von einer Nachbarin – erinnerst du dich noch an Lorraine Duke? Tja, das heißt, von Caroline habe ich auch gehört. Ich glaube allmählich, daß in Woodhoe House etwas ganz und gar nicht stimmt.«

»Tja, wenn du dir Sorgen machst, mußt du alles stehen und liegen lassen und nach Hause kommen. Wie könntest du etwas anderes tun? Nimm morgen ein Flugzeug. Eigentlich«, sagte Mrs. Conroy, »hättest du dir keinen besseren Zeitpunkt aussuchen können; wirklich, vielleicht war es eine Eingebung, daß du mich angerufen hast. Am Freitag ist in London diese Konferenz von Ölproduzenten, und dein Onkel Sean liegt mit Bandscheibenschaden im Krankenhaus. Also flitz schnell zum nächsten Flugzeug; es wird mir wohltun, dich zu Gesicht zu bekommen. Ob ich morgen Caroline besuchen fahre? Ich stecke bis über beide Ohren in Arbeit, aber das kann ich alles ohne weiteres verschieben ...«

»O nein, das tust du nicht, liebe Mama.« Tim war ein ungeheurer Stein vom Herzen gefallen. »Morgen kann ich noch nicht weg, aber ich kann den Nachtflug am Donnerstag schaffen. Und kann am Freitag nach Woodmouth fahren, sobald die Tagung vorbei ist. Auf einen Tag kommt es auch nicht an. Ich rufe Caroline morgen an und sage ihr Bescheid.«

»Ja, ganz recht. Ein Tag schadet nicht. Außerdem bist du es, nach dem sie sich sehnt. Na dann, alles Gute, mein Liebling. Und gute Reise.«

»Gute Nacht, Mutter.«

»Na? Was für Mätzchen wirst du dir als nächstes ausdenken?« sagte Lady Trevis bissig zu Caroline. »Hilda, Lorraine sieht so aus, als könnte sie etwas gebrauchen, was sie wieder auf die Beine bringt. Was möchtest du, Lorraine?«

»Oh, tausend Dank, Lady Trevis, aber ich sollte wirklich nach Hause fahren.« Lorraine sah bleich, erschüttert und äußerst betreten aus; offenkundig wünschte sie sich tausend Meilen weit weg. »Marcus wird sich schon fragen, wo ich bleibe.«

»Herr im Himmel, du kannst doch wohl noch fünf Minuten bleiben, nachdem du Caroline das Leben gerettet hast?« rief

Lady Trevis, wobei die Gereiztheit stärker durchschlug als die Freundlichkeit.

»Also gut, bloß noch einen Moment. Gin mit Limone, einen kleinen, bitte, Hilda.«

»*Du* trinkst besser keinen nach diesem Bums gegen den Kopf«, sagte Kusine Flora zu Caroline, die, erschöpft an ein Polster gelehnt, auf dem Sofa lag.

»Ich habe Hudson gesagt, er soll heißen, süßen Tee machen«, sagte Lady Trevis mit einem ungeduldigen Blick zur Tür. »Das ist doch das Richtige bei Schock, oder? Läute noch einmal, Hilda.«

»Bemüh dich nicht, bitte«, sagte Caroline matt. »Ich würde wirklich lieber sofort ins Bett gehen.«

»Unsinn, dir geht's gleich wieder besser. Danke, daß du sie nach Hause gebracht hast, Lorraine.«

»Das war das mindeste, was ich tun konnte«, antwortete Lorraine verlegen. »In Wirklichkeit habe ich ziemliche Angst gehabt.«

»Was ist eigentlich genau passiert? Ich war nicht im Zimmer, als du es erzählt hast«, sagte Hilda.

»Wir sind bei Pennose Head schwimmen gegangen. Es war Flut, deshalb haben wir gedacht, wir springen von den Felsen; ich habe mich zufällig umgedreht, bevor ich sprang, um mich davon zu überzeugen, daß Carey in Ordnung ist; zum Glück, denn da stand sie, grün wie eine Gurke, und schwankte irgendwie hin und her; ehe ich sie erreichen konnte, fiel sie einfach, klatsch, ins Meer. Hat sich den Kopf an einem Felsen gestoßen, ist untergegangen und war, als sie ins Wasser fiel, so ziemlich bewußtlos.«

»Lieber Himmel, ein wahres Glück, daß Lorraine dabei war«, sagte Kusine Flora.

Bei einem flüchtigen Blick auf Hilda fragte sich Caroline vage, warum ihre Schwester so weiß geworden war. Als sie sprach, war ihre Stimme halb erstickt vor Zorn.

»Soll das etwa heißen – so eine verdammte, wahnsinnige Blödheit! Was um alles in der Welt ist bloß in dich gefahren, ausgerechnet dort schwimmen zu gehen? Ich hätte gedacht, sogar du hast soviel Verstand, um zu begreifen, daß das in deinem Zustand gefährlich ist. Warum hat dich niemand davon abgehalten? Wenn ich gewußt hätte, daß du *dahin* gehst – du hättest ums Leben kommen können!«

Ihr wütender Blick glitt über Lorraine und Lady Trevis.

»Daß *ich* etwas zu Caroline sage, hat überhaupt keinen Sinn, das weißt du sehr gut«, beschwerte sich Lady Trevis. »Da könnte ich genausogut der Scheunentür Ratschläge geben.«

»Mein Gott, ja, natürlich tut es mir leid!« rief Lorraine, die Hilda einigermaßen erstaunt ansah. »Aber woher sollte ich wissen, daß sie so plötzlich umkippen würde – sie war vollkommen in Ordnung, als wir losfuhren. Ich finde, du hast kein Recht, mich so anzupfeifen, Hilda.« Gekränkt und mit ziemlich rotem Gesicht leerte sie ihren Drink und stand auf.

»Bitte, sei nicht böse, Lorraine«, sagte Caroline mit schwacher Stimme. »Natürlich war es nicht deine Schuld – es war sehr nett von dir, mich mitzunehmen. Und ich werde nie vergessen, daß du mir das Leben gerettet hast. Ich hätte selber wissen müssen, daß ich zum Schwimmen noch nicht fähig war – aber mir ist so unerwartet schwindlig geworden ...«

Tränen stiegen ihr in die Augen; sie ließ den Kopf hilflos gegen das Polster sinken.

Hudson brachte ein Tablett mit Tee herein und stellte es neben sie.

»V.I.P.-Behandlung«, sagte Hilda. »Mir würden Sie kein Tablett mit Tee bringen, und wenn ich mir das Genick bräche, stimmt's Hudson? Na los, nun sagen Sie schon, daß ich keinen Tee bräuchte, wenn ich mir das Genick gebrochen hätte.«

Hudson sagte nichts. Er wartete, während sich Caroline, zittrig und verzweifelt um Selbstbeherrschung bemüht, eine Tasse Tee eingoß. »Ich habe mich gefragt«, brachte sie mit fadendünner Stimme heraus, »mir ist noch nie so schwindlig geworden, ich habe mich gefragt, ob das von dieser Pille gekommen sein könnte.«

»Dein Stärkungsmittel? Das Vitogen? Nun sei nicht kindisch, Schätzchen!«

»Das Schwindelgefühl ist eingetreten, nachdem ich sie genommen habe«, beharrte Caroline.

Hilda und ihre Mutter wechselten einen Blick; Hilda zuckte die Achseln, und Lady Trevis lachte heiser, bis das Lachen in Husten überging.

»Meine Güte, Caroline, du bist wirklich zu albern. Glaubst du etwa, jemand versucht dich zu vergiften? Wenn das kein Verfolgungswahn ist! Aber wir schlucken doch alle schon seit Jahren Vitogen-Tabletten, du hast selbst schon welche genommen.«

»Ja, aber sie sind anders. Früher waren sie orange, die da sind schwarz-rot.«

»Die haben die Formel geändert, das ist alles – mehr Kalzium reingetan oder sowas. Nein, du bist einfach immer noch unfallgefährdet, Schätzchen«, sagte Hilda kopfschüttelnd. »Tut mir sehr leid, Lorraine, ich wollte nicht so auf dich losgehen. Es ist nur, weil – na ja, ich weiß nicht, was Tim sagen würde, wenn wir ihm, anstatt auf Caroline aufzupassen, schreiben müßten, daß wir sie haben ertrinken lassen. Wir können sie nicht daran hindern, im Badezimmer Schlangen zu sehen, aber wir können sie *am Leben* halten.« Sie warf Lorraine ein frostiges Lächeln zu; Lorraine sagte:

»Schon gut, Hilda – wir sind alle ein bißchen mitgenommen.« Aber sie wirkte immer noch verwirrt. Sie klopfte Caroline linkisch auf die Schulter. »Laß es langsam angehen, Carey. Meinen Sie nicht, Sie sollten sie von einem Arzt untersuchen lassen, Lady Trevis?«

»Ach, ich glaube, das wird nicht nötig sein. Morgen sehen wir weiter. Wirklich nervtötend von dir, Caroline, allen so einen Schreck einzujagen.«

»Ich muß jetzt wirklich los«, sagte Lorraine. »Ich hoffe, dir geht's morgen wieder gut, Carey, ich rufe mal an und frage nach. Danke für den Drink, Lady Trevis.« Sie ging rasch hinaus, und sie hörten den Vauxhall die Einfahrt hinauffahren.

»Dieses Mädchen hat absolut keine Manieren«, bemerkte Lady Trevis, beinahe noch ehe die Tür sich hinter Lorraine geschlossen hatte.

»Nun mach aber einen Punkt, Mutter, sie hat Caroline schließlich das Leben gerettet.«

»Na, das will ich auch hoffen! Schließlich macht sie schon lange genug bei den Pfadfinderinnen, beim Roten Kreuz, bei den Johannitern und bei diesem ganzen Kram mit, da müßte sie wissen, wie. Gute Übung für sie. Aber es hätte sie nicht umgebracht, noch zehn Minuten hierzubleiben und zu plaudern, anstatt davonzurennen, als wäre das Haus hier verseucht. Nichts als Bäume zum Angucken und Wasser zum Zuhören – ein Wunder, daß ich mich nicht in einen verdammten Baum verwandle. Na, was hast du in Bridpool gemacht, das hast du mir noch gar nicht gesagt.«

»Nichts besonderes«, sagte Hilda gleichmütig. »War beim Zahnarzt, hab mir die Haare waschen und legen lassen. Kusine Flora hat sich ein paar Bücher gekauft, nicht wahr, Kusine Flora?«

»Bücher!« sagte Lady Trevis mißvergnügt. Sie drückte ihre Zigarette aus und schleppte sich nach oben.

»Ach du lieber Gott! Ich fürchte, das Gespräch mit *uns* reicht Gloria nicht.« Kusine Flora stieß ein kurzes, gekränktes Lachen aus, aber sie wirkte ungewöhnlich zahm und hielt den Blick von Hilda abgewendet. »Tja, äh, ich muß mich aufraffen und ein paar Briefe schreiben.«

Als sie nach oben trippelte, kam Hudson, der Lorraine hinausbegleitet hatte, zurück und begann die Gläser abzuräumen.

»Die Tasse Tee hat wunderbar geschmeckt, danke, Hudson«, murmelte Caroline.

Als er das Tablett aufnahm, begegnete sein verschnupfter Blick dem ihren; er starrte sie merkwürdig eindringlich an, als wollte er ihr eine Warnung übermitteln.

»Haben Sie die Chow-Chows ausgeführt, Hudson?«

»Nein, Miss Hilda.«

»Meine Güte. Haben Sie jetzt Zeit dafür? Sonst muß ich es machen, und ich bin ziemlich erledigt.«

Hudson stampfte aus dem Zimmer, ohne direkt zu antworten; er murmelte vor sich hin: *»Ihr Mund war rot, ihr Blick war frei, ihr Haar von güld'ner Glut... der Nachtmahr, der den Tod verheißt, erstarren läßt das Blut.«*

»Widerlicher alter Kerl«, sagte Hilda. »Gott, wie ich mich danach sehne, hier rauszukommen.«

»Hilda?«

»Ja, was denn?«

»Warst du bei diesem Mann – du weißt schon, der, den du...«

»Pst!« Hilda gestikulierte bedeutungsvoll Richtung Tür. »Keine Namen, keine Einzelheiten! Ja, ich war dort.«

»Was hat er...?«

»Er will jemand anders zu Rate ziehen – ein Gutachten einholen, nennen die das, glaube ich. Am Donnerstag sehe ich ihn wieder.«

»Donnerstag? Erst dann? Aber das heißt doch, daß es dann schon fünf Tage her ist.«

»Och, zerbrich dir darüber nicht den Kopf. Zeit spielt bei diesen großkopfeten Juristen keine Rolle – die gehen immer langsam vor, weißt du...«

»Ich will das loswerden«, sagte Caroline kläglich. »Deswegen fühle ich mich wohl auch so komisch.«

»Nun mach bloß kein Theater, Schätzchen! Sei nicht so egoistisch – denk an etwas anderes außer an dich. Jetzt solltest du dich besser ausruhen, nicht?«

Caroline erhob sich vom Sofa und stieg steif die Treppe hinauf. Augen, Nase und Hals brannten immer noch vom Salzwasser; im Hinterkopf spürte sie einen dumpfen, bedrohlichen Schmerz. In ihrem Zimmer angekommen, ließ sie sich auf die Tagesdecke fallen, die sich wegen der Dauerfeuchtigkeit der Luft kühl und klebrig anfühlte. Sie schloß die Augen. Sofort verfiel ihr Körper in ein heftiges, unkontrollierbares Zittern.

O Tim, hilf mir. Hilf mir, sonst bin ich verloren ...

Unten klingelte das Telefon, aber es nahm niemand ab. Kusine Flora frönte in ihrem Zimmer einer Orgie nachempfundener Verbrechen; Hilda führte die Hunde aus; und Lady Trevis saß gebannt vor der blauen, flackernden Mattscheibe und sah sich eine Sendung mit dem Titel *Mir gehört die Million* an.

5

Mittwoch, 25. August – Donnerstag, 26. August – Freitag, 27. August

»Du brauchst doch keinen Arzt, oder?« sagte Lady Trevis am nächsten Morgen beim Frühstück. »Der alte Campbell wäre wütend, wenn wir ihn herkommen ließen, bloß weil du dir den Kopf gestoßen hast. Ich denke, du kannst in seine Abendsprechstunde gehen ...«

Caroline dachte an das trübselige Wartezimmer, die Reihen gedrückter, stumm erwartungsvoller Patienten und den alten Dr. Campbell, den übellaunigen praktischen Arzt des Ortes, wie er sich in seinem durchgesessenen Drehstuhl ungeduldig hin- und herdrehte. Dr. Campbell litt an chronischer Arthritis, hatte ständig Schmerzen, würde niemals Nachtbesuche machen. Er kannte kein überschwengliches Mitgefühl für kleine Wehwehchen.

»Was ist los mit Ihnen, einen Schlag auf den Kopf haben Sie gekriegt? Warum zum Teufel belästigen Sie mich denn mit so einer Lappalie? Machen Sie Arnika drauf oder einen kalten Umschlag mit Essig.«

»Nein, ich glaube, es hat keinen Zweck, daß ich zu Dr. Campbell gehe«, sagte sie und schluckte verstohlen ein paar Aspirin mit ihrem Kaffee.

»Wo ist dein Stärkungsmittel?« fragte Lady Trevis scharf.

»Ich weiß nicht ... ich glaube, ich habe die Flasche hier drin gelassen.«

Eine gründliche Suche förderte sie nicht zutage.

»Ich bin sicher, ich habe sie nicht aus dem Zimmer mitgenommen – aber ich sehe oben nach«, sagte Caroline hilflos.

Lady Trevis und Hilda sahen einander resigniert an, als sie weg war.

»Hat sie wohl weggeworfen, weil sie sich einbildet, jemand will sie vergiften«, sagte Hilda. »Ich besorge lieber noch ein paar, wenn ich das nächste Mal in Bridpool bin.«

Caroline, die vergeblich ihr Zimmer durchstöberte, dachte daran, Dr. Galbraith anzurufen. Aber was konnte sie ihm sagen? Nichts von Bedeutung. Nur daß sie Sachen verlor, sich schwindlig fühlte, Kopfschmerzen hatte. Über das Thema, das wirklich in ihren Gedanken schwärte, mußte sie Stillschweigen bewahren. Was konnte er also sagen? Nur das, was sie schon zu Hause zu hören bekommen hatte: Unfallgefährdung und Verfolgungswahn; noch einiges mehr davon, habe ich Mutter zu Hilda sagen hören, und sie ist *richtig* übergeschnappt. Was machen wir dann?

Ja was? Sie in die Klinik stecken, diesmal auf unbegrenzte Zeit. Tim vorschlagen, daß eine Scheidung der barmherzigste und einfachste Schritt wäre, einer langen, sich hinziehenden Phase langsam schwindender Hoffnung ein Ende zu setzen ...

Den ganzen Tag fühlte sich Caroline müde und nicht auf dem Damm. Der unterdrückte Kopfschmerz schwelte in ihrem Hinterkopf, trotzdem zitterte sie in einem fort; ihr wurde einfach nicht warm. Vielleicht war es das ungemütliche Wetter. Seit Mittag hatte man anhaltendes Donnergrollen gehört, das das Tal umkreiste, aber nicht näherkam.

»Wenn du heute abend in die Bücherei gehst«, sagte Hilda, »dann such mir etwas über Musik oder Musiker, bitte, wenn sie etwas haben.«

»Ach Gott, die Bücherei. Ist das heute abend. Muß ich hin?«

»*Natürlich* mußt du, Schätzchen! Du kannst das nicht wegen jeder Kleinigkeit sausen lassen.« Hildas Stimme klang tadelnd. »Du mußt doch bloß an einem Tisch sitzen und in einem Buch Namen ausstreichen, das wird dich nicht umbringen. Ich würde es ja machen, aber heute ist Mutters Bridge-Abend – wenn du allerdings lieber für mich einspringst, dann gehe ich in die Bücherei.«

»Um Himmels willen, nein.« Caroline schauderte bei dem bloßen Gedanken, einen Abend lang mit Lady Trevis und zwei alten Freundinnen aus den Tagen des Repertoiretheaters von Bridpool Bridge spielen zu müssen. »Mutter würde mich umbringen, wenn ich ein paarmal nicht bedient habe.«

»Ja, wahrscheinlich«, pflichtete Hilda bei. »Machen wir uns nichts vor, Bridge ist nicht deine starke Seite.«

»Du meinst nicht, daß Kusine Flora ...«

»Ach, du weißt doch, wie wenig hilfsbereit sie ist – die würde sich nie für jemanden bemühen. Nein, lauf du nur, die frische Luft wird dir guttun. Nimm aber lieber einen Regenmantel mit.«

Frische Luft ist das falsche Wort, dachte Caroline, während sie den Flußpfad entlangging. Es war eher, als arbeite man sich durch einen Tank mit lauwarmem Dampf. Unter den Bäumen hingen Wolken von Mücken. Sie sah sich nach dem Haus um, das selbst aus so kurzer Entfernung mit seinem in der klammen, drückenden Dämmerung in Dunst verwandelten Grau unwirklich aussah. Ein niedergedrücktes, düsteres, gräßliches Haus, und doch liebe ich es in gewisser Weise; Tim ist dort gewesen. Es enthält Erinnerungen an Tim.

Sie eilte weiter. Die Stimme des Flusses klang in der stickigen Luft gedämpft; selbst die Möwen an der Hafenmündung waren verstummt, und weit weg schäumte leise das Meer über den Strand.

Sie ging an der Hafenmole entlang ins Gemeindehaus.

Der Donner grollte näher; mit Einbruch der Dämmerung hatte er an Kraft und Schwung gewonnen, zog nordwärts das Tal hinab. Aufflackerndes Wetterleuchten zeigte die Umrisse der baumbestandenen Klippen über ihr; Caroline beeilte sich, die Tür zu schließen. Licht machen. Die Vorhänge zuziehen. Die Bücher herausnehmen und auf dem

Tisch stapeln – ein paar helle Schutzumschläge in den Blick rücken. Das Register und die Geldkassette heraussuchen. Auf Besucher warten.

Etwa fünf Meilen entfernt krachte ein lauterer Schlag; Regen setzte ein, pladderte beharrlich auf das geteerte Dach.

Plötzlich knallte die Tür auf, und Hudson kam herein. Er war auf eigenartige Weise in ein bauschiges, graues Plastikcape gehüllt, durch das er einem Mönch ähnelte; darunter ragten wie Stecken seine alten, mageren Beine hervor, die schwarzen Hosenbeine eng um sie gewickelt und mit Fahrradklammern gesichert.

»Miss Caroline, Sie sollten nich' hier sein«, sagte er ernst; er wirkte sehr aufgeregt. »Ich hab gesehen, daß es Ihnen den ganzen Tag nich' gut gegangen is'. Sie sollten zu Hause im Bett liegen. Miss Hilda hätt Ihnen das nich' auftragen dürfen. Gleich wie ich gehört hab, daß Sie hier sind, hab ich Miss Tidbury gebeten, herzukommen und Sie abzulösen, und sie hat gesagt, sie wär einverstanden.«

»Kusine Flora?« Caroline war einigermaßen erstaunt. »Sie hat ja gesagt?«

»Ah, sie fürchtet sich vor mir, die Frau«, sagte Hudson mit seinem unheimlichen Kichern. »'türlich weiß sie, daß ich ihr feines Getue durchschaue und mir nichts gefallen laß. Die war ganz schnell einverstanden.«

»Aber wie um alles in der Welt kommt sie hierher? Sie wissen doch, daß sie nicht beide Strecken laufen kann.«

»Ich hab meinen Cousin Tom Pescod angerufen; der holt sie auf'm Weg zur British Legion ab und fährt sie hinterher heim.«

»Ach, Hudson, das ist nett von Ihnen. Ich fühle mich auch wirklich komisch, so durstig und zittrig.«

»Brüten 'ne Erkältung aus, wundert mich auch gar nich'. Nu' gehen Sie schon. Ich bleib hier, bis Miss Tidbury kommt. Sie können mein Rad nehmen, wenn Sie wollen.«

»Ich würde wahrscheinlich herunterfallen, trotzdem danke«, sagte sie im Gedanken an den hohen, spinnenartigen Apparat. »Ich gehe besser zu Fuß.«

Und so machte sie sich durch den langsamen, starken Regen auf den Nachhauseweg. Und hinter ihr grollte der Donner wie ein Raubtier, immer noch ein ganzes Stück entfernt, aber näherkommend.

Als sie weg war, ging Hudson, nachdem er sich zunächst umgesehen hatte, um sich zu vergewissern, daß er nicht beobachtet wurde, zur Hafenmole, zog ein Fläschchen mit rotschwarzen Kapseln aus der Tasche, schüttete sie in das aufgewühlte Wasser und warf dann das Fläschchen hinterher, das an einem Stein zerschellte.

Dann drehte er sich um und humpelte rasch zum Gemeindehaus zurück.

Tim hatte alle Fenster geöffnet, um den Abendwind voll auszunutzen. Ein Stapel Briefe glitt flatternd von seinem Schreibtisch auf den Boden, während er, ein Auge ständig auf der Uhr, umherging, methodisch Kleider und Papiere in eine Leinentasche packte und Paß und Geld überprüfte. Um neun würde er in Kairo sein; wenn es ihm gelänge, eine Buchung für einen Nachtflug zu ergattern, bestünde die Möglichkeit, rechtzeitig zum Frühstück in London zu sein. Ihm schwindelte bei dem vertrauten, phantastischen Gedanken, daß man auf diesem ausgedörrten Bratrost aus Sand und Öl die Sonne untergehen sehen und am nächsten Morgen durch die grünen, trüben Vororte von West London fahren konnte. Er hob die heruntergefallenen Papiere auf und stopfte sie in seine Brieftasche.

Er ging ins Badezimmer, suchte Rasierzeug und Zahnbürste zusammen, zögerte einen Moment, nahm dann aus dem Rahmen des Rasierspiegels einen Schnappschuß von Caroline, die lachend ihr Kind im Arm hielt, und schob ihn in seine Tasche. Er sah sich ein letztes Mal in dem kahlen Raum um, lupfte zufriedengestellt seine Tasche, schloß den Bungalow ab und ging zur Landebahn der Firma hinüber. Ein fernes Dröhnen am Himmel kam stetig näher.

»Hast du alles, was du brauchst?« fragte Nicolson. Tim nickte.

»Wann meinst du, daß du zurück bist?«

»Schwer zu sagen. Fühlst du dich auch wirklich in der Lage, die Stellung zu halten?«

Nicolson nickte, bang, aber tapfer.

»Mach dir keine Sorgen. Wir schaffen das schon. Wär ja auch noch schöner, wenn man bedenkt, was du in den letzten beiden Tagen alles geschafft hast.«

»Wenn dich irgendwas beunruhigt, kannst du immer Cardew von der Panol in Aden zu Hilfe rufen. Der käme wie der Blitz; wir haben denen oft genug einen Gefallen getan.«

»Ach, das mach ich lieber nicht. Hat keinen Sinn, die eigenen Probleme an Panol auszuposaunen.« Er sah Tim voller Zuneigung an. »Ich werd's schon nicht vermasseln!«

»Ganz bestimmt nicht«, sagte Tim. »Ich telegrafiere, sobald ich über meine Pläne Bescheid weiß. Höchstwahrscheinlich Freitag nacht.«

»Viel Spaß. Ich nehme an, du wirst deine Frau sehen. Glückspilz! Ich – ich hoffe doch, es geht ihr mittlerweile erheblich besser? Grüß sie von mir, ja? Kommt sie bald zurück?«

Der Lärm des Flugzeugs war mittlerweile ohrenbetäubend und ersparte Tim die Notwendigkeit einer Antwort. Er winkte Nicolson freundlich zu und bewegte sich Richtung Landebahn, wobei sein Gesicht sofort einen düsteren, gedankenverlorenen Ausdruck annahm.

Während die Landebahn hinter ihnen zurückzuweichen begann und die Insel ein winziger Fleck in der Dämmerung wurde, kehrte Nicolsons letzte Frage in einem fort als Bild von Caroline mit verzweifeltem, flehendem Blick wieder.

Der Krach des kleinen Flugzeugs war fast zu laut, als daß Tim zusammenhängend hätte denken können, aber er konnte der Frage nicht ausweichen. Carolines letzter Brief, den er gestern bekommen hatte, steckte zusammengefaltet in seiner Brieftasche; er kannte ihn beinahe auswendig:

Zu Hause wird alles immer schlimmer. Etwas Schreckliches ist geschehen, aber ich darf niemandem davon erzählen. O Tim, bitte komm, bitte komm bald.

Nun: er kam, so schnell es nur ging.

Aber was um alles in der Welt meinte sie nur damit?

»Ach du lieber Gott«, nörgelte Lady Trevis. »Nicht schon wieder Lorraine Duke. Um neun Uhr morgens? Womit haben wir diese Ehre verdient? Ich gehe auf mein Zimmer, diese Trompetenstimme von ihr bohrt sich durch meinen Kopf wie eine Sirene. Rede du mit ihr, Caroline; bestimmt ist sie gekommen, um sich nach deinem angestoßenen Kopf zu erkundigen. Und läute nach Hudson, ja, und sag ihm, er soll Flora ein Tablett hinaufbringen; sie war zum Frühstück nicht unten, deshalb nehme ich an, sie hat beschlossen, einen ihrer Migräneanfälle zu haben.«

Caroline ging lustlos zur Eingangstür, während ihre Mutter sich nach oben aufmachte. Lorraine jedoch kam ihnen beiden zuvor, da sie mit Höchstgeschwindigkeit hereinstürzte.

»Ihr Lieben! Es tut mir ja so schrecklich leid! Daß so etwas Entsetzliches passieren mußte!«

»Was ist passiert?« sagte Lady Trevis unwirsch und blieb auf der Treppe stehen. »Wovon redest du?«

Lorraine klappte die Kinnlade herunter.

»*Wissen* Sie das denn nicht? Hat die Polizei nicht angerufen?«

»Das Telefon funktioniert nicht – *wie* üblich nach einem Gewitter. Was soll das Ganze überhaupt? Warum hätte die Polizei anrufen sollen?«

»Doch nicht wegen Tim?« Caroline, die schon blaß war, wurde noch blasser.

»Das wird wohl die Polizei sein.« Lorraine schaute durch die offene Tür, als ein schwarzer Jaguar vorsichtig die Einfahrt heruntergeschlichen kam, die von einem Wasserlauf zerpflügt und mit vom Unwetter abgerissenen Zweigen übersät, an diesem Morgen noch gefährlicher war als sonst. Zwei Polizeibeamte stiegen aus und näherten sich Lady Trevis, die sie ziemlich verständnislos empfing.

»Wo ist Hilda?« fragte Lorraine Caroline mit leiser Stimme.

»Ist vor zehn Minuten nach Bridpool gefahren.«

»Schon wieder?«

»Lorraine, was ist denn passiert?«

»Deine Kusine Flora – Miss Tidbury ist ertrunken aufgefunden worden. Hat denn niemand gemerkt, daß sie letzte Nacht nicht nach Hause gekommen ist?«

»Was?« wisperte Caroline durch weiße Lippen. »Du meinst – tot?«

Lorraine nickte. Obwohl sie es schaffte, den angemessenen Ernst und Anstand zu wahren, funkelten ihre Augen ob der Tatsache, daß sie die Überbringerin einer so spektakulären Nachricht war; es war vermutlich ohnehin nicht so, daß die fade, alte Miss Tidbury tief betrauert werden würde, auch von ihren Verwandten nicht.

»Und Sie haben nicht bemerkt, daß Miss Tidbury nicht zurückgekehrt war?« fragte der Polizeisergeant Lady Trevis.

»Natürlich nicht«, gab sie übellaunig zurück. »Ich hatte gestern abend Freunde zu Besuch. Als ich sehr viel später als sonst zu Bett ging, war sie unten nirgends zu sehen, deshalb habe ich angenommen, sie wäre schon zu Bett gegangen. Sie ist oft früh schlafen gegangen und hat stundenlang im Bett gelesen. Wo hat man sie gefunden?«

»Zwischen den Felsen in der Flußmündung, Lady Trevis. Man nimmt an, daß sie gestern abend im Dunkeln von der Hafenmole gefallen sein muß – zumindest gibt es Verletzungen, die darauf hindeuten.«

»Sie ist also nicht ertrunken?«

»Wahrscheinlich nicht. Das wird die Autopsie erweisen – ich fürchte, es wird eine vorgenommen werden müssen. Das Genick war gebrochen, und sie hatte einen Schädelbruch, außerdem mehrere Abschürfungen, die sie sich nach ihrem Tod zugezogen haben kann. Die Nachtflut wird ihre Leiche einige Zeit zwischen den Felsen umhergeschwemmt und sie dann flußabwärts gezogen haben; in der Flußmündung ist die Strömung sehr stark. Aber wir haben ihre Handtasche gefunden, deren Henkel sich ungefähr an der Stelle, wo sie gestürzt sein muß, unter einem Felsen verfangen hatte.«

»Wie scheußlich«, sagte Lady Trevis. »Arme alte Flora. Was hat sie denn so spät am Abend dort gemacht? Und wie um alles in der Welt, glauben Sie, konnte sie von der Hafenmole fallen? Die ist doch gut beleuchtet, oder?«

»Unglücklicherweise«, sagte der Sergeant, »gab es, wenn Sie sich erinnern, wegen des Unwetters einen dreistündigen Stromausfall im Dorf, etwa von halb neun bis halb zwölf. Da war es am Ufer sehr dunkel. Miss Tidbury schloß vermutlich die Bücherei, als das Licht ausfiel, da sie annahm, daß bei solchem Wetter niemand Bücher ausleihen wollte. Die Tür war verschlossen, und wir fanden den Schlüssel in ihrer Handtasche. Mr. Pescod, der versprochen hatte, sie nach Hause zu fahren, fand das Haus um halb zehn verschlossen vor und ging davon aus, daß sie früher gegangen und zurückgelaufen war. Das hat er uns gesagt, als heute morgen ihre Leiche gefunden wurde.«

»Wer hat sie gefunden?«

»Ein paar Kinder, die früh nach Treibholz gesucht haben.«

»Ich höre zum ersten Mal, daß Flora sich um die Bücherei gekümmert hat«, sagte Lady Trevis. »Hat sie angeboten, das für dich zu übernehmen, Caroline? Es gibt immer noch Wunder.«

Mit kaum hörbarer Stimme sagt Caroline: »Hudson hat es ihr vorgeschlagen, weil ich mich so ko-komisch fühlte. Es ist alles wegen mir. O Gott ...« Sie schlug die Hände vors Gesicht, als sie an Kusine Flora dachte, so unschuldig und quietschvergnügt, mit so wenig im Leben zufrieden: ein Dach über dem Kopf, eine gute Adresse, ihr Tee, ihre Strickerei, ihre ewigen Krimis.

»Um Himmels willen«, blaffte Lady Trevis, »warum mußt *du* denn heulen, Caroline? Du bist genauso schlimm wie Mr.

Gummidge! Warum sollst du das Vorrecht haben, alles stärker zu empfinden als andere Leute – du hast nie den Eindruck gemacht, als läge dir sonderlich viel an Flora, als sie noch lebte. Und was zum Teufel ging das Hudson überhaupt an? Ich finde das sehr aufdringlich von ihm.«

»Arme Carey«, sagte Lorraine. »Hast du dich gestern miserabel gefühlt? Ich hätte die Bücherei für dich gemacht, aber Marcus wollte, daß ich zwei von seinen Jagdpferden zum Beschlagen bringe. Aber denk nur, das hättest du sein können! Das ist das zweite Mal in den letzten drei Tagen, daß du um ein Haar zu deinen Vätern gerufen worden wärst. Also das nenn ich einen ganz schön glücklichen Platztausch – schließlich kann man nicht behaupten, daß die gute alte Flora Tidbury ein großer Verlust wäre.«

»Lorraine, wirklich!«

Der Polizeisergeant trat peinlich berührt von einem Bein aufs andere.

»Na, es stimmt doch, oder? Jedenfalls war's nicht *deine* Schuld, Carey – nicht nötig, so gramgebeugt dreinzuschauen.«

Aber es war Lady Trevis, die plötzlich gramgebeugt dreinschaute; mit entsetzt aufgerissenem Mund war ihr soeben bewußt geworden, daß Floras Tod sie um neun Guineen pro Woche bringen würde.

Die Beine über eine Sessellehne geworfen, saß Harry in seiner Wohnung und überprüfte sanft zupfend, stimmend und lauschend die Saiten einer Violine.

Draußen wurde es dunkel in Bridpool, und das gegen das Fenster drängende Viereck blauen Himmels wurde mit jedem Moment unergründlicher und geheimnisvoller. Die Industriegeräusche von den Docks waren schon lange verstummt. Das Geschrei der Stare auf den benachbarten Dächern und Simsen steigerte sich zu einem Höhepunkt, als versuchten die Vögel, die Dunkelheit mit ihrem Lärm in Schach zu halten.

Harry verwarf die A-Saite, nahm sie ab und ersetzte sie mit

flinker Präzision durch eine neue. Er war wieder mit Stimmen und Lauschen beschäftigt, als es klingelte.

Er überlegte einen Moment stirnrunzelnd; sah auf seine Uhr; machte schließlich die Tür auf.

»Hilda? Schon so bald wieder?« In seiner Stimme lag trokkene Überraschung und keine sonderliche Freude, doch sie kam fröhlich herein, ließ einen Armvoll Päckchen auf den Tisch fallen, ging, als er sorgsam die Tür geschlossen hatte, zu ihm hinüber und blieb, die Hände hinter dem Rücken und zu ihm auflächelnd, dicht vor ihm stehen.

»Kein Schlüssel, wie du siehst – ganz tugendhaft! Bin ich nicht brav?«

Sie war die Treppe hinaufgerannt, und ihr war warm; er konnte unter dem dunkelblauen Popelin ihr rasches Atmen sehen, legte ihr wie abwesend, ohne eine andere Geste der Begrüßung zu machen, den Handrücken auf die Brust und spürte die lebendige Hitze an seinem knochigen Handgelenk pulsieren.

»Na? Willst du mich nicht küssen?«

Immer noch lächelnd und die Hände hinter dem Rücken lehnte sie sich gegen ihn und drückte ihre geschlossenen Lippen auf seine; dann schlang sie ihm flink wie eine Eidechse die Hand um den Nacken und drückte seinen Mund auf ihren. Ihre Lippen teilten sich, und er spürte ihre Zunge forschend gegen seine Zähne schnellen.

»Ich glaube, du bist den ganzen Tag nicht draußen gewesen«, sagte sie, den Kopf auf dem langen Hals herumdrehend. »Hier drin riecht's wie auf dem oberen Deck eines Busses.«

»Frischluftfanatikerin! Doch, ich war draußen, um die Abendzeitungen zu kaufen.«

»Ja, ich bin eine Frischluftfanatikerin! Kriege ich was zu trinken? Ich sterbe vor Durst – war den ganzen Tag einkaufen.«

Er machte ihr einen Martini und stellte ihn neben sie auf den Tisch. Sie hatte sich in seinen Sessel gesetzt und starrte zurückgelehnt aufs Fenster. Rasch und pingelig, wie jemand, der ein undiszipliniertes Kind herumtollen sieht, brachte er die Violine in Sicherheit und legte sie in ihren Kasten.

Sie sagte träge: »Ist das die Stradivari, die Fresca Garroux dir geschenkt hat?«

Er gab keine Antwort.

»Trinkst du nichts?«

»Ich bin in einer Dreiviertelstunde auf Sendung.«

»Ach«, seufzte sie, »ich hatte dein Konzert heute abend vergessen.«

»Hast du vor, über Nacht zu bleiben?«

Wie vorhin, als er sie eingelassen hatte, war seine Stimme trocken und enthielt keine besondere Empfindung, weder Freude noch Mißfallen; es war die Stimme eines Gastgebers, der rekapituliert: genug Kaffee, ein Liter Milch, saubere Handtücher, frisch aus der Wäscherei.

»Nein, ich muß wegen der verdammten Hunde zurück; heute ist Hudsons freier Abend. Caroline soll mir helfen – therapeutische Aktivität –, aber sie ist nicht sehr brauchbar. Sie hat neulich einen Schlag auf den Kopf gekriegt, und ihr ist immer noch ein bißchen komisch.«

»Ach ja?« sagte er nicht sehr interessiert.

»Tatsächlich«, fuhr Hilda fort, »kann ich dir gar nicht sagen, was wir in den letzten paar Tagen mit ihr durchgemacht haben, sie macht Mutter völlig fertig. Ma hat sie ohnehin nie ausstehen können ... Hallo«, bemerkte sie, als ihr Blick auf eine Schlagzeile in den Abendzeitungen fiel, die verstreut auf dem Boden lagen. »›Bank bei Explosion beschädigt! Cabot Street Filiale der Western Counties Bank.‹ Das ist doch deine, oder? ›Der Tresorraum der Western Counties Bank wurde gestern nacht fast völlig zerstört, als in der Cabot Street eine Gasleitung explodierte. Es sind keine Menschenleben zu beklagen – glücklicherweise befand sich der Nachtwächter zur Zeit des Unglücks im oberen Stockwerk und kam mit Verletzungen davon –, aber es wird befürchtet, daß zahlreiche Effekten im Werte von mehreren tausend Pfund vernichtet wurden. Nach Aussage des Direktors, Mr. W. J. Conshotten ...‹ Na ja, ich hoffe, du hattest dort nicht dein ganzes Vermögen in Form von Inhaberobligationen und Familienschmuck deponiert, Schätzchen?«

»Ich doch nicht.« Harry schien der Gedanke zu belustigen. »Nein, nichts von Bedeutung.«

»Das freut mich aber. Das hätte mein Kommen ziemlich gegenstandslos gemacht. Ich wollte ernsthaft mit dir reden, mein Liebster.«

»Aber Schätzchen«, bei diesen längeren Worten war sein ausländischer Akzent manchmal bemerkbar, »Schätzchen, jetzt ist keine Zeit zum Reden. Ich muß mich umziehen.«

»Schätz-chen«, äffte sie ihn nach, »es muß einfach Zeit sein. Zieh dich nur um, wenn es sein muß, aber gleichzeitig mußt du mir genau zuhören.«

»Okay«, seufzte er, »aber du mußt mir verzeihen, wenn ich dir nicht meine ungeteilte Aufmerksamkeit schenke.«

Er bewegte sich zielstrebig durchs Zimmer, nahm eine andere Violine aus einem Schrank, suchte einen flachen Stapel Noten zusammen und steckte ihn in eine Mappe mit Reißverschluß. Seinen Gürtel öffnend, ging er ins Badezimmer. Hilda drehte sich im Sessel und beäugte ihn scharf.

»Komm und zieh dich hier um«, rief sie.

»Moment.«

Sie zündete sich eine Zigarette an und griff müßig nach einem großen, schweren Buch, das zwischen den Zeitungen auf dem Boden lag; es war der *Oxford Companion to Music.* Beim Durchblättern stellte sie fest, daß das Vorsatzblatt herausgerissen worden war, wie um eine unerwünschte Widmung loszuwerden. Geistesabwesend wog sie es in der Hand und verglich es dann mit einem Paperback-Orchesterhandbuch, das sie in ihrer Handtasche hatte.

»Also, was hast du mir denn nun so Wichtiges zu sagen?« Harry kam, nur im Hemd und sich eine Krawatte umbindend, zurück; sein Ton war zugleich überdrüssig und nachsichtig.

»Wir müssen immer noch darüber reden, daß du diesen Jungen überfahren hast.«

»Ach ja? Ich dachte, das wäre alles erledigt.«

»Erledigt? Wie denn? Wir wurden unterbrochen, wenn du dich erinnerst.«

»Du hast dieser Person – deiner Schwester, ohne jeden Zweifels – gesagt, sie bekäme eine Verleumdungsklage an den Hals, wenn sie anfinge, so abenteuerliche Beschuldigungen zu äußern. Und sie solle das lieber sein lassen.«

Er schlenderte wieder ins Badezimmer und kehrte in Hosen zurück, ein Abendjackett über dem Arm. Er legte es auf einen Stuhl und begann sich mit langen, zerrend-schwungvollen Bewegungen mit einem Metallkamm das Haar zu kämmen.

»Oh, damit war das nicht erledigt«, sagte Hilda. »Das war nur ein vorläufiger Notbehelf.«

»Und wie gedenkst du es zu erledigen?«

»*Ich?* Das ist ganz schön unverfroren, muß ich sagen.«

»Du bist so ein gescheites Mädchen, mein Liebling«, sagte Harry freundlich. »Bestimmt hast du einen Plan. Siehst du, so große Stücke halte ich auf dich.«

Hilda warf ihm erneut einen scharfen Blick zu und schien dann, die Augen auf ihre Hände gesenkt, nachzudenken. Sie hatte die ausgemusterte A-Saite in die Hand genommen und wickelte sie sich unablässig um den Finger.

»Tja«, sagte sie, »und *ich* mag *dich* wirklich sehr, Harry – es ginge mir wirklich schrecklich nahe, wenn irgend etwas geschähe, was deine Karriere ruinieren würde.«

Das viereckige Stück Himmel vor dem Fenster war mittlerweile dick mit Wolken gestreift, gräuliches Rosa über tiefem Blau, und ein letzter klarer Sonnenstrahl lag staubverhangen über einer Zimmerecke. Wunderschön, dachte er zerstreut, ein Himmel für den Hintergrund eines italienischen Gemäldes. Vorn das Märtyrertum, die Pfeile, die grausamen Gesichter, die bellenden Hunde; und weit hinten, weit zurück, das vom Regen reingewaschene Grün strotzender Sommerbäume und feuchten Grases, das das Leuchten des Sonnenuntergangs nach einem Unwetter annimmt. Wunderschön.

Er drehte sich um und lächelte Hilda an. »Was willst du?« sagte er sanft. »Bei mir ist es immer besser, direkt zur Sache zu kommen, weißt du das noch nicht? Was willst du? Geld? Oder willst du mich verrückt machen? Damit du vielleicht einen Skandal machen und mich wegen Totschlags vor Gericht bringen kannst. Macht dich das glücklich, meine Karriere kaputtzumachen? Warum mußt du hierher kommen und mich unmittelbar vor einem Konzert quälen? Ich habe gedacht, du liebst mich.«

»Das tue ich auch«, sagte sie leise. »Ich will dich heiraten.«

»Wie?« Er wirbelte herum, die Arme halb in den Ärmeln seines Jacketts.

»Ich will dich heiraten.«

»Ich lasse mich nicht mit vorgehaltener Pistole zur Heirat zwingen. Das kommt nicht in Frage«, sagte er fest und kalt.

»Doch, wenn das der Preis dafür ist, daß ich den Mund halte, Harry. Und natürlich auch die andere Person. Ich wäre eine gute Frau für dich; du brauchst eine Frau.«

»Das ist doch idiotisch«, rief er wütend. »Du mußt wahnsinnig sein, übergeschnappt. Erstens, woher weißt du, daß die andere Person den Mund halten wird?«

»Sie wird, wenn ich es will«, sagte Hilda selbstbewußt.

Harry, der sich eine Zigarette anzündete, sah sie durch die Finger hindurch lange mit zusammengekniffenen Augen an.

»Das ist also eine Erpressung?«

Sie nickte.

»Verstehst du, ich habe genug davon, eine Art Wochenendannehmlichkeit für dich zu sein, mit Mutter und den verdammten Hunden zusammenzuwohnen und so bequem verfügbar zu sein, wenn du nach Whistle Cottage kommst. Es ist ein grauenhaftes Leben zu Hause; ich kann es nicht mehr ertragen. Und jetzt habe ich die Gelegenheit, wegzukommen, solange Caroline da ist; Mutter kann sie nicht leiden, aber sie ist jemand, mit dem man reden kann, der die Hunde ausführt und darauf achtet, daß Hudson keinen Brandy klaut.«

»Sie wird zu ihrem Mann zurückkehren, wenn es ihr besser geht.«

Hilda stieß eine Rauchwolke aus. »Das bezweifle ich. Sogar sehr. Diesmal gehe *ich* weg. Es gibt keinen Grund, warum ich noch länger bleiben sollte – wie sich herausgestellt hat, hat mich Kusine Flora mit ihren Versprechungen von einem hübschen kleinen Spargroschen die ganze Zeit an der Nase herumgeführt. Und ich mag nicht gern dort verfaulen, während du nach Rom, Paris, Mailand reisen kannst. Wenn du deine Welttournee machst, will ich mitkommen. Außerdem brauchst du jemanden wie mich in deiner Nähe, der dich vor Komplikationen bewahrt. Die Frauen fliegen auf dich, nicht wahr, und das ist häufig sehr angenehm; hat dir Fresca Garroux nicht eine ganze Menge Geld hinterlassen, als sie aus dem Fenster sprang? Und Fernanda Chumley ist offensichtlich bis über beide Ohren verliebt, das arme kleine Ding; höchste Zeit, daß ihr jemand den Kopf zurechtsetzt und ihr die Augen für die Wirklichkeit öffnet. Die Sache ist die, diese Affären sind vielleicht angenehm, solange sie dauern, aber wenn sie vorbei sind, kann es Schwierigkeiten geben – und du willst doch keine peinlichen Gerüchte, oder?« Sie warf ihm einen herausfordernden Blick zu. »Es gibt sehr viel Schlimmeres als mich zu heiraten, mein Süßer.«

»Und angenommen, ich habe schon eine Frau – in Budapest oder Minsk oder Pinsk?«

»Dann gehe ich mit Ca – mit dieser häßlichen kleinen Geschichte umgehend zur Polizei. Ich meine es ernst, Harry.«

Sie sah scharf zu ihm auf, aber sein Blick war so drohend, daß sie beinahe schwankend wurde: seine Augen blitzten eigenartig unter den dicken, schöngezeichneten Brauen. Er nahm den Kamm in die Hand, wollte ihn sich gerade in die Brusttasche stecken, hielt dann inne, starrte ihn wie konzentriert an und sagte:

»Ist das ein Ultimatum?«

»Ja.«

Er schob den Kamm in die Tasche. Mit einem einzigen,

schnellen Schritt stand er hinter ihrem Sessel. Als sie sich halb umdrehte, fuhr er ihr mit der linken Hand unters Haar und drückte ihr den Kopf zur Seite, so daß sein aufwärts geführter Schlag mit der Handkante sie unmittelbar unter dem Ohr am Hals traf. Sie hatte nicht einmal Zeit, überrascht zu sein. Als er den Arm wegzog, plumpste sie über die Sessellehne. Harry sah rasch atmend auf sie herab.

»Und das war auch so etwas, das sie mir beim Militär beigebracht haben, mein Schatz«, sagte er.

Hilda antwortete nicht. Und das war kaum verwunderlich, denn ihr Genick war gebrochen.

Harrys Vorbereitungen für seine Konzertübertragung waren mittlerweile abgeschlossen. Er lief mit Hildas Päckchen, seiner Geige und seinen Noten nach unten zu seinem Auto, das draußen geparkt war, und blickte sich scharf um, um sich zu vergewissern, daß Hilda ihr Auto nicht verdächtig nahe abgestellt hatte. Keine Menschenseele zu sehen, die Straße war leer, die Fensterläden waren geschlossen, und Sprühregen setzte ein. Außerdem war es fast dunkel. Er ging zurück, hob mit unerwarteter, drahtiger Kraft Hildas Körper hoch und trug sie zum Auto hinunter, wobei er sie mit sanfter, schmeichelnder Stimme tadelte: »Du Dummchen, hierher zu kommen, wenn du dich krank fühlst. Ich werde deiner Mutter sagen, sie soll besser auf dich aufpassen. Wie kann ich dich allein hier lassen, wenn ich ein Konzert geben muß? Ich muß dich zuerst nach Hause bringen.«

Es war niemand in Hörweite, der von seinem Monolog etwas gehabt hätte, aber er redete trotzdem weiter, mit dem Vergnügen eines guten Schauspielers an seiner Rolle. Er legte sie hinten ins Auto, auf den Boden, zusammengekrümmt und an die hintere Tür gelehnt, Decke obendrauf, so daß das Auto für einen flüchtigen Blick leer aussah; ging dann noch mal nach oben, um alle Spuren zu verwischen, die sie in der Wohnung eventuell hinterlassen hatte; aber es gab keine.

Er sah auf seine Uhr. Er hatte sie absichtlich irregeführt, was die Zeit seiner Sendung anbelangte; nicht aus irgendeinem besonderen Beweggrund, außer daß er ein gewohnheitsmäßiger Schwindler war; zu lügen war für ihn so notwendig wie zu atmen oder sich gegen Kälte einzumummeln – ein Schutz gegen Neugier.

Er hatte immer noch vierzig Minuten Zeit, ehe seine Übertragung begann. Südwärts fahrend überquerte er den Fluß auf der Drehbrücke, wandte sich nach Westen und fädelte sich durch ein Labyrinth halb verslumter Straßen, bis er auf die Ausfallstraße stieß, die Richtung Süden nach Exeter führte. Um diese Zeit an einem feuchten Abend war sie verlassen. Die Dämmerung war früh hereingebrochen, und der Straßenbelag glänzte schwarz wie Glas unter vereinzelten orangenen Natriumdampflampen, zwischen denen riesige Schattentümpel lagen. Selbstmörderfallen, nannte Harry die Schatten; er hatte oft festgestellt, wie undurchdringlich sie waren, wie tükkisch für Autofahrer.

Er hielt einen Moment an und zupfte die Decke von Hildas Körper; dann fuhr er etwa eine halbe Meile weiter, wobei er leicht, aber nicht zu sehr beschleunigte und die Straße vor und hinter ihm genau im Auge behielt. Leer und still; er hätte auf Meilen das einzige Lebewesen sein können. Mit der linken Hand steuernd, griff er hinter sich und öffnete sacht die rechte Hintertür. Das Gewicht von Hildas Körper drückte die Tür weit auf, und sie fiel hinaus, tief in den Schatten. Die Tür schwang zurück, und Harry ließ sie die nächste Viertelmeile schwingen; dann bremste er ab, ohne am Straßenrand anzuhalten, schloß sie und fuhr weiter. Der Regen war mittlerweile kräftig; seine Reifenspuren waren wahrscheinlich schon verwischt.

Fünfzehn Minuten gemächlicher Fahrt auf einer Ringstraße brachten ihn zur Drehbrücke zurück, und er traf zehn Minuten vor der Zeit in den Studios ein, nickte dem Portier, der ihn gut kannte, zu und legte seine Geige und seine Notenmappe auf den Schalter.

»Hüten Sie das mit ihrem Leben, Tyson«, sagte er munter. »Ich muß mal telefonieren. Ich bin gleich zurück.«

Um die Ecke gab es Telefonzellen, er betrat eine und wählte eine Nummer in Woodmouth. Er kam sofort durch, aber obwohl er das Freizeichen hörte, nahm lange Zeit niemand ab, und er begann schon unruhig zu werden, als sich endlich eine Stimme meldete: eine junge, zögernde, atemlose Stimme.

»Hallo?«

»Caroline?«

»Ja?«

Also war das (wie er einen Moment zu spät befürchtet hatte) gestern abend nicht Caroline gewesen. Egal; hatte er das nächste Mal eben mehr Glück.

»Hilda hier, Schätzchen.«

Für einen Beobachter wäre es seltsam gewesen, Hildas hohe, nachdrückliche Stimme aus Harrys Mund kommen zu hören; er warf sich im Spiegel ein verzerrtes Grinsen zu. Das Imitieren von Stimmen war eines seiner Talente, eines, das er – mit Ausnahmen wie der unbedachten Vorführung bei Sir Horaces Party – meistens für sich behielt. »Hör mal, Kleines, sag Mutter, daß ich heute abend nicht nach Hause komme, ja? Ich habe beschlossen, in der Stadt zu bleiben.«

»Was ist mit den Hunden?«

»Och, das schaffst du doch bestimmt mit Mutter zusammen? Und Caroline – was die andere Sache angeht – hörst du zu?«

»Ja«, sagte die matte Stimme. War da ein Anflug von Angst?

»Du weißt doch, was ich meine? Wegen des Unfalls? Du hast doch zu niemandem ein Wort gesagt?«

»Nein, natürlich nicht, du hast doch gesagt, ich soll nicht. Ich habe gewartet ...«

»Gut. Jetzt paß mal genau auf. Ich komme morgen mit einem Rechtsanwalt, der alles mit dir durchsprechen und eine beeidete Aussage von dir aufnehmen will – eine eidesstattliche Erklärung mit deiner Unterschrift.« Unsinn, aber es klang durchaus überzeugend. »Sag niemandem etwas davon, besonders nicht Mutter, sondern komm morgen abend nach Whistle Cottage – du kennst doch das leere Wochenendhaus oben im Wald, bei dem Tunnel? Ich bin dann mit dem Rechtsanwalt da, und wir können in aller Ruhe ungestört reden, ohne daß sich halb Woodmouth fragt, was los ist. Er will auch noch mehr Beweise sammeln. Okay? Hast du das begriffen? Machst du das?«

»Um welche Zeit?«

»Gegen sechs. Erzähl es keiner Menschenseele – sag einfach, du gehst spazieren. Ja? Geht's dir gut, Schätzchen?«

»Ja. Hilda ...«

»Was denn?«

»Es ist etwas Schreckliches passiert, was du noch nicht weißt. Kusine Flora ist gestern nacht ertrunken.«

»Nein! Wirklich?« sagte Harry. Er unterdrückte den wahnsinnigen Drang, loszuplatzen. »Armes altes Mädchen, wie furchtbar. Nimmt Mutter es sehr schwer? Wie ist das denn ...« Aber er merkte, daß seine Improvisationsfähigkeit sich erschöpfte, und fügte hinzu: »Ach ja, irgendwann trifft es uns wohl alle einmal. Auf Wiedersehen, Schätzchen. Ich muß jetzt Schluß machen, ich will – ich will mit ein paar Leuten, die ich getroffen habe, ins Kino gehen. Alter Marx-Brothers-Film.«

»Viel Spaß«, sagte die matte Stimme.

Harry legte auf. Hunderte von Leuten benutzten diese Telefonzellen; der Anruf könnte nie zurückverfolgt werden. Er kam heraus und ging zum Schalter des Portiers zurück, um seine Geige zu holen.

»Ein Mann hat irgendwann heute diesen Brief für Sie dagelassen«, sagte Tyson. »Hat dem Diensthabenden gesagt, er hätte gehört, Sie kämen heute, und es hätte Zeit.«

»Danke, Tyson.«

Der Brief war kurz; er las ihn im Stehen in der Eingangshalle. »Der heutige Vorfall in der Bank sollte Sie lediglich daran erinnern, daß wir, wenn nötig, äußerst gründlich sein können. Sie wären gut beraten, wenn Sie sorgfältig nachdächten.«

Harry lächelte beim Lesen; sein Lächeln verbreiterte sich zu einem Grinsen, und er zerriß den Brief in kleine Fetzen, die in den Feuereimer flatterten.

Er hatte in den letzten zwei Stunden sorgfältiger nachgedacht als in den ganzen sechs Monaten zuvor, und das Ergebnis stellte ihn völlig zufrieden. Er nahm seine Geige, ging in das schallsichere Studio und begann zu stimmen, während er darauf wartete, daß das rote Lämpchen aufleuchtete.

Dabei kam ihm plötzlich eine verschwommene Erinnerung in den Sinn. War Whistle Cottage nicht das Haus, wo Caroline Trevis einmal mit ihrem Liebhaber erwischt worden war – hatte ihm Hilda nicht etwas dergleichen erzählt? Würde das irgendeinen Einfluß auf das vorliegende Problem haben?

Aber nein; er verwarf diesen Gedanken als weithergeholt und verstiegen. Allerdings eine kleine Ironie, daß das arme Mädchen jetzt dort eine Verabredung mit dem Tod hatte.

Whistle Cottage war wie geschaffen für einen Mord, hätte für diesen Zweck geplant sein können. Abgelegen und einsam am Ende eines langen, gewundenen Pfades, hatte sich die Hütte für Harry hervorragend geeignet; ihm tat bloß leid, daß es jetzt vielleicht klug wäre, sie aufzugeben und sich ein anderes Wochenendrefugium zu suchen. Aber erst in ein, zwei Monaten; nicht vor Ende des Sommers.

Es war dunkel, als er nach seinem Konzert hinfuhr, die warme Nachtluft strich unsichtbaren Flügeln gleich zu beiden Seiten des Autos vorbei, und Harry, der noch einmal das Sonatenthema summte, kostete den Triumph aus wie Wein. In seinen Händen drehte sich mit dem Lenkrad das Leben, tat sich vor ihm auf wie die sich dahinziehende Straße. Er war unbesiegbar.

Hilda tat ihm natürlich leid, er bedauerte den Verlust ihrer ausgelassenen und schmückenden Gegenwart, aber als Begleiterin konnte sie leicht ersetzt werden. Es könnte jetzt klug sein, ernsthaft über die unbedarfte kleine Fernanda nachzudenken, die weit nützlicher sein würde. Und Hilda wäre lästig geworden – die Tücke, die unter ihrer gelackten Attraktivität verborgene Klippe hatte sich schon zu zeigen begonnen. Er ahnte, woher sie kam, diese Härte. Aber mit ihm hatte sie sich übernommen.

Was Todd mit seinen vagen Drohungen anging, so fand ihn Harry bloß lachhaft. Es würde noch lange dauern, bis seine Herren und Meister die Hoffnung für ihr verirrtes Lamm aufgaben. Bis dahin waren ihnen die Hände gebunden.

Gelassen und selbstbewußt fuhr er sein weißes Auto in den Schuppen neben der Hütte und sperrte die Tür auf. Er würde lang und ruhig schlafen und dann einen angenehmen Tag damit verbringen, alles für seine Besucherin vorzubereiten.

Mr. und Mrs. Todd bewohnten einen Bungalow in Barlock, den sie den ›Winkel‹ getauft hatten, und fuhren täglich nach Bridpool, wo er den Buchladen betrieb und sie an einer Realschule Mathematik unterrichtete. Sie hatten die Gewohnheit, zeitig zu frühstücken, um reichlich Zeit für die Fahrt zu haben; am Freitag frühstückten sie noch früher als sonst; tatsächlich waren sie schon seit mehreren Stunden auf und spielten eine Tonbandaufnahme ab.

Minnie sagte zum drittenmal: »Schade, daß du das Mikrofon nicht schon vor Mittwoch abend einbauen konntest.«

Sie war eine dünne Frau mit stumpfem, ausdruckslosem Gesicht und einem hellbraunen Haarknoten; ihre Augen, glanzlos wie grauer Schlamm, verbargen eine kalte, taxierende Intelligenz. Die Kinder, die sie unterrichtete, neigten dazu, hinter ihrem Rücken rüde Witze über die Altbackenheit ihrer handgewebten, handgestrickten Kleidung zu reißen, aber in ihrer Gegenwart waren sie stets zahm und von ängstlicher Höflichkeit.

»Ich habe dir doch gesagt«, sagte ihr Mann, »ich habe den Schlüssel erst Montag abend bekommen. Es war Glück, ihn überhaupt zu bekommen. Vosper hatte sie zusammen gesehen, und als sie ihn bat, ihn anzufertigen, hat er bloß für alle Fälle noch einen gemacht. Aber Lupac war Dienstag den ganzen Tag zu Hause.«

Er spielte das Band noch einmal ab: es war eine Aufnahme von Harrys Gespräch mit Hilda am Vorabend.

»Ich weiß nicht, was du zu meckern hast, das reicht vollkommen«, sagte er. »Wir könnten es beinahe so verwenden, wie es ist. Meinst du, er hat das Mädchen umgebracht?«

»Durchaus möglich«, sagte sie mit ihrer leidenschaftslosen, tonlosen Stimme. »Wir werden es bald genug wissen. Und in der Zwischenzeit fährst du besser in diesen Ort und siehst zu, was du über den Tod des Jungen, der überfahren wurde, herausfinden kannst – ich entsinne mich nicht, es in der Zeitung gelesen zu haben. Mach auch die Hütte ausfindig. Je mehr Informationen wir zur Verfügung haben, ehe wir ihn wieder ansprechen, desto besser. Es ist zu hoffen, daß er das Mädchen umgebracht hat.«

»Ja«, stimmte er zu. »Und uns wäre sie auch bald lästig geworden, sie war zu neugierig.« Er zögerte und sagte dann schüchtern: »Du kannst wohl nicht nach Woodmouth fahren, Minnie? Um dir die Wahrheit zu sagen, ich fühle mich heute morgen nicht ganz auf der Höhe – das alte Problem.« Er tätschelte trübselig seinen dicken kleinen Bauch.

»Nun sei nicht albern, Basil.« Sie warf ihm einen ungeduldigen Blick zu. »Wie soll ich denn? Wir stecken mitten in den Stundenplänen fürs nächste Schuljahr, und es sähe merkwürdig aus, wenn ich ohne Ankündigung einen Tag frei nehmen und in Woodmouth herumstöbern und Fragen stellen würde. Aber du kannst das ohne weiteres, sag einfach, du suchst nach einem Wochenendhaus. Trink deine Milch, nimm ein paar Duodrox und hör auf, so ein Theater zu machen.«

»Wie mache ich's mit dem Mittagessen?« nörgelte er. »Ich glaube nicht, daß es dort ein anständiges Lokal gibt.«

»Dann kauf dir im Milchgeschäft einen Joghurt. Und sei um sechs zurück – vergiß nicht, heute trifft sich der Chor.«

Er nickte und schluckte, das Gesicht verziehend, eine Handvoll Tabletten und mehrere Löffel einer dicken, weißen Emulsion. Sein Gesicht war an diesem Morgen besonders blaß und glänzte leicht von Feuchtigkeit.

»Du hättest den Kaffee gestern abend nicht trinken sollen«, sagte sie. »Ich hab's dir gleich gesagt. Bist du soweit?«

Ohne eine Antwort abzuwarten, zog sie ihren Mantel an und nahm eine große, handgewebte Tasche voller korrigierter Klassenarbeiten an sich. Mr. Todd schob gehorsam den Motorroller aus der Garage, nahm Minnie auf dem Beifahrersitz bis zu ihrer Schule mit, machte dann kehrt und steuerte auf die Nebenstraße zu, die übers Moor nach Woodmouth führte.

6

Freitag, 27. August, Vormittag bis Nachmittag

Caroline bürstete sich das Haar, während sie sich den morgendlichen Wetterbericht anhörte. Eine alte Gewohnheit von vor vier Jahren, als sie langes Haar bis zur Taille gehabt hatte. Hundert Bürstenstriche, morgens und abends, und das Anhören des Wetterberichts, um festzustellen, ob es schön wurde. Ob es schön genug wurde, um mit Tim im Wald spazierenzugehen.

Mittlerweile hörte sie sich den Wetterbericht an, um Gesellschaft zu haben. Wenn man Hudson nicht mitrechnete, hörte sie im Laufe des Tages keine Männerstimme. Und er hatte eine angenehme, freundliche Stimme, der Ansager, mit seinem sachlichen Geplauder über Kältefronten und Hochdruckgebiete. Caroline, die mit der Bürste in der Hand neben dem kleinen, alten, batteriebetriebenen Gerät saß, hörte, daß es erstaunlicherweise trocken und heiß werden würde; die Temperaturen würden höher als üblich sein. Darüber lächelte sie leicht; als ob ein englischer Augusttag jemals an die Hitze heranreichen würde, die sie als normal kennengelernt hatte.

»Soweit der Wetterbericht«, sagte der Ansager, »und nun noch zwei dringende Durchsagen. Eine für Tennant. Mrs. Joanne Tennant, unterwegs in Warwickshire mit einem Ford

Vanguard, amtliches Kennzeichen DP 790, wird gebeten, das Darley Hospital in Thornton Heath aufzusuchen; ihre Mutter, Mrs. Geraldine Cottrell, ist schwer erkrankt. Ich wiederhole...«

Carolines Gedanken schweiften ab. Wenn ich schwer krank wäre, überlegte sie, würden sie Tim bitten zu kommen? Würden sie eine Durchsage senden? Aber nein, natürlich nicht, warum sollten sie etwas senden? Sie wissen, wo Tim ist. Ich bin hier, und er ist dort; wenn ich schwer krank wäre, bräuchten sie bloß ein Telegramm zu schicken. Aber wer würde es schicken? Mutter niemals. Und als ich krank *war* – nein, lieber nicht anfangen, daran zu denken. Lieber zuhören, was der Ansager als nächstes sagt.

»Und nun eine Meldung der Polizei«, sagte er gerade. »In der Nähe der Anschlußstelle Grenville Road und Bath Crescent wurde eine Frau angefahren und getötet; der Fahrer beging Fahrerflucht. Wer den Unfall beobachtet hat oder Informationen dazu geben kann, möchte sich bitte mit der Polizeidienststelle in...«

Caroline saß stocksteif, die Knöchel weiß auf dem Griff der Haarbürste, die Augen starr und blind wie die eines Kaninchens in der Falle. Tim, was soll ich nur tun. Tim, komm zurück und hilf mir. Der Fahrer beging Fahrerflucht...

Die Tür ging auf.

»Das waren die Acht-Uhr-Nachrichten für heute, Freitag, den siebenundzwanzigsten August...«

»Ach, *da* bist du, Caroline«, sagte Lady Trevis. »Warum um alles in der Welt kommst du nicht zum Frühstück herunter? Was träumst du denn hier oben vor dich hin? Sich die Nachrichten anzuhören, wie eigenartig, als ob sie irgend etwas für dich bedeuteten, du Dummchen. Hör auf, mit der Bürste herumzufummeln und komm mit; ich hab's satt, allein herumzusitzen. Keine Flora, und Hilda über Nacht weg – ich bin seit halb sieben auf...«

Nörgelnde, quengelnde Stimme, einmal dachte ich schon, ich wäre dir entkommen; werde ich je wieder von dir frei sein?

Sie stellte das Radio ab und legte die Bürste auf die Frisierkommode.

»Ja, Mutter«, sagte sie. »Ich komme schon.«

Harry begann die Hütte aufzuräumen; plötzlich hatte ihn der Drang erfaßt, sie für seine Besucherin richtig anheimelnd herzurichten. Er eilte geschäftig hin und her, warf alte Zeitungen in eine Kiste, pflückte einen Strauß Blumen, staubte ab, spülte das Geschirr, das sich von mehreren Wochenendbesuchen angesammelt zu haben schien. Er hatte sich nie groß damit abgegeben, das Haus zu möblieren – ein paar Strohmatten, ein Tisch und einige Stühle mit Sprossenlehne. Einmal hatte er in einem Anfall von Energie die Tapete weiß überstrichen, um das wenige Licht möglichst gut auszunutzen. Es war wirklich ein hübsches kleines Refugium, wenn man sich nicht daran störte, daß der Hügel so dicht dahinter lastete. Und so angenehm abgeschieden, wenn man bedachte, daß es mit dem Auto kaum eine Stunde von Bridpool entfernt war.

Er fuhr mit einem Teppichkehrer über die Matten und grinste, als ihm einfiel, wie gern der junge Mr. Brodie vom *Bridpool Chronicle* ein Bild von ihm hätte, wie er einer derart häuslichen Beschäftigung nachging.

Jetzt noch Gläser, Drinks …

Für Hilda hatte er sich nie so viel Mühe gemacht. Aber er und Hilda hatten auch vom ersten Moment an eine chemische Affinität füreinander erkannt. Keiner hatte sich damit aufgehalten, dem anderen etwas vorzumachen; das war nicht nötig. Genau deshalb hatte sie ihm so gefallen.

Sie hatten sich vor vier Monaten während eines Ausbruchs von herrlichem, warmem Maiwetter kennengelernt. Harry, der Whistle Cottage kurz davor unter angenommenem Namen über einen Makler gemietet hatte, lag eines Samstagnachmittags dösend auf einer Luftmatratze in dem verwahrlosten kleinen Garten und genoß die ungewohnte Sonnenhitze. Mit einemmal brach ein großer, ungebärdiger Hund durch die lükkenhafte Hecke und trampelte über ihn.

Harry konnte Hunde auf den Tod nicht ausstehen, und daß seine geheiligte Ruhe so grob gestört wurde, war mehr, als er ertragen konnte. Er schnappte sich einen Stock und schlug den Hund; der biß ihn in den Arm. Auf diese Szene von Raserei und Hysterie traf Hilda, die lässig den Pfad heraufgeschlendert kam. Sie trug Denim-Jeans und ein Hemd; an ihrem Handgelenk baumelte eine Hundeleine.

»Sind Sie die Besitzerin dieses Hundes?« fragte Harry, weiß vor Zorn. »Sehen Sie, was er mir getan hat?«

Da er immer noch den Stock in der Hand hielt, meinte Hilda mit unerschütterlichem Gleichmut: »Na, was erwarten Sie denn, wenn Sie so dumm sind, mit einem Stock auf ihn loszugehen? Normalerweise ist er ein gutmütiges Tier, bloß ein bißchen zurückgeblieben. Aber wenn Sie ihn mit einem Stock angreifen, sieht er rot – dagegen hat er etwas.«

»Er war in meinem Garten!«

»Hier wohnt schon so ewig niemand mehr, daß er ihn als seinen betrachtet. Nun sei schon *ruhig*, Rhiny!«

»Wissen Sie, wer ich bin?« tobte Harry, der, über ihre unerträgliche Gelassenheit aufgebracht, seine eiserne Regel vergaß. »Ich bin Harry Lupac, der Geiger!«

»Nie von Ihnen gehört«, sagte Hilda unbeeindruckt.

»Meine Hände sind für zigtausend Pfund versichert! Wenn Ihr Mistvieh mich schlimm verletzt hat, werde ich klagen, das sage ich Ihnen! Und dann wird es Ihnen sehr, sehr leid tun!«

»Na, warum denn noch klagen, wenn Sie die Versicherung kassieren können?« sagte Hilda leichthin. »Es sieht mir sowieso bloß wie ein winziger Kratzer aus. Schön, ich verbinde Sie, wenn Sie möchten.«

Das ließ Harry sie sehr gern tun, da er sich vor dem Anblick seines eigenen Blutes ekelte. Sie leinte den Hund an einen Baum an; dann führte Harry sie nach oben in das rudimentäre Badezimmer, das er von dem Makler hatte einbauen lassen, ehe er sich bereit erklärte, die Hütte zu mieten.

Hilda reinigte den Biß, der halb Kratzer, halb blauer Fleck und, soviel sah selbst Harry, völlig unbedeutend war. Aber er war trotzdem wild empört, um so mehr, als er diesem unverschämten Mädchen, das in der tiefsten Provinz wohnte und noch nicht einmal von ihm gehört hatte, unnötigerweise seinen Namen verraten hatte. Gab es das überhaupt?

»Setzen Sie sich auf den Badewannenrand, wenn Ihnen schlecht ist«, sagte Hilda mit milder Geringschätzung. »Haben Sie irgendwelche Binden oder Pflaster im Haus? Nein, bleiben Sie sitzen, sagen Sie mir, wo, ich finde es schon. Halten Sie den Arm übers Becken.«

»Lupac«, sagte sie, als sie mit der Bandage aus seinem Schlafzimmer zurückkam. »Wenn ich mir's recht überlege, habe ich doch von Ihnen gehört – vor kurzem. Sie sind doch der, der geflohen ist, nicht wahr? Ihr Bild im Schlafzimmer hat mich darauf gebracht – das haben die Zeitungen benutzt. Ich habe leider keine Ahnung von Musik – deswegen hat's mich nicht interessiert. Ich hoffe, Ihre Eitelkeit wird den Schock überstehen. Jedenfalls haben Sie wegen diesem Wehwehchen so ein lächerliches Theater gemacht, daß ich Ihnen einen Dämpfer aufsetzen mußte.«

In Harry kochte die Mischung aus Empörung und Faszination über; er gab ihr mit der unverletzten Hand eine Ohrfeige; sie schlug mit ebenso ungehemmter Kraft zurück, und von da bis zu einer leidenschaftlichen Umarmung und zu Harrys Bett am anderen Ende des unebenen, kleinen Flurs waren es zwei unvermeidlich kurze Stadien. Sie blieben fast den ganzen Nachmittag im Bett; derweil legte sich der Hund, Ursache allen Übels, gleichmütig unter dem Apfelbaum schlafen.

Später briet Hilda Harry Eier mit Speck und erklärte sich ziemlich spöttisch bereit, am nächsten Tag wiederzukommen und ihm wieder welche zu braten, falls seine Wunde ihn noch behindern sollte. Und so war es zum großen Vergnügen beider Beteiligter zur Dauereinrichtung geworden.

Ja, er würde Hilda bestimmt vermissen, dachte er; sie war amüsant und höchst angenehm gewesen. Aber sie ließ sich ersetzen; die Welt war voller Mädchen.

Zum Beispiel das, das er erwartete ...

Tim wurde von Onkel Seans Assistent mit einem Mercedes vom Flughafen abgeholt.

»Gott sei Dank war Ihr Flugzeug pünktlich; der alte Herr hat in seinem Krankenhausbett einen Aufstand gemacht, weil er glaubte, es könnte vom Nebel aufgehalten werden; er traut niemand anderem zu, die Gespräche gut über die Bühne zu bringen.«

»Schön, daß man so geschätzt wird«, sagte Tim sarkastisch und fragte sich, ob es der Mühe wert war, wenn er daran dachte, daß er vor sechs Monaten, als Caroline krank war, der einzige Mensch gewesen war, dem sein Onkel zutraute, das Chaos nach der Explosion auf Ras al-Abdan zu beseitigen. Mit dem Familienbrauch, ihn strikt als mittleren Angestellten zu beschäftigen, solange er das Geschäft von der Pike auf erlernte, war er von Herzen einverstanden, aber der wurde in Krisenzeiten häufig außer Kraft gesetzt. Sicher, vor sechs Monaten war die Arbeit in vieler Hinsicht eine Erleichterung gewesen, ein Linderungsmittel, aber die ganze Zeit hatte ihn der Gedanke an Caroline gequält, die krank und elend war, ihn vielleicht brauchte, endlich aus dem Krankenhaus kam und nirgendwohin konnte außer nach Woodhoe House, zu dieser alten Harpyie von Mutter. Oberflächlich gesehen ein vernünftiges Vorgehen, aber schon damals hatte er seine Zweifel gehabt ... nur Hildas Briefe hatten ihn mit ihrer ständigen Wiederholung, daß Caroline zur Ruhe käme und zunehme, beruhigt. Immerhin hatte er nun Gelegenheit, ihren Zustand selbst zu beurteilen, und wenn ihre Gesundheit ihn nicht zufriedenstellte, würde nichts, weder Mütter, Schwestern noch die gesamte Ärzteschaft, ihn davon abhalten, sie mitzunehmen.

»Wann findet die Konferenz statt?« fragte Tim und stellte seine Uhr auf britische Sommerzeit um. Zehn Uhr vormittags.

»Erst um zwei.«

»Ach, das ist prima. Dann habe ich noch Zeit zu telefonieren.«

In Woodhoe House war besetzt, deshalb rief er bei Carolines Arzt an, der gerade mit einem Patienten beschäftigt war, und vereinbarte eine Zeit, zu der er später noch einmal anrufen würde. Bei der Cadwallader-Mädchenschule, die vermutlich während der Ferien geschlossen war, nahm überhaupt niemand ab, deshalb versuchte er es, einer plötzlichen Eingebung folgend, beim Club der Universitätsabsolventinnen in Bridpool.

»Wohnt bei Ihnen derzeit eine Miss Hume?«

Nein, sagte man ihm, aber man wisse zufällig, daß sie in London an der Rektorinnenkonferenz teilnehme; sie sei vielleicht im Melbourne Hotel erreichbar.

Dann rief Tim seine Mutter an, worauf er es erneut in Woodhoe House probierte. Immer noch besetzt.

Er gab es vorläufig auf und ließ sich von Onkel Seans Assistenten, der mittlerweile unverkennbare Anzeichen von Ungeduld zeigte, im Mercedes entführen.

»Ah, Tim, mein Junge...« Onkel Sean verlagerte mit gereizter Ungeduld sein Gewicht auf den Kissen. Er war ein kräftig gebauter, düster wirkender alter Mann, grauhaarig, mit über dunklen Augen hervorspringenden dichten schwarzen Brauen, Tims Vater sehr ähnlich. »Es ist schön, dich zu sehen. Tut mir leid, daß ich dir diesen Job aufhalse, aber James ist in Kalifornien, und Waters ist so ein Esel, der würde jedem aus der Hand fressen. Jedenfalls wirst du dich über die Gelegenheit freuen, Caroline zu sehen. Wie läuft's?«

»Prima«, sagte Tim trocken. »Wir haben diese Woche den neuen Bohrturm hochgezogen; bis Ende der Woche müßten wir den vierten Schacht niedergebracht haben.«

»Das weiß ich doch! Mit dir da draußen muß es ja so laufen, wie es soll. Ich meine dich persönlich. Siehst müde aus. Was gibt's Neues von Caroline?«

»Ich fahre hin«, sagte Tim.

»Gut. Nimm dir vierzehn Tage frei. Du hast es verdient. Nicolson schafft das doch so lange, oder? Machst zum zweitenmal Flitterwochen, wie? Genau die richtige Zeit jetzt, wo ihr beide über das Schlimmste weg seid. Fahrt nach Madeira oder so. Wir wollen nicht, daß die Jugend und Hoffnung der Firma zusammenklappt. Dein Vater hätte das gleiche gesagt, da bin ich sicher.«

»Danke, Onkel Sean.«

»Es war eine schlimme Geschichte«, sagte der alte Mann und sah ihn mit unbeholfener, stummer Zuneigung an.

Tims Gesicht umwölkte sich. Als Onkel Sean das sah, lenkte er das Gespräch übermäßig taktvoll auf ein anderes Thema und begann, ihn für die Konferenz zu instruieren.

»Wo wohnst du?« fragte er gleich darauf. »Bist du in einem Hotel abgestiegen oder bringt Rosa dich unter?«

Tim sagte, er sehe seine Mutter heute abend, würde dann vielleicht aber mit einem Nachtzug direkt nach Bridpool fahren.

»Schön. Schön. Nimm mein Auto, wenn du willst – steht sonst bloß rum. Ich seh dich ohnehin nach der Tagung. Bleibst du noch und ißt vorher einen Bissen mit mir?«

»Danke, Onkel Sean, aber ich habe vereinbart, daß ich um zwölf Carolines Arzt anrufe; das mache ich jetzt besser mal.«

»Nein, keineswegs, Mr. Conroy«, sagte Dr. Galbraith. »Freut mich, Sie beruhigen zu können. Als ich Ihre Frau das letzte Mal sah, ging es ihr recht gut. Körperlich praktisch wiederhergestellt.«

»Und geistig?«

»Tja... noch ein bißchen unausgeglichen, wie nicht anders zu erwarten... Unsicherheitsgefühle... vielleicht eine leichte Tendenz, bei schmerzlichen Episoden ihrer Kindheit und Jugend zu verweilen, um sich so ihren neueren Problemen zu entziehen. Selbstverständlich völlig normal.«

»Sie scheint sich Sorgen zu machen, weil sie immer noch unter Gedächtnisschwund leidet, was die Zeit angeht, in der... in der unser Sohn starb.«

»Unnötig, sich darüber Sorgen zu machen; das Gedächtnis wird von selbst zurückkehren, wie ich ihr wiederholt gesagt habe. Das ist dann ein Zeichen, daß sie bereit ist, sich der Sache zu stellen«, sagte Dr. Galbraith ziemlich ungeduldig.

Tim seufzte. Wer immer diesen Arzt für Caroline ausgesucht hat, dachte er, hätte kaum jemand weniger Mitfühlenden aussuchen können. Aber vielleicht war Mitgefühl bei einem Psychiater nicht unbedingt erforderlich; er wußte es nicht.

»Sie hatten nicht den Eindruck, daß irgend etwas in ihrer *derzeitigen* Umgebung ihr Kummer macht?«

»Ach was«, sagte Dr. Galbraith. Dann beherrschte und korrigierte er sich. »Einmal sprach sie von einem Gefühl, daß die Leute sie haßten, aber das ist als Gemütsverfassung bei Patienten so häufig, daß ich nicht geneigt war, es sonderlich zu beachten.«

»In ihrem letzten Brief an mich schrieb sie: ›Etwas Schreckliches ist geschehen, aber ich darf niemandem davon erzählen.‹ Was halten Sie davon?«

Dr. Galbraith ließ sich mit der Antwort eine Weile Zeit.

»Das hört sich nach einer weiteren Regression in die Kindheit an«, sagte er endlich. »Verstehen Sie, die Empfindung des Kindes, unter Autorität zu stehen, so daß jedes Gefühl nicht in die Verantwortung des Kindes, sondern in die der zuständigen Erwachsenen fällt.«

»Aber Caroline ist ein höchst verantwortungsbewußter Mensch! Das war doch das Hauptproblem – sie machte sich so bittere Vorwürfe, daß sie nach Ras al-Abdan gekommen ist, daß sie zugelassen hat ...«

»*Oberflächlich* mag das so erscheinen«, korrigierte Dr. Galbraith. »In Wirklichkeit hat sie versucht, genau dieses Verantwortungsgefühl abzuschütteln – dem Schuldgefühl wegen des Kindes und weil sie Sie mit der Ehe an sich gebunden hat, durch diese Amnesie im Hinblick auf das aktuelle ... äh ... Geschehen zu entgehen.«

Tims Zorn brach durch. »Herrgott noch mal, was für ein Haufen Quatsch! Wollen Sie mir wirklich weismachen, daß Carolines Geist so umständlich und gewunden funktioniert?«

»Aber ja doch, gewiß«, sagte Dr. Galbraith geduldig.

»Wenn sie geistig tatsächlich so verwirrt ist, dann wundert es mich, daß Sie die Behandlung abgebrochen haben.«

»Jeder ist geistig verwirrt«, sagte Dr. Galbraith. »Ich hatte den Eindruck, daß Ihrer Frau eine Periode der Selbständigkeit guttäte. Sie war zu einem solchen Schritt bereit. Aber wenn Sie ihretwegen besorgt sind, wenn Sie das Gefühl haben, sie braucht weitere Therapie, dann bringen Sie sie unbedingt wieder zu mir.«

»Nein, bei Gott«, sagte Tim, »sie braucht keine Therapie von der Sorte mehr. Was sie braucht, ist Liebe und Fürsorge und daß sie wieder da ist, wo sie hingehört. Und ich werde dafür sorgen, daß sie das bekommt.« Er wollte den Hörer aufknallen, aber dann überkam ihn Reue. »Es tut mir leid, Herr Doktor«, sagte er. »Ich mache mir schreckliche Sorgen um sie, und ich war die ganze Nacht unterwegs und habe davor die ganze Nacht gearbeitet – ich bin wohl ein bißchen gereizt. Aber ich hätte Sie nicht anbrüllen sollen. In Wirklichkeit mache ich mir selbst Vorwürfe, daß ich sie allein in England zurückgelassen habe.«

»Bitte machen Sie sich keine Sorgen«, sagte Dr. Galbraith mit völlig distanzierter Stimme. »Es ist ganz natürlich, daß Sie so empfinden. Und daß Sie sie in England zurückgelassen haben – wie ich höre, ließ sich das nicht ändern. Sie macht Ihnen gewiß keine Vorwürfe. Bringen Sie sie auf jeden Fall zu einer weiteren Untersuchung, wenn ihr Zustand Sie beunruhigt. Ich bin allerdings sicher, Sie werden feststellen, daß es ihr höchst zufriedenstellend geht.«

Als Tim aufgelegt hatte, versuchte er noch einmal, in Woodhoe House anzurufen. Aber die Leitung war immer noch besetzt.

»Gehst du weg, Caroline?« sagte Lady Trevis, die ihrer Tochter in der Halle begegnete.

Verdammt. »Ja, Mutter.«

»Dann nimm bitte Rhiny mit, Schatz, er muß dringend ausgeführt werden. Wirklich, Hilda scheint in letzter Zeit kaum noch zu Hause zu sein. In welche Richtung gehst du?«

»Hunter Hill hinauf«, log Caroline.

»Ach, du könntest doch genausogut ins Dorf gehen, oder? Ich möchte, daß du Gladys Vernon ein paar Blumen bringst. Ich wollte einen Kranz schicken; aber ich hab's vergessen.«

O nein, nein, flehte Caroline stumm. Laut sagte sie: »Das brauchst du doch jetzt nicht mehr. Hilda und ich haben einen Kranz geschickt.« Ihre Stimme war leise, und sie sah auf einen ihrer flachen Wanderschuhe hinab, den sie auf die abgetretene Stelle des Treppenläufers schob.

»Sei nicht ständig so negativ, ja, Schätzchen? Wenn ich sage, ich will, daß du Blumen bringst, dann bring sie einfach, ohne diese ganzen Widerworte. Das macht mich völlig fertig. Herr im Himmel, wo steckt denn Hudson? Ich stehe schon geschlagene fünf Minuten mit dem Finger auf der Klingel da.«

»Ja, Ma'am?« sagte Hudson, neben ihrer Schulter auftauchend. Sein weißes Haar sah aus, als hätte er sich in die Hand gespuckt und es hastig geglättet; seine verquollenen, verachtungsvollen alten Augen wichen ihr aus. »Ja, M'lady? Wünschen Sie etwas?«

»Ach, Hudson. Suchen Sie Rhiny, ja? Miss Caroline führt ihn aus.«

»Ich möcht behaupten, er is' in der Abstellkammer, Ma'am. Da scheint er neuerdings gern hinzugehen.« Der Alte drehte sich um und tauchte in eine übelriechende Abstellkammer unter der Treppe, die Regenmäntel, alte Schirme, Hockeyschläger und außerdem, so schien es, einen räudigen Bullterrier beherbergte. »Da is' seine Kette, Miss Caroline«, sagte Hudson. »Er is' doch nich' zu stark für Sie?«

Angesichts des bevorstehenden Spaziergangs begann der Hund wahnsinnige Begeisterung an den Tag zu legen und warf abwechselnd alle drei beinahe um.

»Aber woher denn!« fauchte Lady Trevis, Rhinys Annäherungsversuche abwehrend. »Los, Caroline, ich gehe mit dir die Rabatten ab und suche ein paar Blumen; mir verschwindest du nicht mit der Ausrede, es wären keine dagewesen.«

Die Eingangstür knallte hinter ihnen zu, und die losen Scheiben klapperten. Hudson starrte ihnen einen Moment nach und murmelte dabei:

»Wie einer, der auf ödem Pfad
Vor Furcht und Schreck erschauert...
Dieweil er weiß, dicht hinter ihm
Ein böser Feind ihm lauert.«

Dann spuckte er mit vollem Bedacht in die Marmorurne am Fuße der Treppe, ehe er sich in den Anrichteraum zurückschleppte.

Lady Trevis' Blick flitzte über das ungepflegte Gartenbeet, und sie pflückte einen großen, unhandlichen Strauß gemischter Blumen, den sie der widerstrebenden Caroline in die Hand drückte.

»Laß Rhiny nicht von der Leine, ja? Er jagt in letzter Zeit Schafe; Kenealy hat geschworen, er erschießt ihn, wenn das noch mal passiert.« Jetzt kam der eigentliche Zweck von Carolines Botengang an den Tag. »Wenn du schon bei Gladys bist, dann frag sie, wann sie Zeit hat, die Vorhänge zu waschen.«

»Mutter, ich kann sie so kurz, nachdem das passiert ist, noch nicht fragen«, sagte Caroline verzweifelt.

»Unsinn. Wahrscheinlich braucht sie irgendeine Beschäftigung. Sie kann nicht ewig zu Hause Trübsal blasen. Ich meine es ganz ernst; sie hätten schon im April gemacht gehört.«

Lady Trevis sah zu, wie Caroline sich, den Hund und den schwankenden Blumenstrauß durch ein schäbiges, weißes Pförtchen auf die Einfahrt bugsierte. Nachdem sie sich vergewissert hatte, daß ihre Tochter die richtige Richtung einschlug, ging sie zum Haus zurück, wobei sie voller Abscheu dessen heruntergekommene Fassade anstarrte. »Mammuts«, murmelte sie. »Das ist alles, was noch fehlt, ein Mammutkopf zu beiden Seiten der Haustür. Gott, was für eine vorsintflutliche Bruchbude.«

Der Funke Energie, den sie daraus geschöpft hatte, Caroline zu schikanieren, verließ sie. Sie vergewisserte sich, daß der

Telefonhörer abgenommen war, damit sein Klingeln sie nicht störte, schleppte sich nach oben in ihr Zimmer und ließ sich mit ein paar Illustrierten aufs Bett plumpsen, wobei sie sich fragte, wann Hilda nach Hause kommen würde. Unglücklicherweise regte das Trinken Lady Trevis nicht im mindesten an.

Caroline blieb stehen, um sich Rhinys Kette zweimal ums Handgelenk zu schlingen und stemmte sich mit aller Kraft gegen sein eifriges Zerren. Sie gingen den Flußpfad entlang auf das Dorf zu. Dann und wann raffte sie, so gut es ging, mit der linken Hand die auseinandergleitenden Blumen zusammen. Es war ein schwüler, stickiger, drückender Nachmittag, wie im Radio vorhergesagt. Ihr war sterbenselend.

Am Dorfeingang kam sie an einem kleinen, blassen, stämmigen Mann mit Brille vorbei, der einen Motorroller schob und aussah, als täte er sich leid. Er warf einen Blick auf Caroline, als überlege er, sie nach dem Weg zu fragen, doch sie, darauf bedacht, alle unnötigen Kontakte zu vermeiden, überquerte die Straße hin zu Gladys Vernons Haus, und er ging statt dessen auf das Postamt zu.

»Es ist äußerst entgegenkommend von Ihnen, sich Zeit für mich zu nehmen, Miss Hume«, sagte Tim, der mit respektvollem Interesse das Vogelnest aus grauem Haar betrachtete, das über dem Profil des Duke of Wellington thronte. Er nippte an seinem Glas grausam trockenem Sherry und überlegte, was für einer es war; ein großes Schildchen mit den Buchstaben TH war auf das Originaletikett geklebt worden.

»Ich nehme mir immer meine eigene Flasche mit, wenn ich in einem Hotel absteige«, erklärte Miss Hume. »Hotel-Sherry traue ich nicht.«

Sie musterte ihrerseits eingehend Carolines Mann, und ihr gefiel, was sie sah. »Sie sind gewiß kein junger Mann, der lange fackelt«, sagte sie beifällig. »Ich finde, Sie taten sehr gut daran, so rasch nach England zu kommen. Es tut mir leid, daß ich Ihnen im Moment nicht mehr Zeit widmen kann«, sie sah auf ihre Knopflochuhr, »aber ich esse in fünf Minuten mit dem Rektor von All Saints. Was möchten Sie von mir wissen?«

»Sagen Sie mir noch einmal, welchen Eindruck Caroline auf Sie gemacht hat.«

»Sie wirkte bedrückt – gequält. Sie sagte, sie vergesse und verlege ständig alles. Während ihres Nervenzusammenbruchs, als sie im Beaumont Hospital war, hatte sie mir einen Brief geschrieben – wußten Sie das?« Tim schüttelte den Kopf. »Ich habe ihn sogar hier; ich habe mir in den letzten Tagen solche Sorgen um sie gemacht, daß ich ihn herausgesucht habe.«

Tim musterte den Brief voll Entsetzen. »Das hat Caroline geschrieben? Aber *jetzt* geht es ihr doch besser?«

»Aber ja doch. Der Nervenzusammenbruch war von sehr kurzer Dauer. Ich bin sicher, daß Caroline im Grunde genommen ein äußerst gefestigter Mensch ist. Es ist nur so, daß die jüngsten Ereignisse sie überfordert haben.«

»Warum hat sie mir denn nicht *gesagt*, daß sie es nicht ertragen kann, nach Hause zu gehen?« brach es aus Tim heraus. »Ich hätte das schon irgendwie geregelt.«

»Ach, mein lieber Junge, sie wollte Sie wahrscheinlich nicht beunruhigen. Sie war wegen *Ihres* Kummers sehr bekümmert.«

»In den letzten ein, zwei Tagen haben Sie nichts von ihr gehört?«

»Nein, und genau das macht mir Sorgen. Professor Lockhart hat ihr geschrieben, und ich ebenfalls; wir haben beide keine Antwort bekommen. Ich habe außerdem erfolglos versucht, anzurufen; einmal war besetzt, einmal läutete es bloß, und niemand nahm ab.«

»Ich fahre hin, sobald ich bei meiner Mutter war«, sagte Tim.

»Ich finde, Sie sind sehr vernünftig. Ach, da ist der Rektor – alberner Mensch, was trägt er so eigenartige Hosen? Auf Wiedersehen, Mr. Conroy, und bitte melden Sie sich wieder – mir liegt sehr viel daran, von Ihnen zu hören. Ich bin sehr erleichtert, Sie kennengelernt zu haben. Meiner Ansicht nach hat Caroline eine sehr gute Wahl getroffen.«

Sie schenkte ihm ein herzliches Lächeln und ging würdevoll ihrem Gast entgegen.

»Ich glaub, da kommt mein Männe, Herr Inspektor«, sagte Gladys Vernon, als sie das Gartentor quietschen hörte.

Inspektor Gleason nickte, froh, daß sein ungemütliches Tête-à-tête vorbei war. Er sah sich seufzend in dem staubigen Wohnzimmer um und überlegte, ob Gladys Vernon schon immer eine Schlampe gewesen war oder ob es daran lag, daß sie in den letzten paar Tagen zusammengebrochen war. Es war natürlich verzeihlich. Der kurze Pomp der Beerdigung war vorüber, und es blieb nichts als ein, zwei herzzerreißend unnütze Spielzeuge im Schrank.

Man merkte dem Haus den Verlust an; und es roch entsetzlich nach Kartoffeln, Holzrauch und feuchtem Linoleum.

Die Schritte verhielten vor der Eingangstür, anstatt ums Haus herumzugehen, und sie hörten ein leises Klopfen. Gladys ging aufmachen, wobei sie automatisch ihr Gesicht betrachtete, als sie an der Chiffonniere vorbeikam. Ihre verweinten blauen Augen gewannen allmählich ihre Farbe wieder; die blonde Hochfrisur über den schwammigen Gesichtszügen hatte ihre unwahrscheinliche flachsfarbene Perfektion bewahrt.

»Miss Caro, na so was«, sagte sie herzlich. »Das ist aber riesig nett von Ihnen, daß Sie vorbeischauen.«

»Hallo, Gladys – Mrs. Vernon«, sagte Caroline. »Sie sehen besser aus. Ich bin ja so froh.« Sie hakte Rhinys Kette an einem rostigen Haken in der Wand fest.

»Kommen Sie doch einen Moment rein, Miss Caro. Inspektor Gleason ist da, er will mit Joe reden. Ich wollte gerade Wasser für eine Tasse Tee aufsetzen.«

»Nein, ich will gleich weiter, wirklich«, sagte Caroline. »Ich gehe spazieren. Mutter schickt diese Blumen mit ihren besten Wünschen und läßt fragen ...« Aber angesichts der Unverblümtheit ihrer nächsten Äußerung ließ sie sich bereden, ins Wohnzimmer zu kommen, wo der liebenswürdige, stämmige Inspektor Gleason mit den klugen Augen unbehaglich die überladenen Beileidskarten auf dem Kaminsims betrachtete.

»Ach, das ist ja riesig nett von Lady Trevis. Sind sie nicht wunderschön, Herr Inspektor«, sagte Gladys. »Sie kennen doch Mrs. Conroy? Lady Trevis' Tochter? Ich weiß wirklich nicht, wo Joe so lange bleibt. Er ist bloß die Straße runtergegangen. Kann sich scheint's im Moment zu gar nichts aufraffen, da hat er gesagt, er geht spazieren.«

Ein wenig verwirrt nahm sie die Teekanne in die Hand und sah unsicher von einem ihrer Besucher zum anderen.

»Hab keine Eile«, sagte der Inspektor liebenswürdig. »Joe ist doch in Ordnung, oder? Kümmert ihr euch um einander?«

»Aber ja, tausend Dank. Da, das Wasser kocht schon.« Sie ging mit der Teekanne in die Spülküche.

Caroline und der Inspektor standen schweigend herum; Caroline, die immer noch unbeholfen ihren Blumenstrauß in der Hand hielt, starrte auf dessen welkende Blüten hinab. *Jetzt* könnte ich es ihm sagen, wenn ich's Hilda nicht versprochen hätte; es wäre so leicht zu sagen, Herr Inspektor, ich habe den Mann gesehen, der Garry Vernon getötet hat, ich habe ihn erkannt.

Aber Hilda hat gesagt, er würde mir nicht glauben. Die Leute im Dorf glauben, ich bin hysterisch, verrückt. Der Anwalt wird allerdings erkennen, daß ich die Wahrheit sage, oder? Nur noch ungefähr eine Stunde warten, dann kann ich die ganze Geschichte erzählen. Ich wünschte allerdings, ich müßte deswegen nicht zu dieser Hütte gehen, dachte sie, vor Abscheu und Furcht erschaudernd.

»Sind Sie mal wieder zu Hause, um Ferien zu machen, Mrs. Conroy?« sagte der Inspektor herzlich. »Ihr Mann ist in Übersee, nicht wahr?«

Gladys, die mit dem Tee zurückkam, wünschte, es wäre

zulässig, dem Vorgesetzten ihres Mannes gegen den Knöchel zu treten. Denn der Inspektor, der aus Barlock kam, hatte den Dorfklatsch über Caroline offenkundig nicht gehört.

»Ganz recht.« Carolines Hals war wie zugeschnürt. Sie blickte auf die Blumen herab und sah zu ihrem Entsetzen eine Träne, und noch eine, darauf fallen.

»Ich stelle das eben in Wasser«, murmelte sie und floh in die Spülküche.

»Da kommt Joe endlich«, sagte Gladys erleichtert und folgte ihr.

Police Constable Vernon kam herein, das freundliche, offene Gesicht elend und verquält. »Hab mich irgendwie zu nichts aufraffen können, was erledigt werden müßte, da bin ich die Talstraße hochgegangen und hab mir noch mal angesehen, wo's passiert ist«, erklärte er dem Inspektor mit schwerer Stimme. »Ich hab eigentlich nicht erwartet, was zu finden, ich weiß, Sie haben die Stelle damals gründlich absuchen lassen, aber ich hab im Gebüsch den Fetzen da gefunden. Ich glaub, das könnte ...«

Gladys und Caroline kamen zurück, gerade als Joe ihn dem Inspektor reichte – ein weiches Tuch, das einmal weiß gewesen und nun steif von getrocknetem Blut und staubbedeckt war.

»Was ist das?« sagte Gladys, und ihre Augen weiteten sich. Joe legte beschützend den Arm um sie.

»Reg dich nicht auf, Liebes. Ich wollte nicht, daß du das siehst.«

»Hast du das – *dort* gefunden?«

Er nickte, und Gladys' Gesicht wurde knittrig.

»Dann verbrenn es, verbrenn es!« schluchzte sie. »Ich kann den Anblick nicht ertragen!«

»Wir können es nicht verbrennen, Mrs. Vernon«, sagte der Inspektor sanft. »Es könnte ein Beweismittel sein, verstehen Sie. Jemand hat es dort ins Gebüsch geworfen – es ist nicht von allein dahin gekommen. Es könnte uns etwas über die Person verraten, die Ihren Jungen überfahren und ihn dann dort auf der Straße liegengelassen hat. Ich bringe es ins Labor und lasse die daran arbeiten.«

Gladys weinte in tiefen, erstickten Schluchzern, ihre Hände schlossen und öffneten sich. Caroline, die selbst totenblaß war, legte den Arm um Gladys und half ihr nach oben.

»Ins Labor bringen«, weinte Gladys, »was hat das für einen Sinn? Egal, was die machen, das bringt mir meinen Garry nicht zurück.«

Caroline verabreichte Tee und Aspirin und sah sich unglücklich in dem muffigen Schlafzimmer des Häuschens um. Sie machte das Fenster auf. Auf der Fensterbank lag ein Teddybär. Sie vermied es sorgfältig, ihn zu berühren.

»Es geht schon wieder, Miss Caro, tausend Dank«, sagte Gladys kurz darauf und schneuzte sich die Nase. »Gehen Sie mal spazieren. Und ich komme heute abend wegen der Vorhänge.«

»Aber nein, um Himmels willen, nicht doch; Mutter hat es bestimmt nicht ernst gemeint. Sie brauchen Erholung.«

»Nein«, sagte Gladys. »Ich brauche was, was mich ablenkt.«

Caroline hielt einen Moment ihre Hand fest und schlüpfte dann nach unten. Um nichts in der Welt konnte sie durch das Zimmer zurückgehen, in dem immer noch die Männer mit dem Stück Stoff waren. Sie ging in die Spülküche und weiter in die Waschküche aus Backstein, wo es einen Kessel, eine Wäscheleine, einen Stapel Brennholz und eine Tür gab, die zum Gemüsebeet führte. Es gab noch etwas. Caroline blieb stehen, einen Moment unfähig, weiterzugehen. Der Boden der Waschküche war schmutzig, mit Kohlenstaub und Holzspänen bedeckt. In der Mitte lag, wie von jemand Verzweifelndem gerade eben hingeworfen, ein Haufen Kinderkleider. Kleine, abgetragene Jeans, Turnschuhe mit Löchern, Pullover mit Laufmaschen und mehrere quälend vertraute T-Shirts.

»O Gott«, wisperte Caroline fast lautlos. »O mein Gott –«

Blind vor Entsetzen rannte sie beinahe zur Tür hinaus und um das Haus herum nach vorn, wo Rhiny sich in seinen Bemühungen, loszukommen und den Nachbarhund zu massakrieren, halb erwürgte. Sie hakte ihn los und ging die Dorfstraße entlang zurück, ohne zu merken, daß seine Kette ihr tiefe, rote Striemen in die Hand schnitt, während er unter wütendem Knurren vorwärtszerrte. Ihr war, als hämmerte jemand mit heftigen Schlägen auf ihr Gehirn ein.

O bitte, Gott, dachte sie, laß diesen Fetzen das Taschentuch des Mannes oder sonst etwas sein, das ihnen verrät, wer es war. Ich hätte es dem Inspektor sagen sollen, ich weiß es. Ich hätte nicht warten sollen. Diese T-Shirts. Ich hätte Mutter nie erlauben sollen, sie Gladys zu geben. Ich hätte fähig sein sollen, ihn aufzuhalten, ehe er den Hügel hinunterrannte.

Sie ging geistesabwesend durchs Dorf zurück, ohne die neugierigen, mitfühlenden Blicke in ihre Richtung zu bemerken, und nahm den Pfad am tosenden Fluß entlang. Eine Art Schauder durchlief ihr Denken, eine Art schreckliche, ahnungsvolle Aufwühlung, als würde sich gleich eine Tür öffnen, und sie wurde bis zum Zerreißen von der Furcht gequält, daß das, was zum Vorschein käme, zu schlimm wäre, um es ertragen zu können.

Aber ich erinnere mich nicht. Ich weiß nur noch, daß sie mir nicht erlaubten, ihn zu sehen. Sie sagten, es gäbe nichts zu sehen. Nichts.

Ich darf nicht denken. Ich muß nach Whistle Cottage gehen.

Rhiny ruckte und zerrte an ihrem Handgelenk. Und die Hammerschläge dröhnten erbarmungslos weiter.

»Wohlgemerkt, ich glaube nicht, daß uns das irgend etwas verrät«, sagte Inspektor Gleason. »Aber es könnte sein, daß der Kerl es verwendet hat, um zu versuchen, das Blut vom – vom Kopf Ihres Sohnes abzuwischen. Und es dann mit der Angst bekam, als er sah, wie schlimm der verletzt war, und den Fetzen wegwarf, ehe er weiterfuhr. Ich nehme ihn auf jeden Fall mit nach Barlock, es ist immerhin möglich, daß die Jungs vom Labor etwas damit anfangen können.«

Die beiden Männer standen betreten herum und tranken ihren Tee.

»Mrs. Conroy hat ziemlich mitgenommen ausgesehen«, bemerkte Gleason.

»Denkt wohl an ihren eigenen Jungen«, sagte Joe mit schwerer Stimme. »Sie ist nach Hause gekommen, als er starb, wissen Sie, vor sechs Monaten. Hierher zu kommen wird sie daran erinnert haben, das arme Ding. Es heißt ...« Er rückte näher, und das freundliche Bauerngesicht des Inspektors umwölkte sich, als Joe ihm die örtlichen Gerüchte über Caroline erzählte.

»Armes Mädchen – armes Mädchen.«

»Eine Frau trifft der Tod eines Kindes am härtesten«, seufzte Joe. »Obwohl mir der Kleine auch furchtbar fehlt ... Was ist denn, Sir?«

Gleason schnupperte verwirrt an dem Fetzen. Es war ein altes, viereckig ausgerissenes Stück Leintuch. »Der Geruch erinnert mich an meinen Vater«, sagte er stirnrunzelnd. »Weiß nicht, warum. Er ist schon seit zwanzig Jahren tot.«

»An Ihren Vater?« sagte Joe neugierig. »Warum denn?«

»Komm nicht drauf«, sagte Gleason und schnupperte erneut. »Ich kenne den Geruch, kann aber nicht sagen, was es ist.«

»Was hat Ihr Vater gemacht, Sir?«

»Hatte ein kleines Musikgeschäft, drüben in Bournemouth.«

Es war ein ungeschotterter, unbefestigter Pfad, und das Gras am Rand und auf dem unausgetretenen Streifen in der Mitte stand hoch und hing über. Ihre Füße verursachten ein leises Geräusch, während sie auf der ausgedörrten, weißlichen Erde einen vor den anderen setzte. Die Böschung zu beiden Seiten war steil, und sie konnte nicht darüber sehen, aber rundum roch es nach jungen Bäumen, und der weite, schwebende Flug der Möwen hoch über ihr ließ auf die Nähe des Meeres schließen. Die Blumen auf der Böschung wuchsen üppig: später gesenkter Fingerhut, Hahnenfuß, wilde Möhren ...

»Engelwurz«, sagte sie mit verhaltener Stimme und bückte sich, um mit dem Finger eine gelbe Blume zu berühren. »Und Labkraut, Winde, Skabiose.«

Aber wenn sie all das noch wußte, warum wußte sie dann ihren eigenen Namen nicht mehr?

Sie sah ihre Schuhe, ihre Hände an, als könnten die ihr einen Hinweis auf ihre Identität geben. Schuhe – abgetragen, weiß von Staub. Hände, ohne Ringe, dünn, aber faltenlos; die Hände eines jungen Menschen. Sie tastete ihr Gesicht ab, es fühlte sich glatt an, zog eine Haarsträhne nach vorn, um sie zu betrachten. Ziemlich dunkles, weiches Haar, nicht sehr lang. Ihr Tweedrock und ihr Baumwollhemd hatten keine Taschen; in ihrem Rockbund steckte ein Taschentuch. Initiale C.

Wer war sie?

Mit aller Mühe einen Anfall von Panik unterdrückend, ging sie weiter hügelaufwärts. Ihre Gedanken wirbelten in dem Versuch, sich an dieser oder jener Erinnerung festzumachen – Haus? Zimmer? Jemand, der ihr lieb und teuer war? Es hatte keinen Zweck. Ihr war, als ginge sie im Nebel, einem hellen Meeresdunst, hinter dem aufreizend nah die Sonne stand und in dem alles dünn aber vollständig verschleiert war.

Es ist Sommer. Ich bin ein Mädchen. Ich bin auf dem Land. In – in England? Es kommt mir wie England vor. Ich habe keinen Hunger. Bin auch nicht müde. Ich habe ein bißchen Kopfweh, aber ich fühle mich nicht direkt krank. Ich fühle mich nicht unglücklich oder verängstigt. Niemand ist in der Nähe. Es ist ganz still. Wann habe ich begonnen, diesen Weg hinaufzugehen? Wo wollte ich hin?

Sie sah auf die Uhr an ihrem linken Handgelenk – eine viereckige, schlichte Uhr ohne Monogramm oder Verzierungen. Sie zeigte zehn nach sechs an. Dann strich sie langsam und verwirrt mit den Fingern über zwei tiefe, schmerzhafte Quetschungen auf Rücken und Kante ihrer Hand. Woher kam das? Ob ich mir die Hand in einer Tür geklemmt habe? Habe ich einen Unfall gehabt?

Bei dem Wort Unfall schien irgendwo tief in den verschleierten Winkeln ihres Gedächtnisses flüchtig ein rotes Warnlämpchen aufzuleuchten. Aber nein, die Quetschung war nicht schlimm; und ihre Stirn war kühl, und der Weg zwischen den abfallenden Böschungen und den Wällen junger Baumschößlinge war zu schattig, als daß die Möglichkeit eines Sonnenstiches bestand.

Wenn ich weitergehe, dachte sie, komme ich dorthin, wohin ich unterwegs war. Ich habe nicht das Gefühl, einfach so losgegangen zu sein; ich habe das Gefühl, ein Ziel zu haben; ich bin wie jemand, der in ein Zimmer kommt, in der Tür steht und denkt: »Was wollte ich hier eigentlich?« Früher oder später fällt es mir wieder ein.

Keine Angst, beschwor sie sich, keine Panik, es gibt nichts, was du tun kannst, damit es schneller geht.

Sie ging weiter.

»Kolophonium«, sagte Inspektor Gleason. »Natürlich. Kolophoniumstaub. Von Geigen- oder Cellosaiten.«

Er stand neben Saunders, dem Laborassistenten, und kippte den Objektträger hin und her. »Man streicht es auf den Bogen. Ich wußte, daß ich den Geruch von irgendwoher kannte.«

»Es wird allerdings auch für viele andere Zwecke verwendet«, gab Saunders zu bedenken. »Und dummerweise ist sonst nichts auf dem Fetzen, außer Staub. Es ist die Blutgruppe des kleinen Vernon, wie wir erwartet hatten. Bringt uns eigentlich nicht viel weiter, selbst wenn Sie wüßten, daß Sie nach einem Cellisten suchen müssen – und es könnte genausogut ein Chemiker sein.«

Gleason nickte seufzend. »Es ist trotzdem komisch. So verbreitet ist Kolophonium auch nicht.«

»Glauben Sie, es gibt eine Verbindung zwischen dem Tod des Kindes und der alten Dame, die von der Hafenmole gefallen ist?« sagte Saunders. »Zwei tödliche Unfälle binnen vier Tagen in einem Kaff wie Woodmouth, das scheint ein ziemlicher Zufall zu sein.«

»Ja«, pflichtete Gleason bei. »Aber ich sehe nicht, wie da ein Zusammenhang bestehen kann. Im Sommer haben wir immer mehr Todesfälle. Mehr Verkehr – die Leute schwimmen, klettern auf die Klippen – und soweit ich weiß, hatte die alte Miss

Tidbury nie etwas mit den Vernons zu tun, außer daß Mrs. Vernon manchmal in Woodhoe House aushilft.«

Gleasons Assistent steckte den Kopf zur Tür herein und sagte:

»Sie werden am Telefon verlangt, Sir. Bridpool Central.«

»Tja, jedenfalls danke, Saunders«, sagte Gleason und ging in sein Büro zurück. Er nahm den Hörer auf.

»Hier Gleason. Ich bitte um Verzeihung. Ja. Miss Hilda Trev-, ah ja. Ist *was*? Mein Gott. Ja. Ja, natürlich. Sofort. Ich fahre hin. Von Barlock sind es mit dem Auto nur zwanzig Minuten – besser als Anrufen. Ganz recht. Haben Sie eine Ahnung...? Nicht. In Bridpool. Einfach so. Was gefunden? Seide? Könnten Sie das wiederholen? Eine Saite – eine *Geigensaite*?« Er verstummte und starrte auf seinen Schreibtisch hinab, während langsam ein höchst erstaunter Ausdruck in sein Gesicht trat. »Wie eigenartig. Ja, ich fahre sofort zur Mutter. Möchten Sie, daß sie zur Identifizierung kommt? Morgen? Gewiß. Auf Wiedersehen.«

Er sah auf seine Uhr. Es war sechs. Da er ein methodischer Mensch war, zeichnete er die Post und die Berichte des Tages ab, ehe er den Wagen kommen ließ. Während er über Land nach Woodhoe House gefahren wurde, ließ er sich wieder und wieder die Fakten durch den Kopf gehen. Eine von einer Hafenmole gefallene alte Dame. Keine Anzeichen für ein Verbrechen. Zwei Unfälle mit Fahrerflucht. Alle drei Opfer aus demselben Dorf, zwei sogar aus demselben Haus, obwohl sich einer der Todesfälle in Bridpool ereignet hatte. Das war doch bestimmt mehr als Zufall?

Natürlich passierten solche Unfälle ständig, jeden Tag – aber andererseits das Kolophonium und die um den Finger des toten Mädchens gewickelte Violinsaite, die man gefunden hatte? Hatte das nicht etwas zu bedeuten? Drei Todesfälle in fünf Tagen...

Wenn ich bloß ein drittes, verbindendes Beweisstück hätte, dachte er, dann würden wir vielleicht allmählich etwas erreichen.

Die Konferenz dauerte über vier Stunden. Als Tim sich mit einem Gefühl, als seien seine Augäpfel mit mehr Sand abgerieben worden, als zwischen Aden und Bahrein lag, wieder im Krankenhaus einfand, ließ Onkel Sean ihn nicht ohne ein rasches Glas Champagner zur Feier des Tages davonkommen, ehe er ihn mit dem Mercedes zum Addington Square schickte.

Seine Mutter empfing ihn an der Wohnungstür und umarmte ihn.

»Liebling«, sagte sie, »ehe ...«

Dann betrachtete sie ihn genauer und überlegte es sich anders. Seine immer schon tiefliegenden Augen waren vor Erschöpfung wie Höhlen in den Schädel eingesunken, und die senkrechten Falten zu beiden Seiten seines Mundes hätten mit einem Meißel eingekerbt worden sein können.

»Ab mit dir in ein heißes Bad, und zwar sofort«, sagte sie, »ich mixe dir derweil einen Eierflip. Du siehst aus wie ein alter Schuh, und das wundert mich auch nicht, so wie du durch die Weltgeschichte gebummelt bist.«

Tim wußte, daß die Verfügungen seiner Mutter nicht mißachtet werden konnten und wankte dankbar davon, zum unbeschreiblichen Labsal eines kochendheißen Bades in einem zivilisierten Badezimmer.

»Ich habe immer wieder in Woodhoe House angerufen, wie du mich gebeten hattest«, sagte Mrs. Conroy, als der Eierflip zur Hälfte heruntergeschluckt war. »Ich mußte es fünf- oder sechsmal probieren, ehe ich durchkam. Jemand in diesem Haus ist eine fürchterliche Plaudertasche – das Telefon war den ganzen Nachmittag ständig besetzt.«

»Das hab ich auch gemerkt«, sagte Tim. »Hast du Caroline erreicht?«

»Nein, Lady Trevis. Ich kann diese Frau nicht ausstehen.«

Mrs. Conroy war eine kleine, weißhaarige Irin mit einer starken Ausstrahlung von Charme und Vornehmheit. Äußerlich war sie ihrem Sohn sehr unähnlich, aber ihre Stimmen, Augen und Ausdrucksweisen waren genau gleich. Nach ihrem jetzigen, angewiderten Blick zu schließen, hätte sie eine bucklige Kröte durchs Zimmer hüpfen sehen können. Tim grinste trotz seiner Besorgnis.

»Wie geht's Caroline? Du hast nicht mit ihr gesprochen?«

Angesichts des Drängens in seiner Stimme blickte sie mitfühlend auf. »Ich fürchte, es gibt beunruhigende Nachrichten, lieber Tim.«

»Was ist denn? Es geht ihr doch nicht schlechter? Hast du mit Hilda gesprochen?«

»Liebling, genau das ist ja so schrecklich. Sie haben in diesem Haus in den letzten drei Tagen zwei Todesfälle gehabt. Nein – nicht Caroline. Hilda ist überfahren und getötet worden.«

»Hilda ist was? Nein! Wann?«

»In Bridpool, erst gestern abend.«

»Du lieber Gott«, sagte er fassungslos. »Wie entsetzlich. Hast du dich auch nicht verhört? Bist du sicher?«

»Selbstverständlich bin ich sicher.«

»Entschuldige – die Müdigkeit macht einen so dumm. Arme Hilda – was für ein schrecklich plötzliches Ende. Sie war irgendwie so ein dynamisches Mädchen. Ich kann sie mir nicht tot vorstellen. Moment mal...« sagte er, plötzlich zurückgreifend. »*Zwei* Todesfälle, hast du gesagt. Wer denn...?«

»Nein, nicht Caroline«, sagte Mrs. Conroy rasch. »Die alte Tante, Kusine oder was sie gleich war, Miss Tidbury. Ich habe sie nie kennengelernt, sie ist etwa um die Zeit dorthin gekommen, als dein Vater krank wurde...«

»Sie ist auch gestorben?«

»Fiel während eines Unwetters vor zwei Tagen von der Hafenmole und brach sich das Genick.«

»Aber – du lieber Gott, wie absolut makaber.« Tim runzelte die Stirn. »Mir gefällt das nicht, Mutter.«

»Ich weiß, Liebster, das reinste Haus Usher, würde ich sagen. Natürlich hatten die beiden Vorfälle überhaupt nichts miteinander zu tun – die arme Hilda wurde in Bridpool überfahren –, aber dennoch, entsetzlich für Caroline, wenn ihre Nerven immer noch schwach sind.«

»Das gibt den Ausschlag«, sagte Tim. »Ich lasse Caroline

nicht allein in Woodhouse mit dieser alten Hexe Lady Trevis. Das würde ausreichen, die meisten Leute wahnsinnig zu machen, möchte ich meinen, egal in welchem Zustand sie vorher waren. Kannst du uns möglicherweise ein paar Tage hier unterbringen? Ich fahre sie sofort holen. Mein Gott, denk nur, arme Caroline, arme Kleine; zu allem anderen noch das ...«

»Aber Liebling«, sagte seine Mutter, »das wollte ich dir doch gerade sagen.«

»Was?«

»Caroline wird vermißt. Sie ist mit einem der Hunde weggegangen, und der Hund ist zur Abendessenszeit zurückgekommen, aber sie nicht. Die Polizei sucht sie jetzt.«

Tim starrte sie an, sein Gesicht wurde unter der Sonnenbräune weiß. »Hat sie das mit Hilda gewußt?«

»Nein; das ist ja das Seltsame daran. Sie ist weggegangen, bevor die Polizei die Nachricht brachte – sehr lange davor. Sie war durcheinander, weil ein kleiner Junge aus dem Dorf überfahren worden war und sie das daran erinnert hatte ...«

»Ah, nicht«, sagte er im Flüsterton.

Seine Mutter betrachtete ihn, und eine Sorgenfalte furchte ihre glatte Stirn.

»Ganz unter uns«, hatte Lady Trevis vertraulich gekrächzt, »Caroline ist in letzter Zeit so komisch, daß ich mich nicht wundern würde, wenn sie komplett übergeschnappt wäre. Die wollen die Flüsse mit Schleppnetzen absuchen ... Das wäre wirklich das Beste für Ihren Tim, nicht wahr? Natürlich bin *ich* absolut *am Boden zerstört*. Zwei Töchter auf einen Schlag – und Hilda hing wirklich an mir – ganz zu schweigen von der armen alten Kusine Flora, die ein fürchterlicher Langweiler war, aber uns alle angebetet hat – ich weiß einfach nicht, was ich jetzt mit mir anfangen soll. Mit Sicherheit kann ich mir's nicht leisten, allein hier zu wohnen, deswegen muß ich das Haus verkaufen oder vielleicht nach Mentone ziehen; alle Hunde müssen verkauft oder eingeschläfert werden, die armen Dinger ...«

Mrs. Conroy hatte mit gebanntem Entsetzen zugehört und

aufgelegt, sobald es die Formen der Höflichkeit zuließen, nachdem sie Lady Trevis noch gebeten hatte, sie zu benachrichtigen, wenn es etwas Neues gab. Aber was für ein Ungeheuer diese Frau war; kein Funke echten Gefühls oder echter Teilnahme, außer für sich selbst.

Tim zog seine Jacke an.

»Was hast du vor, Liebling?«

»Ich nehme ein Flugzeug – chartere eines, wenn nötig – und fliege sofort hin.«

Harry wurde unruhig und zappelig. Schon eine halbe Stunde Verspätung – was konnte das Mädchen nur aufgehalten haben? Er sah sich ein letztes Mal in dem ungewohnt aufgeräumten Zimmer um, ging dann ungeduldig hinaus, überquerte den kleinen Fleck verwilderten Gartens und marschierte den Pfad hinunter; er hatte eigentlich nicht die Absicht, sehr weit zu gehen, seine ganze Vorstellung von dem bevorstehenden Gespräch erforderte, daß es im Haus stattfand, aber Untätigkeit war etwas, was er schwer zu ertragen fand.

Nach etwa fünfzig Metern blieb er abrupt stehen und lauschte, angespannt wie eine Bogensehne; seine scharfen Musikerohren hatten ein Geräusch erfaßt, das sich mißtönend von dem gewohnten, natürlichen Hintergrund der Vogelrufe und des Windes in den Blättern abhob; ja – da war es wieder. Er bog scharf vom Weg ab, zwängte sich durch ein Dickicht und fiel beinahe über den Körper eines Mannes, der in sehr eigenartiger Position, fast kniend und an eine junge Eiche gelehnt, zwischen den Büschen kauerte und sich die Seele aus dem Leib würgte.

»He, was zum Teufel soll das?« sagte Harry, hitzig vor Wut und Überraschung. »Dieser Wald ist Privatbesitz, damit Sie's wissen – wenn Sie sich schon wie ein Schwein besaufen müssen, dann seien Sie bitte so nett und machen Sie das anderswo!«

Bei diesen Worten hob der Mann, sich mit dem Arm am Baum abstützend, langsam den Kopf und sah auf; das Gesicht, das sichtbar wurde, war das von Mr. Todd.

Einen Moment lang war Harry vollkommen bestürzt. Sein Gesicht wurde häßlich, schlaff, mit vor Entsetzen aufgerissenem Mund. Dann faßte er sich und bemerkte, wie fürchterlich Mr. Todd aussah, aufgedunsen, schwitzend, das spärliche Haar zu feuchten Spitzen verklebt, die Haut bleigrau, Krawatte und Strickjacke mit Erbrochenem besudelt.

Sofort fühlte sich Harry wohler; es war immer noch eine verheerend ungelegene und gefährliche Störung, aber der Anblick von jemandem, der Schmerzen oder Schwierigkeiten hatte, versetzte ihn stets in gute Laune; sein erster Verdacht, das sei irgendeine Art von höchst raffinierter Falle, begann zu schwinden; er sagte mit amüsierter Stimme:

»*Hallo,* wenn das nicht mein Freund der Buchhändler ist! Sie werden wirklich lernen müssen, die Finger von starken Getränken zu lassen, Mr. Todd, wenn Sie sie so schlecht vertragen.«

Abgesehen von einem flammenden Blick der Verachtung reagierte Mr. Todd nicht auf diesen Scherz; zusammengekrümmt, die Arme um die Knie, wiegte er sich vor und zurück und stieß auf dem Scheitelpunkt jeder Bewegung ein leises, hohes Stöhnen aus.

»Nun seien Sie schon still!« sagte Harry gereizt. »Reißen Sie sich gefälligst zusammen, Mann! Was ist denn los mit Ihnen?«

Harrys Stimme, voller Abneigung und ohne jedes Mitgefühl, riß Mr. Todd kurzzeitig aus seiner Benommenheit; mit gewaltiger Anstrengung bezwang er seine Qual, blickte aus gelb gewordenen, blutunterlaufenen Augen zu Harry auf und sagte nicht ohne Würde:

»Ich bin Abstinenzler, müssen Sie wissen. Hab noch nie im Leben Bier oder Spirituosen zu mir genommen. Das Problem ist mein Magengeschwür... glaube, es muß durchgebrochen sein. Die lange Rollerfahrt über die holprige Moorstraße... gräßliches Essen in Woodmouth... sollte Fish and Chips nicht anrühren, aber was sollte ich machen... keine andere Wahl... nichts zu essen ist genauso... genauso schlimm...«

Einen Moment versagte ihm die Stimme, und Harry, der ihn

beobachtete, stellte mit Interesse fest, daß er die Finger ein ganzes Stück weit in den Boden grub, während er einen neuen Schmerzanfall niederkämpfte; er fuhr unter Schwierigkeiten fort:

»Den ganzen Tag im Dorf herumgezogen ... rauf durch den Wald ... ich bin für solche Arbeit nicht geschaffen ... so sieht's aus. Minnie ... muß verstehen ...« Dann schlang er die Arme erneut eng um die Knie, krümmte sich wie ein Embryo zusammen und schrie mit merkwürdig heiserer, erstickter Stimme, wie direkt aus seinen Eingeweiden, auf:

»Oh ... mein ... Gott ...«

»Tja, *ich* habe Sie nicht darum gebeten, hierher zu kommen und in meinen Angelegenheiten herumzuschnüffeln«, sagte Harry kalt. »Und genau das haben Sie getan, nehme ich an. Und mich freut der Gedanke, daß Sie im Dorf, wo man kaum von meiner Existenz weiß, bemerkenswert wenig herausgefunden haben. Übrigens, vielen Dank für Ihren Brief; es tut mir leid, daß Sie sich die Mühe gemacht haben, die Bank in die Luft zu sprengen, da es die falsche war. Ich hätte erwähnen sollen, daß ich Konten unter verschiedenen Namen habe.«

Mr. Todd schien nicht zuzuhören; seine ganze Aufmerksamkeit war darauf konzentriert, ein paar lange, keuchende Atemzüge zu tun; nach jedem krampfte er die Hände zusammen und wartete, vor Anstrengung die Stirn runzelnd, ehe er den Atem wieder ausstieß.

»Morphium«, stieß er gleich darauf hervor. »Um Gottes willen ... können Sie mir nicht ... eine Morphiumspritze geben?«

»Mein Lieber, wie kommen Sie auf die Idee, daß ich welches habe?«

»Sie waren ... einmal ... süchtig.«

»So ein vollendeter Quatsch«, sagte Harry leichthin. »Da sieht man mal wieder, was für übertriebene Gerüchte die Runde machen. Kein Konzertmusiker von meinem Kaliber könnte es sich leisten, süchtig zu sein.«

»Um Gottes willen, Lupac ... ich *sterbe*. Um Gottes willen. Tun Sie etwas.«

»Um so mehr Grund, Ihnen keins zu geben«, sagte Harry. »Ich will nicht, daß man Ihre Leiche mit einem unerklärlichen Einstich findet. Mutter Natur erledigt das am besten.«

»Dann«, der Zorn machte die Artikulation des Kranken plötzlich viel klarer, »gehen Sie freundlicherweise weg und lassen Sie mich ... in Frieden sterben.«

Harry, der sich hingehockt hatte, als gäbe er Mr. Todds Laune nach, das Gespräch in Bodennähe zu führen, stand jetzt auf. »Ach, Sie lästiger, lästiger, lächerlicher Kerl«, sagte er gereizt, »wie zum Teufel können Sie von mir erwarten, daß ich Sie keine hundert Meter von meiner Haustür in Frieden sterben lasse? Sie kommen mir äußerst ungelegen, das kann ich Ihnen sagen.«

Mr. Todds Gesicht verzog sich zu einer gespenstischen, boshaften Grimasse.

»Peinlich ... wie? Schon zu viele ... ungeklärte Todesfälle ... in Woodmouth.«

Darüber runzelte Harry die Stirn; dann sagte er sanft: »Um so mehr Grund, warum Ihrer nicht gerade hier stattfinden sollte. Tja, mein Freund, das Problem ist nicht unüberwindlich. Keine fünf Meilen von hier im Moor gibt's einen hübschen, bodenlosen Sumpf, der mit dem Lauf der Zeit wahrscheinlich schon massenhaft Leichen verschlungen hat. Wie, sagten Sie doch gleich, sind Sie hergekommen?«

Mr. Todd gab keine Antwort.

»Ach, jetzt fällt's mir wieder ein, Sie sagten, Sie sind mit dem Roller gekommen. Haben ihn wohl unten an der Straße gelassen, außer Hörweite, während Sie im Wald Robin Hood gespielt haben. Also noch ein Ärgernis, mit dem man sich wird befassen müssen. Tja, es tut mir leid, daß ich nicht nach einem Krankenwagen telefoniere, aber das verdienen Sie wohl kaum, oder? Und wie Sie wahrscheinlich bemerkt haben, bin ich nicht ans Telefon angeschlossen, und das Wandtelefon in der Post ist für meinen Geschmack viel zu öffentlich; das haben Sie wohl auch festgestellt. Aber hier sind Sie ganz entschieden *de trop*, das läßt sich nicht leugnen; ich muß Sie ins Haus bringen.«

»Lassen Sie mich in Ruhe!« keuchte Mr. Todd wütend, aber Harry zog ihn rücksichtslos hoch und trug ihn durchs Gebüsch zur Hütte, wobei er mehrfach besorgt und wachsam den Weg hinabsah, auf dem immer noch keine Menschenseele zu sehen war. Er blieb nicht im Wohnzimmer stehen, sondern ging, den mittlerweile fast bewußtlosen Todd halb zerrend, geradewegs die schmale Treppe hoch ins Schlafzimmer. Dort ließ er Todds Körper auf den Boden plumpsen, betrachtete ihn einen Moment mit geschürzten Lippen und nahm dann eine Flasche von dem Holzschränkchen, das als Frisierkommode diente.

»Na los – machen Sie den Mund auf und schlucken Sie was davon. Sie sollten dankbar sein – es ist genauso teuer wie Morphium und viel schöner. Caroni-Rum, neunzig Prozent. Sie werden so betrunken sein, daß Sie's gar nicht merken, wenn Sie abtreten.«

Ein gutes Glasvoll schwappte in den offenen Mund von Mr. Todd, der heftig schauderte und einen unartikulierten, gurgelnden Protestlaut ausstieß.

»Zwecklos, alter Junge«, sagte Harry. »Es ist eine ziemliche Verschwendung von Rum, fürchte ich, aber Sie können ihn genauso genießen, denn trinken müssen Sie ihn.« Er schüttete noch ein Glasvoll nach. Mr. Todd schlug die Augen auf und stierte ihn leer an.

»Sagen Sie mal, mein Freund«, fragte Harry ihn vertraulich, »weiß noch jemand, daß Sie hierhergekommen sind?«

Todds Gesicht, das blaß gewesen war, lief nun zu einem ziemlich dunklen Purpur an, und aus seinem Mund begann ein rascher Silbenstrom zu sprudeln; Harry lauschte aufmerksam.

»Frau Minnie ... mir gesagt, soll mich im Dorf umsehen ... nicht an Lupac herantreten, bis wir mehr Informationen ... ihr gesagt ... mir nicht gut geht ...« Seine Würde hatte ihn verlassen, er hörte sich wehleidig und selbstmitleidig an.

»Ach so, Frau Minnie weiß also von Ihrer Fahrt, ja? Ich frage mich, was Frau Minnie sonst noch weiß. Ihre Leiche im Sumpf oder über die Klippe loszuwerden, wäre damit also ausgeschlossen; das wäre viel zu nahe bei Ihrem Zuhause. Ihre Leiche sollte besser ein gutes Stück weit weg gefunden werden, an einem einsamen Straßenrand, wo Sie vom Roller abgestiegen sind, als Ihnen zu schlecht wurde, um weiterzufahren. Sie hatten eine Flasche bei sich, mit der Sie sich Ihre letzten Momente verschönten – da, trinken Sie noch einen. Ich muß sagen«, murmelte Harry stirnrunzelnd, als er dem widerstandslosen Todd noch mehr Alkohol in die Kehle goß, »ich wüßte sehr gern, wie Sie auf dieses Haus gekommen sind.«

Aber Todd war nicht mehr in der Lage, zu antworten. Er lag schlaff und reglos da, aus den Mundwinkeln sabbernd, die Augen schrecklich nach oben verdreht. Harry ließ ihn allein, machte die Schlafzimmertür zu und schloß sie von außen ab.

»Alles geht glatt, solange der lästige Kerl nicht anfängt zu brüllen oder zu schnarchen; wenn, dann muß ich eben erklären, daß es mein betagter Onkel William ist, der das Pech hat, an Delirium tremens zu leiden; wir wollen jedoch hoffen, daß er während der nächsten Stunde oder so stirbt.« Harry lief nach unten, begann zu pfeifen, brach dann aber ab und rief ungeduldig aus: »Wo zum Teufel bleibt nur dieses Mädchen?«

Minnie Todd war ein Gewohnheitsmensch. Sie verließ jeden Tag um zwanzig vor vier die Realschule, kaufte im Reformhaus Feigen, Joghurt, Müsli und gefrorene Nußklößchen und nahm dann einen Bus nach Barlock, ohne auf Basil zu warten, der immer erst kurz vor sechs nach Hause kam. So erreichte sie den ›Winkel‹ auch heute wie üblich zehn vor fünf, wusch das Frühstücksgeschirr ab, arbeitete ein wenig an ihrem Lehrplan für den Mathematikunterricht in der sechsten Klasse des nächsten Schuljahrs und kochte das Abendessen, wobei sie Basil, der Nüsse schwer verdaulich fand, etwas Schellfisch dünstete. Bei der Arbeit hörte sie sich eine Radiosendung mit Regionalnachrichten an, die Informationen über neue Verkehrsregelungen, Warnungen vor Trickbetrügern, Beschreibungen von

Gesuchten und anderes Material aktueller und lehrreicher Art enthielt, das Mrs. Todd bei ihrer Arbeit oft nützlich war.

Heute abend brachten sie nähere Erläuterungen zu einer früheren Nachricht.

»Die Leiche der Frau, die gestern abend bei einem Unfall mit Fahrerflucht in Süd-Bridpool ums Leben kam, wurde mittlerweile als die von Miss Hilda Trevis aus Woodhoe House in Woodmouth identifiziert. Wenn jemand den Unfall beobachtet hat, der sich in der Nähe der Anschlußstelle Grenville Road und Bath Crescent ereignete, oder Informationen darüber geben kann, so möchte er sich bitte an die Polizei, Telefon Bridpool 9000, wenden. Ich wiederhole ...«

Minnie Todd nickte grimmig, die dünnen Lippen zusammenpressend. Das war der Beweis, wenn es eines bedurfte, daß Lupac ein skrupelloser und gefährlicher Kämpfer war, bereit, seine Position mit allen Mitteln zu verteidigen. Wie überrascht, dachte sie, um nicht zu sagen ungläubig wäre die Polizei, wenn sie die Aufnahme seines Gesprächs mit Hilda hören könnte.

Aber Mrs. Todd hatte vorläufig nicht die Absicht, zur Polizei zu gehen.

Sie sah gereizt auf ihre Uhr und schob den Schellfisch zum Warmhalten in den Herd: Basil würde zu spät zur Chorprobe kommen, wenn er nicht bald auftauchte.

Das Mädchen war mittlerweile eine Stunde über die Zeit, wo um alles in der Welt konnte sie bloß stecken? Von dieser Abweichung von seinem Plan ernsthaft beunruhigt, schwirrte Harry wie eine gereizte Schmeißfliege kreuz und quer durchs Zimmer, schaute auf seine Uhr, rieb sich ärgerlich die Augenlider, kaute auf den Lippen. Zehn Minuten, sagte er sich, ich gebe ihr noch zehn Minuten. Was er machen sollte, wenn sie bis dahin nicht auftauchte, hatte er nicht überlegt, aber ehe diese Entscheidung getroffen werden mußte, klopfte es leise an die Tür, und Harry stürzte mit der Begeisterung eines Kindes, das an Weihnachten den Postboten willkommen heißt, darauf zu.

Würde sie überrascht sein, ihn zu sehen? Sie mußte ihn natürlich sofort erkennen, und er hatte sich seine Begrüßungsworte genau zurechtgelegt:

»Meine liebe Mrs. Conroy! Sie werden zweifellos überrascht sein ...«

Aber das Mädchen auf der Schwelle sah ihn ohne den leisesten Schimmer des Wiedererkennens in den Augen an.

»Sie *sind* doch Mrs. Conroy, nicht? Caroline? Hildas Schwester?«

»Ich ... ich weiß nicht«, sagte sie. »Es tut mir leid, Sie zu belästigen, aber ich finde mich nicht mehr zurecht. Ich habe mich verirrt, und ich habe vergessen, wer ich bin. Könnten Sie bitte einen Arzt anrufen?«

Er sah sie ausdruckslos an: ein kleines, zerbrechliches Mädchen, zartknochig, mit flauschigem, ziemlich dunklem Haar. Kein bißchen wie Hilda; das hieß allerdings nichts, denn Hilda hatte ihm gesagt, daß sie und ihre Schwester äußerlich ganz verschieden seien. Das Mädchen lächelte ihn zittrig an.

»Es ist so albern, nicht wahr«, sagte sie. »Albern, aber für mich ist es ein bißchen erschreckend. Ich wäre Ihnen so dankbar, wenn Sie jemanden anrufen könnten.«

»Ich habe keinen Telefonanschluß«, sagte er.

Er war rasend vor Ärger. War sie Caroline? Bluffte sie? Hatte sie ihn sofort erkannt und die Gefahr geahnt? Er sah sie noch einmal eingehend an. Wenn es so wäre, konnte er nur versuchen, sie auszutricksen; sie konnte es kaum lange aufrechterhalten.

»Kommen Sie herein und setzen Sie sich«, sagte er, sich freundlich und ungezwungen gebend. »Sie müssen erschöpft und verängstigt sein. Ich gebe Ihnen etwas zu trinken, und wir überlegen, was am besten zu tun ist.«

Er beobachtete sie wie ein Habicht, als sie in das kleine Zimmer kam, da ihm Hildas Geschichte einfiel, wie ihre jüngere Schwester mit ihrem Freund hier von der wütenden Mutter ertappt worden war. Aber das Mädchen zeigte keine Reaktion. Sie warf kaum einen Blick auf ihre Umgebung, sondern setzte sich wie ein gehorsames Kind auf den Stuhl, den er ihr zurechtrückte. Auf dem Tisch lag eine Geige, aber ihr Blick glitt gleichgültig darüber weg und verharrte auf der Blumenvase. »Es ist so lächerlich«, sagte sie mit entschuldigendem Unterton, »ich kann mich erinnern, wie diese Blumen heißen, aber nicht, wie ich heiße.«

»Erinnern Sie sich überhaupt an irgend etwas von sich?« fragte Harry. Er wandte ihr den Rücken zu und goß einen äußerst steifen Gin ein.

Sie schüttelte den Kopf. »Ich kann mich an ein paar *Dinge* erinnern, an ein Nadelbuch aus Leder und ein Bild von Bergen und einen Morgenmantel mit Kaninchen auf den Ärmeln – den hatte ich wohl, als ich noch klein war. Sonst nichts.«

»Hier, trinken Sie das«, sagte Harry und reichte ihr das Glas. Er wühlte in einer Schublade und fand ein paar Schnappschüsse von Hilda. »Kennen Sie diese Person?«

Er beobachtete sie scharf, als sie die Bilder betrachtete. In ihrem Gesicht regte sich kein Muskel; nach dem zu schließen, was sie an Zeichen des Wiedererkennens von sich gab, hätten es Porträts der Infantin von Kastilien sein können. Enttäuscht nahm er sie an sich, riß sie mittendurch und warf sie achtlos in den Kamin.

»Meinen Sie, Sie haben irgendeinen Schock oder Schreck erlitten?« fragte er vorsichtig. »Man verliert manchmal kurzfristig das Gedächtnis, wenn man einer großen Belastung ausgesetzt ist. Das nennt man Fugue – eine Art Flucht vor Problemen.«

»Ich weiß nicht«, sagte sie. Sie preßte sich die Finger gegen die Augenlider. War irgend etwas in ihr verborgen – Angst, die wie ein böser alter Mann mit einer Kerze in den Tiefen ihrer Gehirnwindungen lauerte? Angst wovor? Vor wem?

Harrys Augen, die sie musterten, waren so hell und undurchsichtig wie Ziermünzen. Er preßte die Lippen zusammen, und auf seinen Wangen bildeten sich zwei lange, senkrechte Falten. Er konnte sich nicht entscheiden, was er tun sollte. Es war höchst wahrscheinlich, daß dieses Mädchen

Caroline war. Er fühlte sich versucht, seinen ursprünglichen Plan auszuführen, sie zu erledigen und ihre Leiche in Piper's Patch, dem schwabbeligen, übelriechenden Sumpfstück im Moor, loszuwerden. Dort konnte sie ungestört verrotten; dort würde keiner ihre Leiche finden. Wenn dieses Mädchen Caroline war, würde niemand auch nur ansatzweise wissen, wo man nach ihr suchen mußte, da er sie mit solchem Nachdruck gebeten hatte, niemandem zu sagen, wo sie hinging. Man würde ihr eigenartiges Verhalten der letzten Zeit berücksichtigen; man würde wahrscheinlich annehmen, sie sei übergeschnappt und entweder ins Meer gesprungen oder weggelaufen. Man würde in ganz England nach ihr suchen. Unterdessen würde der unbekannte Mieter zur gegebenen Zeit sein Mietverhältnis kündigen, sich still und leise davonmachen und jede Verbindung mit der Gegend abbrechen. Niemand hätte irgendeinen Anlaß, ein vermißtes, geistesgestörtes Mädchen mit Harry Lupac in Verbindung zu bringen. Um seine Identität vor den Dorfbewohnern verborgen zu halten, hatte er seine Nahrungsmittel fürs Wochenende stets in Bridpool gekauft und es fast immer so eingerichtet, daß er nachts ankam und abfuhr.

Er war mittlerweile mehr denn je geneigt, seine Auseinandersetzung mit Hilda zu bedauern, aber nicht ernsthaft; Harry hatte zu viel Selbstvertrauen, um sich über eine seiner zurückliegenden Taten übermäßig Gedanken zu machen.

Aber wenn das Mädchen nicht Caroline war? Angenommen, sie war irgendeine Naturliebhaberin oder gehörte zu einer Gruppe von Ausflüglern oder Wanderern, hatte sich versehentlich von ihren Freunden entfernt und an einem Baum den Kopf gestoßen? Sie wären alle wie ein Wolfsrudel auf der Suche nach ihr. Angenommen, sie war von hier und hatte ihrer Familie gesagt, sie ginge zur Abwechslung mal über Whistle Cottage spazieren; ein Mädchen von hier, das an Anfällen von Gedächtnisverlust litt und ihrer Mutter stets sagte, wohin sie ging ...

»Trinken Sie das«, sagte er gereizt. »Sie haben es ja kaum angerührt.«

»Es ist sehr stark«, sagte das Mädchen. Sie nippte daran. »Bitte, meinen Sie nicht, Sie sollten mich besser ins nächste Krankenhaus bringen? Es tut mir leid, Ihnen Umstände zu machen, aber das wäre bestimmt das beste. Wenn mein – wenn jemand nach mir sucht, würde er sich bestimmt mit Krankenhäusern in Verbindung setzen.«

»Langsam, langsam«, sagte Harry. »Nach allem, was wir wissen, kommen vielleicht im nächsten Moment Ihre Mutter, Ihr Großvater, Ihr Mann und drei von Ihren Tanten auf der Suche nach Ihnen den Weg herauf. Es wäre dumm, wenn wir ihnen nicht die Chance gäben, hier zu erscheinen.«

Sie lächelte schwach. Sie sah sehr jung und verletzlich aus. Harry versuchte sich zu erinnern, ob Hilda ihm Carolines Alter gesagt hatte. Zwanzig? Einundzwanzig? Er wußte, sie war noch nicht sehr lange verheiratet. Hilda hatte noch den frischen, wütenden Groll über Carolines Heirat im Minderjährigenalter gehegt, und er hatte ihr eines Abends, halb neckend, halb inquisitorisch, alles aus der Nase gezogen, als er diese Schicht bitteren Hasses entdeckte.

»Kinderheirat – *so* süß – kaum trocken hinter den Ohren – igitt, dieser selbstgefällige, kleine Tugendbold! Menschenskind, Harry, dabei ist sie noch nicht mal besonders hübsch. Männer finden diesen Seelchenblick wohl faszinierend, obwohl ich mir nicht vorstellen kann, warum – es steckt nichts dahinter. Vater hat sie immer mit einem Haufen kitschigem Blödsinn verhätschelt – seine schöne Tochter, mein Gott! Und heuchlerisch! Die ganze Zeit, während Mutter an uns herumgenörgelt, uns auf Bälle gehetzt und uns eingehämmert hat, wir würden sitzenbleiben, wenn wir uns nicht schleunigst einen Mann schnappen, hat die schlaue kleine Caroline sich heimlich hier heraufgeschlichen und mit Tim getroffen. Jugendliche Romanze. Beim Tanzunterricht kennengelernt, *so* hübsch und schicklich. Mutter war fuchsteufelswild, als sie rauskriegte, wie lange die Affäre schon dauerte – sie hat beinahe ihre Zustimmung zur Heirat verweigert. In der Öffentlichkeit war sie natürlich hellauf begeistert – so eine gute Partie, seine Familie so wohlhabend – ahh, mir wird übel, wenn ich bloß dran denke. Ständig hatte Caroline alles Glück – sie war diejenige, die auf die gute Schule geschickt wurde, um Freundschaften mit netten, feinen Leuten zu schließen, während ich als eine Art weiblicher Stallknecht arbeiten gehen mußte.«

»Das war doch dort, wo du rausgeflogen bist, weil du den Sohn des Hauses verführt hast? Und dann hat Caroline auch noch das Glück, diese hübsche, vorteilhafte Ehe mit einem reichen jungen Mann zu schließen. Saure Trauben, wie?«

Seine Stimme war nicht sehr liebenswürdig. Sie drehte sich um und schlug ihm die Zähne in die Schulter.

»Du brauchst nicht zu glauben, daß ich auf den faden Tim scharf bin, auch wenn er als Ölmagnat endet. Er ist sterbenslangweilig. Öde, solide, zuverlässig – vom Hals aufwärts massive Knochenmasse.«

»Na, dann mißgönn ihn deiner kleinen Schwester nicht.« Er grinste. »Du kannst das arme Mädchen auf den Tod nicht ausstehen, stimmt's? Hättest du gern, daß sie stirbt?«

»Um Himmels willen, nein. Der Tod wäre ein Fluchtweg für sie; es ist viel schlimmer, wieder in Woodhoe zu sein«, sagte Hilda mit vor zufriedener Gehässigkeit strahlenden Augen.

Jetzt versuchte Harry, das Mädchen in dieses Bild einzupassen – wie sie ihre jugendliche Romanze vor ihrer feindseligen Mutter und Schwester geheimhielt, sich zu diesem Zufluchtsort im Wald davonstahl, um sich mit ihrem Liebsten zu treffen. Und dann die unvermeidliche Entdeckung. Ja, sie paßte sehr gut hinein, sie wäre als Julia eine gute Besetzung.

Er war fast sicher, daß sie Caroline sein mußte.

»Versuchen Sie sich an Ihre Kindheit zu erinnern«, drängte er. »Ich glaube, das ist eine Möglichkeit, die Erinnerung zurückzugewinnen. Fangen Sie mit irgend etwas an, woran Sie sich erinnern können und spinnen Sie dann ein kleines Netz drumherum – aus Einzelheiten, Phantasien, ganz gleich.«

Sie sah ihn hilflos an. »Ich kann nicht«, sagte sie.

»Denken Sie noch einmal nach.« Er war freundlich, überzeugend, ermutigend. »Ich helfe Ihnen. Ihr Kinderzimmer, als

Sie klein waren. Spielzeug, Bilder – vielleicht eine Puppe? Der Morgenmantel mit den Kaninchen. Denken Sie an das, was Sie so gemacht haben – bei Ihrer Mutter auf dem Schoß gesessen, am Kamin Kastanien geröstet?«

Ihr Gesicht zeigte keine Empfindung.

Er fuhr fort: »Denken Sie daran, wie Sie zur Schule gegangen sind – das haben Sie bestimmt gemacht. Stellen Sie sich vor – wie die schwere Tasche Ihnen ins Handgelenk schneidet, wenn Sie Ihnen am Arm hängt«, sein Blick huschte von ihrer gequetschten Hand zu ihrem Gesicht und wieder zurück, »die Sonne scheint, die Weißdornhecken sind grün, es ist Frühling. Denken Sie nach. Denken Sie an das Geschrei anderer Kinder auf der Straße, Kinder, die zur Seite wuseln, wenn ein Auto vorbeikommt«, wieder flitzte sein Blick, hell, raubgierig, auf ihr Gesicht. Er schlug auf der Armlehne seines Stuhls einen kleinen Trommelwirbel.

»Ich glaube«, sagte sie mit gequälter Stimme, »ich erinnere mich an etwas. Da war ein Junge ...«

»Nehmen Sie noch ein Schlückchen. Ein Junge, ja?«

»Er hat immer gerufen: ›Wer ist Medusa?‹ «

»Wer ist Medusa?«

»Ich hab vor den anderen Kindern Angst gehabt. Sie haben mich immer geärgert. Und eines Tages hab ich gerufen: ›Ich hetze Medusa auf euch.‹ Die fanden das einen tollen Witz, und danach – ach, jahrelang – hat dieser Junge immer ›Wer ist Medusa?‹ gerufen, wenn er mich gesehen hat.«

»Wer waren Sie?«

»Ich weiß, ich war häßlich ... jemand ... jemand hat mir das immer wieder gesagt. Ich hab mir immer gewünscht, ich wäre so häßlich, daß sie, wenn sie mich ärgern, zu Stein werden, wenn ich sie ansehe.«

»*Wer waren Sie*? Wer hat Ihnen diese Geschichte erzählt?«

Sie runzelte konzentriert die Stirn, hielt den Atem an, preßte die Finger gegen die Stirn. Aber als sie wieder zu ihm aufblickte, war ihr Blick hoffnungslos.

»Es hat keinen Sinn. Es fällt mir nicht ein.«

»Trinken Sie das. Das hilft Ihnen. Entspannt Sie. Wenn ich Sie nur hypnotisieren könnte. Meinen Sie, das könnte ich?« Seine Augen bohrten sich in ihre, und so saßen sie eine Weile reglos da und starrten einander an. Dann brach Harry in ein leises Kichern aus. »Wie albern wir aussehen müssen, wie wir in einem winzigen Zimmer in einer gottverlassenen Gegend dasitzen und uns anstarren. Was für eine lächerliche Situation das ist. Finden Sie nicht auch? Ziemlich pikant, meinen Sie nicht? Soll ich Ihnen meinen Namen sagen? Ich heiße Lupac, Harry Lupac. Ich bin Geiger, ein ziemlich berühmter. Sagt Ihnen der Name irgend etwas?«

Er verstummte unvermittelt und starrte sie verstohlen an. Aber sie flocht ihre Finger ineinander und zeigte keine Reaktion.

»Meinen Sie«, sagte sie gleich darauf, »ich könnte etwas zu essen haben? Ich habe Hunger, und ich glaube, ich fühle mich ziemlich schwach.«

»Natürlich, natürlich«, sagte er, verfiel von Heiterkeit wieder in Verärgerung. Er hatte Lust, sie zu ohrfeigen, zu schlagen, irgendwie die Erinnerung aus ihr herauszuprügeln. Es wäre amüsant, dieses Ratespiel mit einem unbekannten Mädchen auf einer einsamen Insel zu spielen, aber die Zeit verstrich, die Dunkelheit brach herein ...

Er ging wütend in die Speisekammer und klapperte mit Tellern und Corned beef. Miststück – sie würde überall Fingerabdrücke hinterlassen, und darum würde er sich hinterher kümmern müssen. Wenn sie Caroline war.

Dann fiel ihm etwas ein, das Hilda gesagt hatte. *Eines dieser dünnen, dunkelhaarigen Mädchen, der Typ, an dem dir nichts liegt.* Obwohl keine wirkliche Ähnlichkeit vorlag, glich dieses Mädchen vom Typ her ganz sicher seinen eigenen Schwestern, was reichte, ihn auf die Palme zu bringen, ihn gereizt und nervös zu machen. Sie *mußte* Caroline sein!

»Wenn Sie zur Schule gingen«, rief er durch die offene Tür, »waren Sie da allein? War Ihre Schwester nicht bei Ihnen?«

»Nein«, sagte sie sofort. »Meine Schwester war älter. Sie war damals von zu Hause weg.«

»Ah!« stieß er hervor. Mit triumphierendem Schwung bückte er sich und stellte den Teller mit Brot und Corned beef neben sie. »Moment noch« sagte er, als sie danach griff. »Wie hieß Ihre Schwester?«

Sie dachte einen Moment nach. »Dee. Sie hieß Dee.«

»Dee? Nicht Hilda?«

Sie saß steif da und schlug dann in einer Geste der Verzweiflung die Hände vors Gesicht.

»Ach, ich weiß nicht. Ich kann mich nicht erinnern.«

»Macht nichts.« Er tätschelte sie wie einen braven Hund. »Essen Sie Ihre Sandwiches. Wir kommen ausgezeichnet voran.«

7

Freitag, 27. August – Abend

»Tim, Lieber. Wie schön, daß du so schnell gekommen bist«, sagte Lady Trevis, aber in ihrer Stimme lag keine Herzlichkeit. Sie sah abgehärmt aus. Ihre Augen waren tief eingesunken, glänzten stark, und auf jedem Wangenknochen war ein roter Fleck. Ihre Lippen waren krustig. »Was soll ich sagen? Es ist unsagbar erschütternd. Ich bin buchstäblich ein Wrack. Dr. Campbell hat mir irgendein Zeug gegeben, und ich habe bloß noch auf dich gewartet, um mit dir zu sprechen, dann nehme ich es und schlafe ein bißchen, sonst bin ich dieser gräßlichen Tortur morgen nie und nimmer gewachsen. Ach so, das habe ich vergessen. Das hier ist Inspektor Gleason; seine Leute suchen nach Caroline, er ist gekommen, um das Telefon zu benutzen oder so was. Herr Inspektor, das ist der Mann meiner jüngeren Tochter.«

»Tut mir leid, Sie schon wieder belästigen zu müssen, Ma'am«, sagte der Inspektor, der offenkundig eine heftige

Abneigung gegen Lady Trevis gefaßt hatte. »Noch keine Neuigkeiten, fürchte ich. Ich wollte nur im Revier von Barlock anrufen und noch mehr Ausrüstung anfordern.« Er ging in die Telefonnische und hantierte mit dem altmodischen Wandapparat.

Tim sah sich entsetzt in der vertrauten Halle um. Er war todmüde. Alle seine Wahrnehmungen wurden durch die Erschöpfung schmerzhaft geschärft. Es kam ihm so vor, als läge ein Gifthauch von Verzweiflung über diesem Haus, hinter dem unvergessenen Geruch nach räudigen Hunden, Trockenfäule, abgestandenem Blumenwasser, modernden Lederpolstern ... Die ausgestopften Tierköpfe an den Wänden waren noch mottenzerfressener, die Teppiche noch löchriger als bei seinem letzten Besuch. Sonst konnte er keinen Unterschied erkennen. Es sah so aus, als habe niemand einen Staubwedel geschwungen oder ein Fenster geöffnet, seit er vor vier Jahren gekommen war, um über den Hochzeitsablauf zu sprechen.

Wie hätte sich Caroline in diesem Haus je erholen können, wie hatte er je zulassen können, daß sie hierher kam? Wenn der Arzt nicht so darauf bestanden hätte, daß sie in England blieb, weg vom Schauplatz der Tragödie – wenn er selbst nach dem Brand auf dem Ölfeld nicht so schrecklich überarbeitet gewesen wäre ...

Vor der Glasscheibe der Eingangstür tauchte eine Mädchengestalt auf, und sein Herz schlug höher, und er dachte, es ist Caroline, und ging ihr aufmachen. Aber natürlich war es nicht Caroline, das Mädchen hier war gut zwanzig Zentimeter größer, ein großes, dralles, lockenköpfiges Mädchen.

»Lorraine«, sagte er ohne Freude und dann, da die Höflichkeit es erforderte: »Komm doch herein.«

»Tim! Mein *Lieber*! Wie schön, dich zu sehen!« Sie kam mit ausgestreckten Händen herein, das Gesicht zu einem breiten Grinsen verzogen. »Ich hatte ja nicht die leiseste Ahnung, daß du ko-« Während sie das Bild, das sich ihr in der Halle bot, aufnahm – Lady Trevis abgehärmt wie eine Tragödin, der Inspektor geduldig mit dem Telefon hantierend –, schien ihr langsam aufzugehen, daß etwas nicht stimmte. »Was ist passiert?« Lady Trevis warf die Arme hoch. »Mein Gott, du kommst hierher und fragst, was passiert ist? Was ist eigentlich *nicht* passiert?«

All die holden Küchlein,* dachte Tim säuerlich.

»Caroline wird vermißt«, erklärte er Lorraine, deren große, pflaumenblaue Augen so eifrig auf ihn gerichtet waren, daß er sich fragte, ob sie überhaupt aufnahm, was er ihr gesagt hatte. »Sie ist gleich nach dem Lunch mit einem von den Hunden weggegangen, vor mittlerweile sechs, sieben Stunden ...«

»Aber es geht nicht nur um Caroline, sondern auch um Hilda!« unterbrach Lady Trevis schrill. »Hast du gehört, Lorraine, hast du gewußt, daß die liebe Hilda ...«

»Nein! Nein, Sie wollen doch nicht sagen ...« Lorraine war entgeistert. »Hilda auch? Wie um alles in der Welt ...«

Von ihrem erregten Wechsel von Strophe und Antistrophe fast bis zum Platzen gereizt, wandte sich Tim von ihnen ab und dem Inspektor zu, der endlich das Revier erreicht hatte. Er versuchte mitzubekommen, was Gleason sagte.

»... noch dreißig Meter Seil. Müssen es entlang der Klippen probieren.«

»Caroline hat sich in den letzten Wochen so verdammt komisch verhalten«, sagte Lady Trevis mit ihrem durchdringenden Krächzen. »Wahnvorstellungen über alles mögliche, Verdächtigungen, Verfolgungswahn. Floras Tod hat ihr wahrscheinlich den Rest gegeben. *Ich* glaube, sie muß irgendeinen Anfall von Umnachtung bekommen haben und in den Fluß gesprungen sein oder so etwas.«

Als sie Tims Blick begegnete, zögerte sie leicht, fing sich dann aber und rief: »Na, du warst doch neulich selber da, Lorraine, oder, als sie sich wegen Floras Tod so aufgeführt und sich die Schuld gegeben hat. Und dieses ganze Theater um ihr Stärkungsmittel, daß sie behauptet hat, von den Pillen würde ihr schwindlig. Lächerlicher Unsinn.«

* Zitat aus *Macbeth*, IV, 3. Mit dieser Äußerung reagiert Macduff auf die Nachricht von der Ermordung seiner Kinder (A. d. Ü.).

»Aber ihr wurde doch schwindlig«, sagte Lorraine. »Sie ist am Dienstag ins Wasser gefallen ...«

»Sie hätte soviel Verstand haben sollen, nicht schwimmen zu gehen ...«

»Sie hatte keine große Lust«, sagte Lorraine zerknirscht. »Ich fürchte, ich habe sie überredet ...«

Tim hörte mit halbem Ohr zu und versuchte gleichzeitig zu verstehen, was der Inspektor ins Telefon sagte.

»Außerdem Schleppnetze, für Wemmary Pool, im Moor. Haben Sie das verstanden? Die Verbindung ist fürchterlich.«

Wenn sie sie finden, gelobte Tim, bleibt sie keine Nacht länger in diesem Haus, und wenn wir im Polizeirevier schlafen müssen. Voller Haß sah er sich in dem hohen, dunklen Raum um. Sich vorzustellen, jeden Morgen, wenn man herunterkam, diese fürchterlichen viktorianischen Ölschinken von Bernhardinern sehen zu müssen. Ich habe solchen Mist gebaut, Caroline, mein Liebling. Wenn sie dich bloß, wenn sie dich bloß finden, tue ich alles, ich nehme mir ein Jahr frei, schmeiße den Krempel hin, wenn Onkel Sean mich nicht läßt; wir fahren nach Griechenland, irgendwohin, überallhin. O Liebling, komm zurück, bitte komm nicht um ...

Eine untersetzte, schwach vertraute Gestalt kam herein, das Gesicht vom Weinen verschwollen, in den Händen ein Teetablett.

Mit Mühe erinnerte er sich an sie: Gladys, das Hausmädchen, das gekündigt hatte, um einen Polizisten zu heiraten; sie hatte Caroline immer ziemlich gemocht.

»Ach, die arme Miss Caro, Sir«, sagte sie. »Ich hoffe ja so, es passiert ihr nichts. Ich hab zu Hause keine Ruhe gehabt, wie ich an sie denken mußt, und irgendwo war alles meine Schuld, weil wenn ich sie heut nachmittag nicht so aufgeregt hätt, hätt sie's nicht so umgeworfen. Ich frag mich, wo sie bloß sein kann. Ich mach mir ständig Vorwürfe.«

»Unsinn, Gladys«, sagte Lady Trevis. Was lag da in ihrem Ton? Zufriedenheit? Etwas Gehässiges, wovon Tim ein unangenehmes Gefühl bekam. »Es war nicht Ihre Schuld. Versuchen Sie nicht, sich wichtig zu machen. Miss Caroline ist immer komischer geworden, da beißt die Maus keinen Faden ab. Sehen Sie sich doch an, wie sie ständig alles verlegt hat – Kleider, Schlüssel, Geld, Schmuck, diese Tabletten – alles hat sie verschlampt. Und schlafgewandelt ist sie – Hilda hat gesagt, sie wäre Caroline ein halbes Dutzend Mal begegnet, wie sie durchs Haus strich, und am nächsten Tag hat sich Caroline überhaupt nicht mehr daran erinnert. Und Schlangen hat sie gesehen – sie hat gesagt, sie hätte letzte Woche im Bad eine gesehen, dabei war's nur ein Stück Stoff. Sie ist eindeutig immer gestörter geworden. Hat Hilda dir geschrieben, daß sie Seiten aus Büchern herausgerissen hat?«

»Seiten aus Büchern?« Ihm war übel; es war eine alptraumhafte Geschichte. Und warum hatte Dr. Galbraith nichts davon gewußt?

»Wir mußten alle Bücher wegräumen, denn wenn etwas über Kinder oder Babies darin stand, hat sie die Seiten herausgerissen und verbrannt.«

Tim starrte sie in ungläubigem Entsetzen an, aber Gladys unterbrach.

»Aber nein, M'lady, das war Miss Hilda, die war das.«

»Hilda?« sagte Lorraine mit hervorquellenden Augen.

»Was für ein Unsinn«, sagte Lady Trevis ärgerlich. »Sie wissen nicht, wovon Sie reden.«

»Doch, weiß ich wohl«, beharrte Gladys. »Ich hab Miss Hilda mal dabei gesehen. Sie hat Seiten aus einem Buch rausgerissen und sie verbrannt. Ich bin ins Zimmer gekommen, wie sie dabei war, und sie hat gesagt: ›Das mach ich, damit Miss Caroline sich nicht aufregt. Alles, was sie erinnert, regt sie zwangsläufig auf.‹ Ziemlich fix und barsch war sie; ich fand's damals ein bißchen komisch.«

»Sie träumen«, sagte Lady Trevis. »Machen Sie mal lieber damit weiter, Hildas Sachen zusammenzupacken. Das Mädchen ist so gut wie schwachsinnig«, sagte sie zu Tim, als Gladys gegangen war. »Sie hat vor ein paar Tagen selbst ihr Kind verloren; Caroline hatte irgendeine wirre, verstiegene Vorstellung, sie seien Leidensgenossinnen, und hat darauf bestanden, Gladys einen Blumenstrauß zu bringen und sie meschugge zu machen und sich selber auch.«

Der Inspektor beendete sein Telefongespräch mit den Worten: »Ich warte dann hier mit dem kleinen Wagen, bis Sie kommen«, und legte auf. Lady Trevis offerierte ihm ziemlich ungnädig Tee, und er nahm eine Tasse an. Tim goß Lorraine schweigend eine Tasse ein. Ihre von Mitgefühl und Rührseligkeit feuchten Augen trafen auf seine, als sie die Tasse von ihm entgegennahm; unbehaglich sah er weg.

»Sie sind ganz sicher, daß Ihnen kein besonders bevorzugter Platz einfällt, wo Ihre Tochter hingegangen sein könnte?« fragte Inspektor Gleason. Lady Trevis zuckte die Achseln.

»Sie hat überall hier meilenweite Spaziergänge gemacht. Das ist eine verlassene Gegend.«

»Sie erinnern sich an keine Besonderheit in ihrem Verhalten während der letzten vierundzwanzig Stunden? Beim Frühstück, oder gestern abend oder im Laufe des Tages?«

»Beim Frühstück hat sie geschmollt, wie üblich. Gestern abend hat sie sich fürchterlich aufgeregt; ich habe Ihnen ja gesagt, daß sie zu glauben schien, es sei ihre Schuld, daß meine Kusine in den Fluß gefallen ist. (Caroline hätte sich um die Bücherei kümmern sollen, nur hat sie eines ihrer eingebildeten Leiden bekommen und Flora gebeten, für sie einzuspringen.) Nach dem Abendessen hat sie eine lange Auseinandersetzung mit mir gehabt, weil sie darauf bestand, daß sie gesund genug sei, zu ihrem Mann zu fahren; natürlich haben wir da noch nicht gewußt, daß du hierher unterwegs warst«, sagte Lady Trevis, unterbrach sich und warf ihm ein irritierend künstliches Grinsen zu, das ihre Prothese vollständig bloßlegte. »Da habe ich das Radio angemacht, um den Streit zu beenden, und sie ist in Tränen ausgebrochen und aus dem Zimmer gerannt.«

»Ich verstehe«, sagte der Inspektor. »Um welche Zeit gestern abend war das? Ist sie unmittelbar zu Bett gegangen? Hätte sie weggehen und sich mit jemandem treffen können?«

»Das kann ich leider nicht sagen. Das war kurz nachdem

Hilda angerufen und gesagt hat, sie würde über Nacht in Bridpool bleiben und nicht nach Hause kommen. Caroline hat den Anruf entgegengenommen.«

»Miss Trevis hat angerufen?« Der Inspektor war plötzlich hellwach. »Davon hatten Sie nichts gesagt. Sind Sie sicher, daß Sie sich nicht genauer an die Zeit des Anrufs erinnern können – es würde helfen, Miss Trevis' Todeszeit zu bestimmen.«

»Meine Güte, woher soll ich das wissen? Caroline ist drangegangen, sie war nicht mehr als eine Minute am Apparat, und danach haben wir uns gestritten, und ich habe das Radio angemacht. Da fällt mir ein, Sie können es anhand der Programmzeitschrift feststellen; ich weiß noch, was ich angemacht habe – es war so ein gräßlicher Geiger, der klassisches Zeug gespielt hat – Lucas, Lustig, oder so ähnlich.«

»Geiger?« Der Inspektor setzte abrupt Tasse und Untertasse ab.

Mit unwilliger Nachsicht gegen seine vermeintliche Unkenntnis des Begriffs suchte Lady Trevis die Stelle in der Programmzeitschrift. »Da haben Sie's. Harry Lupac, zweiundzwanzig Uhr fünfzehn.«

Tim konnte die Untätigkeit im Zimmer plötzlich keinen Augenblick länger ertragen.

»Wenn es geht, möchte ich Sie begleiten, Herr Inspektor, wenn Sie wieder gehen. Lady Trevis, haben Sie etwas dagegen, wenn ich solange hinaufgehe und mich in Carolines Zimmer umsehe? Vielleicht hat sie ein Tagebuch oder so etwas geführt – vielleicht bringt mich das auf irgend etwas.«

»Gewiß, wenn du möchtest«, sagte Lady Trevis kalt. »Herr Inspektor, bitte halten Sie mich nicht für gefühllos, aber ich habe die Sachen der armen Hilda identifiziert, und bis morgen kann ich ohnehin nichts weiter tun, außer warten wie bestellt und nicht abgeholt, deshalb nehme ich jetzt meine Tabletten und gehe schlafen. Du entschuldigst mich doch, nicht wahr, Lorraine?« sagte sie und hob die gezupften Brauen, als frage sie sich, warum Lorraine überhaupt noch bei ihnen war. »Bitten Sie Hudson um alles, was Sie brauchen, Herr Inspektor – fühlen Sie sich *ganz* wie zu Hause.«

Ihr ironischer Tonfall war Gleason nicht entgangen, und er erwiderte freudlos: »Vielen Dank, Lady Trevis.« Lorraine zögerte, fühlte sich nicht wohl in ihrer Haut, wollte ungern gehen, war unsicher, ob sie bleiben sollte.

Tim stand einen Moment da und schaute das dunkle Treppenhaus hinauf, das mit seinem Hammelgeruch und seinen riesigen Bildern von großen, zottigen, unwahrscheinliche Rettungstaten vollbringenden Hunden den Kern des Hauses einnahm. Tatsächlich war er noch nie im oberen Teil des Hauses gewesen, hatte nie das Schlafzimmer aus Carolines Kindheit gesehen. Aber er würde Lady Trevis nicht fragen, wo es lag. Er wartete, bis ihr leichter, nervöser Schritt verklungen war.

Ein alter weißhaariger Mann kam an ihm vorbei, ärgerlich vor sich hin brummelnd.

»Wissen Sie ...« begann Tim.

Hudson drehte sich um und sah ihn geistesabwesend an. Tim sah, daß ihm Tränen über die Wangen liefen.

»Ich hab gewußt, was dabei rauskommt!« sagte er. »Ich hab versucht, sie zu warnen. Ich hab gewußt, daß das intrigante Luder sie früher oder später zur Verzweiflung treibt. Ich hab getan, was ich konnte, ich hab die Tabletten weggeschmissen, aber was hat's für einen Sinn; sie's tot, und sie war die einzig Anständige von der ganzen Bagage. Der verfluchte, nichtsnutzige Hund kommt zurück, o ja, aber sie kommt nich' wieder zurück. Sollen die, die sie gequält haben, in der Hölle verrotten, sag ich.« Er warf Tim einen trüben Blick zu und deklamierte zittrig: *»Des Waisen Fluch zur Hölle zerrt Einen Geist vom Himmel droben«*, ehe er weiterging und durch einen Bogengang verschwand. Tim starrte ihm einen Moment nach und lief dann leise nach oben. Auf dem Treppenabsatz traf er auf Gladys, die in jeder Hand einen Koffer hatte.

»Können Sie mir das Zimmer meiner Fr – von Miss Caroline zeigen?« sagte er.

»Das ist hier entlang, Sir, neben dem von Miss Hilda. Ich bin nebenan und packe Miss Hildas Sachen zusammen, falls Sie mich irgendwie brauchen.«

»Sie packen sie zusammen?«

»Lady Trevis hat gesagt, ich soll alle Sachen von Miss Tidbury und Miss Hilda zusammenpacken und aus dem Haus schaffen. Sie will sie nicht mehr sehen. Sie ist . . . sie ist ziemlich durcheinander«, sagte Gladys etwas unangemessen.

»Ja.«

Tim ging durch die Tür, die sie ihm zeigte, und machte in Carolines Zimmer das Licht an.

Es war rechteckig und altmodisch, mit Messingbettgestell und weißer Tagesdecke, einem Teppich im Veilchenblau billiger Bonbons und Porzellangegenständen mit weidenumwikkelten Henkeln. Die Atmosphäre war kalt und dumpfig; das Zimmer roch nach Schimmel.

Vom Nachtschränkchen lächelte ihm mit falscher Heiterkeit sein Foto zu; abgesehen davon gab es keine Spur von Caroline außer einem Paar Sandalen, die verloren mitten auf dem Teppich lagen, wie verlassene Kinder auf dem Spielplatz eines Waisenhauses. In den Schubladen waren allerdings ihre Kleider.

Tim setzte sich aufs Bett und starrte um sich, versuchte, irgendeine Schwingung aufzunehmen, die ihm verriet, was Caroline gedacht, vorgehabt hatte. Es hätte ein Zimmer in einem zweifelhaften Hotel sein können, es teilte nichts mit. Er zog eine flache Schublade in dem zerbrechlichen kleinen Nachttisch heraus und fand ein Blatt Luftpostpapier mit drei Worten darauf: *Tim, mein Liebling.*

Das ließ ihn aufstöhnen, und zur Seite sinkend drückte er einen Moment das Gesicht gegen die trostlose Dunkelheit ihres Kissens. Ach Schatz, dachte er, was ist in diesem Haus mit dir passiert?

Hier gab es keine Antwort auf seine Frage. Die Kühle des Zimmers begann ihm bis ins Mark zu dringen. Nebenan konnte er Gladys herumpoltern hören, und so ging er hinüber, um mit ihr zu sprechen.

Hildas Zimmer ähnelte dem von Caroline, wirkte aber durch ein Gewirr von Kosmetikartikeln, Schmuck und Briefen wohnlicher. Im Moment war es mit Kleidern überhäuft, die Gladys aus den Schubladen genommen hatte. Es hatte eine traurige Aura von Auflösung und Zerfall.

»Sie sagten, Sie haben meine Frau heute nachmittag gesehen, Gladys?« sagte er.

»Ja, Sir.« In Gladys' aufrichtigen Schmerz und Kummer mischte sich mehr als nur ein Anflug von Wichtigtuerei ob der Tatsache, daß sie offenbar der letzte Mensch gewesen war, der Caroline lebend gesehen hatte. Es war deutlich, daß sie ihre Geschichte zum vierten oder fünften Mal erzählte, und die Worte hatten eine balladesk unheilvolle Färbung angenommen:

»Daß sie dieses schreckliche Stück Stoff gesehen hat, das hat sie umgeschmissen, genau wie mich. Weiß wie ein Geist war sie. Ich hab mich aufs Bett gelegt, verstehen Sie, und sie hat mir so die Hand gedrückt, und kaum war sie weg, denk ich mein Gott! was hat sie damit gemeint? Sie ist durchs Tor weggerannt, hat sich die Augen ausgeweint, und dieses große Hundevieh hat an der Kette gezerrt, und seither hat sie niemand mehr gesehen. Wie ich's dann gehört hab, bin ich hergekommen, weil ich fragen wollt, ob ich nicht irgendwie was tun kann. Na, ich bitt sie! Sie und Miss Hilda, alle beide! Ist das nicht schrecklich für die arme Lady Trevis?«

Sie hatte die beiden Koffer gefüllt, stieg nun auf einen Stuhl und zerrte einen dritten vom Schrank. Er war verschlossen. Sie klinkte vergebens an dem Schnappschloß und öffnete es dann mit einem Schlüssel von einem Bund, den sie in einer Schublade gefunden hatte.

»Na, das ist aber komisch«, sagte sie, auf den Inhalt hinabstarrend. »Das ist Miss Caros silberner Slipper, den sie verloren hat. Oder nein, es ist wohl der andere. Miss Hilda hat ihn wahrscheinlich weggeräumt, um sie nicht aufzuregen.«

»Das ist Carolines Kameebrosche«, sagte Tim, der herbeigeschlendert kam und über ihre dralle Schulter auf das buntgemischte Durcheinander von Sachen in dem Koffer blickte.

»Die hat sie auch verloren, letzten Monat. War ganz unglücklich – lieber Himmel! Sie meinen doch nicht, Miss Hilda hat sie die ganze Zeit gehabt? Sie muß sie irgendwo gefunden haben – und was zum Kuckuck macht dieses häßliche Ding da, möcht ich wissen?«

»Da ist Carolines Adreßbuch ... und das ist ihr Füller ... und ihre Handtasche. Das sind alles Carolines Sachen«, sagte er.

Sie starrten sich über das kleine Häufchen hinweg an. Da war eine schwarze Plastikschlange, die Sorte, die man in Scherzartikelläden kaufen kann, und ein Wecker. Geistesabwesend nahm Tim ihn in die Hand, zog ihn auf und schaute nach der Zeit: halb zehn.

»Sie meinen doch nicht, Miss Hilda – das wär aber gemein!« sagte Gladys.

»Wie war diese Geschichte mit dem Herausreißen von Buchseiten, die Sie unten erzählt haben?« Tims Unbehagen in Gegenwart von Lady Trevis hatte ihn daran gehindert, die volle Bedeutung dieses Vorfalls zu erfassen, und nun hörte er, an den Zeigern des billigen Weckers herumdrehend, aufmerksam zu, während Gladys die Geschichte wiederholte.

»Da war doch noch etwas mit Tabletten – Tabletten, von denen ihr schwindlig wurde?«

»Davon weiß ich nichts, Sir.«

Es schien alles auf schreckliche Weise zusammenzuhängen – das Versteck mit gestohlenen Gegenständen, die Seiten aus den Büchern, Carolines Verzweiflung, Hildas heitere, gouvernantenhafte Briefe an ihn, in denen sie schrieb, Caroline erhole sich ziemlich langsam, sei immer noch schreckhaft und seltsam ...

»Ein absichtlicher Versuch, sie in einen erneuten Nervenzusammenbruch zu treiben?« sagte er mit einem Blick auf das glänzende, selbstzufriedene Zifferblatt der Uhr. »Aber warum? Warum sollte Hilda so etwas tun? Hat sie Caroline gehaßt?«

Der Wecker in seinen Händen erwachte plötzlich zu rasendem Leben und gab ein schrilles Klingeln in Doppeltönen von sich, das so geschickt gestimmt war, daß es sich wie eine Telefonklingel anhörte.

»Eigenartig, so was zu besitzen«, sagte Tim und starrte es verblüfft an. »Man würde meinen, daß es eine Menge Verwirrung stiftet – ach so, ich verstehe. Da ist die Schachtel. *Scherzwecker. Riesengelächter, verwirren Sie Ihre Freunde.* Wozu sie *das* wohl verwendet hat?«

Gladys' rundes, rosiges Gesicht war vor Entsetzen aus der Form geraten, ihr Mund ein erschrockenes Oval. »Aber Miss Caroline ist *ständig* gerannt, um ans Telefon zu gehen, und wenn sie dann dort war, war immer schon aufgelegt. So enttäuscht war sie immer. Am Ende ist sie gar nicht mehr jedesmal drangegangen – ich glaub, sie hat gedacht, sie bildet sich das Klingeln bloß ein.«

»Mein Gott«, sagte Tim. »Wenn das nicht kriminell ist ...«

»Es ist richtig gemein! Und dabei war Miss Caroline immer noch so durcheinander und traurig wegen – wegen dem kleinen Master Punch. Das hat uns allen so leid getan, Sir.« Verlegen schaute sie wieder nach unten und nahm die letzten Sachen aus dem Koffer heraus: ein Dutzend Langspielplatten. »Sind das auch Miss Caros, Sir?«

»Glaub ich nicht. Sie hat ihre Platten in Ras al-Abdan gelassen. Was ist es denn? Mozarts Violinkonzerte? Das sind wohl auch Hildas – am besten packen Sie sie zu ihren anderen Sachen. Das hier nehme ich.«

Inspektor Gleason steckte den Kopf zur Tür herein. »Ich wär dann soweit, Mr. Conroy, wenn Sie mitkommen möchten?« Sein Blick fiel auf den Stapel Schallplatten. »Harry Lupac ... Wem gehören die?«

»Miss Trevis, glauben wir.«

»Das ist ja interessant. Legen Sie die bitte vorläufig zur Seite, Mrs. Vernon. Ich würde sie mir gern näher ansehen. Alsdann, Mr. Conroy ...«

Er nickte Gladys freundlich zu.

Tim folgte dem kräftigen, Vertrauen erweckenden Rücken des Inspektors nach unten, wobei er sich fragte, wie Gleason reagieren würde, wenn er ihm sagte, daß Hilda absichtlich versucht zu haben schien, Caroline um den Verstand zu bringen.

Lorraine stand immer noch linkisch wie ein unerwünschtes Kind mit herabgezogenen Mundwinkeln in der Halle herum.

»Kann ich irgend etwas tun?« fragte sie Tim eifrig.

Er bemühte sich, freundlich zu sein. »Ich glaube nicht, vielen Dank, Lorraine. An deiner Stelle würde ich nach Hause gehen.«

Ihr hoffnungsvoller Blick erlosch. Sie wandte sich tieftraurig zur Tür.

»Ich rufe dich an, wenn es etwas Neues gibt«, sagte Tim. »Und du könntest morgen Lady Trevis anrufen – fragen, ob du dann irgend etwas tun kannst.«

»Okay«, sagte sie tonlos.

»Lorraine«, sagte er, einem plötzlichen Einfall folgend, »glaubst du, Hilda hat Caroline gemocht?«

»Hilda? Du lieber Gott, nein, sie konnte sie nicht *ausstehen*!« platzte Lorraine heraus. »Das sah ja ein Blinder. Ich glaube, das war schon immer so, schon als sie klein waren. Als Carey noch klein war, hat Hilda sie immer damit geärgert, daß sie häßlich wäre, bis das dumme Kind es geglaubt hat.«

»Ich verstehe«, sagte Tim langsam. Gleason winkte ihm vom Polizeiwagen aus zu. »Na denn, auf Wiedersehen«, sagte er zu Lorraine. »Jedenfalls danke fürs Schreiben. Wenn ich das alles bloß schon früher gewußt hätte ...«

Er stieg in den Wagen, vergaß Lorraine sofort, und seine Gedanken kehrten zu Hilda zurück – der kühlen, haßvollen, berechnenden Hilda. Warum hatte sie es getan? Was war ihr Motiv? Bloß die schiere Lust am Quälen? Eifersucht? Und dann, als das Auto wendete und mit seinen Scheinwerfern kurz die verkommene Fassade des Hauses erleuchtete, das über dem weißen Strudel des Zusammenflusses von Tebburn und Tare thronte, dämmerte ihm eine Ahnung von Hildas Motiv; Caroline sollte daran gehindert werden, noch einmal zu entkommen. Vor vier Jahren hatte sie es geschafft, hatte gegen alle Wahrscheinlichkeit triumphiert, war in eine glückliche Ehe entflohen und hatte die ältere Schwester in der Gefangenschaft zurückgelassen, schikaniert von Lady Trevis' Launen. Hilda wollte sicherstellen, daß das nicht noch einmal passierte. Jedermann hatte davon überzeugt werden sollen, daß Caroline zu labil war, um die Fäden ihrer Ehe wieder aufzunehmen. Und am Ende wäre sie es vielleicht auch gewesen.

Es fiel ihm wie Schuppen von den Augen, was für ein Mensch Hilda war, und wieder quälte er sich innerlich. »Wie konnte ich nur so blind sein, ihr zu vertrauen?«

Inspektor Gleason unterbrach diese Gedanken. »Wir probieren es zuerst bei den Klippen Richtung Pennose«, sagte er. »Da gibt es alle möglichen Felsvorsprünge, wo die Leute an Bankfeiertagen steckenbleiben; der Himmel weiß, warum Ihre Frau klettern gegangen sein sollte, aber wir müssen alles versuchen.«

Einschläfernd flitzten die steilen, grünen Böschungen im Scheinwerferstrahl vorbei, während Tim mit seiner entsetzlichen Erschöpfung kämpfte.

Das Mädchen hatte sein Brote aufgegessen. Als Harry gerade nicht hinsah, schob sie das nicht ausgetrunkene Glas hinter die Vase mit seinen sorgfältig arrangierten Wiesenblumen.

»Ich glaube wirklich ...« begann sie, als er ihr einen Bleistift und Papier brachte.

»Schreiben Sie Ihren Namen«, befahl er. »Kritzeln Sie ihn einfach schnell hin.«

Sie nahm den Bleistift. Er fühlte sich in ihren Fingern lang und unhandlich an. Sie blickte bang zunächst auf Harry, dann auf das grobe, linierte Papier. Rasch und ungelenk schrieb sie mitten auf das Blatt *Punch*. Das Wort starrte ihr vom Blatt entgegen. Es machte sie traurig, sie wußte nicht, warum. Punch – Punchie – mein Lämmchen ...

»Punch«, sagte Harry gereizt. »Das kann doch nicht Ihr Name sein. Schreiben Sie etwas anderes – irgendwas, was hnen gerade einfällt.« Den Ungezwungenen spielend, steckte ·r die Hände in die Taschen und schlenderte zur Terrassentür, vo er stehenblieb und auf den Zehen wippte.

Dann fuhr er hoch.

»He!« schrie er. »Wer zum Teufel bist du? Was machst du la?«

Der Bleistift entglitt ihren Fingern. Von der Wut und dem Argwohn in seiner Stimme erstaunt, sprang sie auf.

»Was ist? Was ist denn?« sagte sie, durchquerte das Zimmer ınd sah an ihm vorbei.

Der Garten war eine wirre Wildnis ungestutzter Rosenbüsche, Himbeersträucher und Brombeerhecken, die sich bis zum Rand des stillgelegten Eisenbahndurchstichs erstreckte. Mit einem unbekümmerten Aufblitzen von Schwarz und Weiß schwenkte eine Elster in den Wald dahinter ab. Dann sah ie, was Harrys Zorn erregt hatte. Langsam und schüchtern kam durch das Unkraut ein kleiner Junge auf sie zu. Er hatte inen rotgefleckten Spankorb in der Hand, und im spätabendichen Licht waren seine Augen groß, überschattete Tümpel von Furcht. Seine Beine waren zerkratzt, sein Gesicht schmutzig; ein blutbeflecktes Taschentuch war um sein Knie gebunden. In dem Korb waren Brombeeren.

»Oh ...« sagte das Mädchen. Sie drückte den Handrücken gegen die Stirn. Irgend etwas kam jetzt durch ... der Ölbohrurm und der heiße, braune, verhangene Himmel ... Punchies ot-grünes T-Shirt ... er hatte ständig eine Schramme und inen Verband am einen oder anderen Knie ...

Aber Harry achtete nicht auf sie.

»Wer bist du?« fragte er das verängstigte Kind zornig. »Was machst du in meinem Garten? Weißt du nicht, daß das hier priat ist? Na los, antworte mir! Wie heißt du?«

Die Lippen des Jungen teilten sich ohne einen Laut. Da enkte sie die Augen, um sich den Anblick seiner Angst zu ersparen, und ihr Blick fiel unmittelbar auf die Geige. Bei deren Anblick vollführte ihr Verstand eine Art heftigen Salto, und all die merkwürdigen Erinnerungen, die sie bestürmt hatten, fügten sich zusammen. Lupac! Natürlich, das war Lupac! Abe was machte *der* hier? Und wo war Hilda – und der Rechtsan walt – hatte Hilda nicht gesagt, sie wollte einen Rechtsanwal mitbringen?

Wieder fielen Caroline die zerrissenen Fotos von Hilda in Auge. Warum hatte er diese Bilder? Und – jetzt wo sie darübe nachdachte – warum hatte er sich so merkwürdig verhalten sich abgemüht, ihre Identität aus ihr herauszubekommen, wo es doch das Nächstliegende gewesen wäre, sie sofort zun nächsten Arzt oder Polizeirevier zu bringen? Langsam rekapi tulierte Caroline in Gedanken das Gespräch. Er hatte si erwartet – er hatte gesagt: »Sie sind doch Mrs. Conroy, nich wahr? Sie werden überrascht sein ...«

Er mußte irgendwie Wind von Hildas Plan bekommen und es geschafft haben, vor ihr da zu sein. Also *kannte* er Hilda?

»Ich hab bloß ’n paar Brombeeren gepflückt«, sagte de Kleine verzweifelt. »Ich hab nich’ gewußt, daß das Hau jemand gehört! Unten im Dorf denken alle, es is’ leer.«

Alle denken, es ist leer. Dieses Haus. Whistle Cottage. Mi einemmal überkam Caroline ein Gefühl kältesten und tödlich sten Entsetzens; es mochte vielleicht irrational sein, aber si konnte es nicht abschütteln. Sie war in einem einsamen Hau mit dem Mann, den sie ein Kind hatte umbringen sehen Natürlich wußte er das nicht – oder doch? Aber er wußte nicht wer sie war – *oder doch*?

»He«, sagte Lupac in ganz anderem Ton zu dem Kleinen »Schon gut – macht nichts, daß du hier eingedrungen bist Schwamm drüber. Ich wollte dich nicht erschrecken. Jetz schau dir mal die Dame hier an. Weißt du, wer das ist?«

Caroline hielt den Atem an.

»Ja, ich kenn sie«, sagte der Junge freiweg, ziemlich verdutzt. »Ich hab sie schon ma’ in Woodmouth gesehen.«

»Aber wie heißt sie? Wer ist sie?« fragte Harry scharf.

Der Junge wirkte verblüfft. »Wie sie *heißt*, weiß ich nich’ Sie hat mir ma’ sechs Penny geschenkt.«

Harry schlug vor fast nicht mehr beherrschbarer Wut di

Hände zusammen. Dann besann er sich auf seine Schlauheit, und seine Gedanken begannen zu rasen. Es war Caroline, sie mußte es sein: sie wohnte in oder nahe Woodmouth; sie hatte dem Kind sechs Penny geschenkt; das paßte alles. Jedenfalls konnte er es sich nicht leisten, hier noch länger zu warten, man würde bald nach dem Mädchen suchen, und außerdem war ihm klar, daß sein Urteilsvermögen nachließ; er wußte, wenn er noch mehr unerwarteten Belastungen ausgesetzt wurde, würde ihn vollends alle Vorsicht verlassen und er würde irrational handeln; das war schon einmal passiert. Es war bereits ein Fehler gewesen, den Jungen herzurufen und zu befragen; nun würde man ihn auch aus dem Weg räumen müssen. Kalt, klar und mit blitzschneller Präzision überlegend, sagte er zu dem Jungen:

»Gibt es im Dorf einen Arzt?«

»Ja, Sir, Dr. Campbell. Er wohnt bei der Kirche.«

»Gut, dann hole ich mein Auto und fahre euch beide dorthin. Die Dame ist krank, und das erspart euch den langen Heimweg – es ist fast dunkel. Bestimmt macht sich deine Mutter schon Sorgen um dich, so wie es aussieht.«

»Danke, Sir«, sagte der Junge, von dieser plötzlichen Wendung der Ereignisse verwirrt.

Harry ging zu dem Schuppen hinter dem Haus, machte die Türflügel auf und fuhr sein Auto heraus. Außerdem nahm er eine Pistole aus der Werkzeugkiste und steckte sie ein. Er benutzte sehr ungern eine Pistole, aber es gab Situationen, so wie die jetzige, da war sie verläßlicher.

»Bitte, bemühen Sie sich nicht«, sagte Caroline, als er wieder zur Haustür hereinkam. »Ich würde wirklich lieber zu Fuß gehen. Bill zeigt mir den Weg. Vielleicht tut es mir gut – und ich erinnere mich an einiges.« Sie zwang sich zu einem zittrigen Lächeln. Was hatte Lupac vor? Sie spürte, daß sie es um jeden Preis vermeiden mußte, in das Auto einzusteigen.

»Aber nein, ich bestehe darauf«, sagte Harry. Und sie erkannte, daß er es ernst meinte.

»Dann lassen Sie mich Bills Knie verbinden«, meinte sie

hastig, und dann, als sie merkte, daß sie sich verplappert hatte »Du hast doch gesagt, du heißt Bill Davey, stimmt's?« De Junge nickte verwirrt. »Er sollte nicht mit der schmutzige Wunde herumlaufen«, sagte sie zu Harry. »Kann ich Ih Badezimmer benutzen? Haben Sie oben eins?«

»Du meine Güte – er wird schon keinen Tetanus kriegen wenn es noch zehn Minuten so bleibt!« rief Harry, doch si scheuchte, ohne auf ihn zu achten, Bill die Treppe hoch. Au dem Treppenabsatz drückte sie die Klinke einer Tür, die verschlossen war, wandte sich dann nach links und erhascht einen flüchtigen Blick auf ein Badezimmer mit offener Tür an Ende eines kurzen, dunklen Flurs. Sie und Tim hatten da Obergeschoß nie benutzt; damals war das Zimmer bloß ein Abstellkammer gewesen, feucht, weil die Rückwand in de Hang hineingebaut war.

Sinnlos, jetzt an diese Zeit zu denken.

Caroline schloß sich und den Jungen in das Badezimme ein, drehte die Wasserhähne voll auf und begann an dem kleinen, knochigen Knie herumzutupfen. Sie *wußte*, daß ih Instinkt sie nicht trog – sie hatte so etwas wie Mord in Harry Augen gesehen, als sie von der Treppe aus zurückblickte. Ihr Ermordung und auch die Ermordung des Kindes – er konnt es sich nicht leisten, einen Zeugen, der sie mit ihm in de Hütte gesehen hatte, am Leben zu lassen. Aber wie konnte sie entkommen? Was konnte sie tun, um sie beide zu retten Konnte man es dem Kind erklären, ohne daß es vor Angs außer sich geriet?

»Setz dich auf die Wanne«, befahl sie und stützte ihn. De kleinen, in einen Pullover gehüllten Körper zu spüren, gab ih Mut und Entschlossenheit. »Bill«, sagte sie, »kannst du gan tapfer und vernünftig sein? Bist du Pfadfinder oder irgend so etwas?«

»Ich bin Wölfling, Miss«, sagte er, mit den intelligente Augen eines Siebenjährigen zu ihr aufblickend.

»Na großartig. Also, hör zu – ich vertraue dem Mann d unten nicht. Ich glaube, er will uns etwas Böses tun; wenn wi mit ihm mitfahren, bringt er uns, glaube ich, vielleicht weg – irgendwie, wo wir nicht hinwollen.«

»Wie in *Entführt*, im Fernsehen«, sagte Bill nickend.

Dem Himmel sei Dank für das Fernsehen, dachte Caroline. Eigentlich sollten Siebenjährige nicht an die Vorstellung von Grausamkeit und Gewalt gewöhnt sein, aber wenn man das Ganze als Spiel sieht...

»Ja, wie im Fernsehen. Jetzt paß auf: du könntest durch das Fenster kriechen – es ist groß genug für dich, aber nicht für mich, siehst du? Wegen dem Hügel ist es hier nur ein Schritt bis auf den Boden, und du kannst dich in die Büsche schleichen, während ich so tue, als ob ich dir immer noch das Knie saubermache...«

»Und dann renn ich ins Dorf und hol Hilfe«, unterbrach Bill begeistert. »Okay, Miss, helfen Sie mir hoch, und dann geh ich. Aber kommen Sie denn zurecht, Miss?»

»Ja, ich komme zurecht. Du gehst zu Mr. Vernon – du kennst doch Mr. Vernon, den Polizisten?« Wieder nickte er. »Und sag, Miss Caroline ist hier mit Mr. Lupac, und er soll schnell kommen. Mr. Lupac, der Garry Vernon überfahren hat. Kannst du dir das merken?«

»Na klar«, sagte er und sprach ihr gewissenhaft »Luhpatsch« nach. Sie sah sich rasch um – was konnte sie ihm mitgeben? Sie zog ihr Taschentuch aus dem Rockbund. »Da, dann sehen sie, daß du nicht flunkerst – meine Initialen sind drauf. Los jetzt, rauf mit dir – gib acht und sei leise. Angst?«

Er schüttelte grinsend den Kopf und wand sich durch das winzige, viereckige Fenster.

»Beeilung!« kam Harrys ungeduldiger Ruf vom oberen Treppenabsatz. »Man könnte meinen, er hat sich das Bein gebrochen.«

Caroline wartete, bis die kleine Gestalt im dunklen Gebüsch verschwunden war, und sank dann in einem Schwächeanfall auf den Badewannenrand. Gott sei Dank, Gott sei Dank. Gleich mußte sie sich zusammenreißen und nach einer Fluchtmöglichkeit für sich selbst suchen, aber Gott sei Dank war zumindest das Kind in Sicherheit. Nicht noch ein Kind. Nicht noch ein drittes.

Seit zehn Minuten war sie sich bewußt, daß sie jetzt zurückblicken konnte, wenn sie wollte; die Sperren, die ihre Krankheit gegen die Erinnerung errichtet hatte, zerbröckelten unter diesem neuen Ansturm von Spannung und Furcht. Nun wandte sie sich ganz bewußt zurück und stellte sich dem Tag, an dem ihr Sohn gestorben war.

Es war Miller, der redselige alte Aufseher aus Yorkshire, der sich so sehr dafür verwendet hatte, daß man dem Kleinen erlaubte, bei den Bohrarbeiten zuzusehen; Punch würde ihnen bestimmt Glück bringen, sagte er. Schließlich hatte Tim, von Caroline überredet, widerstrebend eingewilligt; und Punch war so stolz gewesen. Es war sein dritter Geburtstag. Sie arbeiteten damals auf Bertha, dem Bohrloch Nummer 2, und erwarteten, jeden Moment auf Öl zu stoßen. Miller war mit Punch im Landrover vorausgefahren. Und dann hatte Caroline, die sich im Bungalow gerade anzog, die Explosion gehört, hatte ihre Haarbürste fallen lassen und war ohne Hut über die sonnengedörrte Sandpiste zum Bohrturm gerannt. Wie hatte sie diese eine halbe Meile lange Piste je vergessen können?

Ungeheure Flammen loderten wie Riesenfackeln senkrecht nach oben; die um die Bohrstelle wimmelnden Männer waren winzige schwarze Ameisen. Einzelne Feuerklumpen schossen aus der Hauptmasse und fielen, immer noch heftig brennend, zu Boden. Wo war nur der Landrover? Dann ging ihr mit vor Entsetzen trockenem Mund auf, daß das, was sie für einen Haufen brennender Trümmer gehalten hatte, der Landrover war. Die Männer versuchten, an ihn heranzukommen, die Türen zu öffnen. Sie hatte es auch versucht, strampelnd und schreiend, bis sie sie wegzerrten. Sie sah, daß auch Nicolson, Tims Assistent von den Flammen weggezerrt wurde; jemand stieß ihn um und warf Sand auf ihn. »Punch? Wo ist er? Er ist doch nicht da drin?« sagte sie außer sich erst zu einem, dann zu einem anderen. Keiner gab Antwort, und wenn, hätte sie es nicht verstehen können; der Lärm des Feuers war ein ständiges

Tosen, lauter als jede Windbö. Dann hatte sie Tim auf sich zukommen sehen, hatte seinen Gesichtsausdruck gesehen ...

Im Krankenwagen hatte sie neben Nicolsons Trage gesessen, während Tim dablieb, um den Löschtrupp zu leiten und zu versuchen, den Blow-out unter Kontrolle zu bekommen. Selbst schrecklich verbrannt, hatte sie versucht, den jungen Mann zu trösten. »Nicht, Peter, nicht. Es ging schnell. Sie können ... können es nicht gemerkt haben.« Sie hatte keine Tränen, fühlte sich betäubt und benommen, spürte ihre Verbrennungen kaum. Im Krankenhaus war sie in Ohnmacht gefallen; es folgte ein wirrer Alptraum, Delirium, Qual, Narkose, Delirium, Qual, heimgesucht von Tims abgehärmtem, verzweifeltem Gesicht, wenn er kam und ihre Hand hielt.

Dann das Rettungsflugzeug zurück nach London; Tim hatte sie bis Aden begleitet, mußte aber schleunigst zurück, um sich mit dem infolge des Brandes entstandenen Chaos auseinanderzusetzen. Über Punch war kein Wort gefallen, jedenfalls damals nicht. Keinen Moment hatte Tim angedeutet, daß Caroline irgendeine Schuld träfe. Das blieb Lady Trevis überlassen.

Sie beugte den Kopf über das Waschbecken. Wen würde es kümmern, wenn Lupac sie ermordete? Tim würde es ohne ihren Anblick, der ihn an alles erinnerte, besser gehen; Hilda hatte so oft gesagt, daß Tim nie wieder mit ihr würde zusammenleben wollen ...

»Du warst von vornherein nicht der Typ zum Heiraten; du bist nicht ausgeglichen genug. Tim braucht jemand Soliden und Verläßlichen«, und das stimmte einfach. Lorraine hatte auch etwas in der Richtung gesagt. Kein Wunder, daß Tims Briefe so kurz und selten waren, sehr wahrscheinlich hatte er mittlerweile die Scheidung eingereicht, und sie verschwiegen es ihr.

Was war jetzt noch zu erwarten? Das muffige, abscheuliche Haus, die bitteren Stimmen, Mutter und Hilda, schrill vor Verachtung über ihr Scheitern. Konnte nicht mal einen Ehemann halten, wenn sie einen hatte, konnte nicht auf ihr eigenes Kind aufpassen. Irgendwo wäre es wohl nur fair, wenn ich jetzt zu Hause bliebe, damit Hilda weggehen und ihr eigenes Leben führen kann, wo sie sich so danach sehnt; Mutter verläßt sich so sehr auf sie, sie wird fürchterlich Krach kriegen, wenn sie weg will. Soll ich versuchen, um Hildas willen zu entkommen?

»Herr im Himmel!« tönte Harrys wütende Stimme vor der Tür. »Wie lange soll das denn noch dauern?«

Er rüttelte an der Klinke. Caroline drehte die Wasserhähne zu, zog den Riegel zurück und sah ihn atemlos an, die tropfenden Hände vor sich gestreckt, als böten sie Schutz.

»Er ist weg!« sagte sie. »Sie – Sie haben ihn erschreckt. Er dachte wohl, Sie würden ihn in Wirklichkeit zur Polizei bringen. Er ist zum Fenster hinausgekrabbelt.«

Harry machte Licht und starrte sie an. Seine Nasenlöcher waren verengt und weiß, und sie bemerkte, daß er ohne jedes Geräusch sehr schnell atmete.

»Weg!« sagte Harry. »Und Sie haben nicht versucht, ihn aufzuhalten? Sie haben ihn absichtlich gehen lassen, stimmt's? Warum?«

»Ich konnte ihn nicht aufhalten.«

Sein Blick fiel auf ihre feuchten Hände, er packte ihr Handgelenk und schleuderte es plötzlich nach unten, so daß es gegen den Badewannenrand prellte.

»Du bist eine schlechte Lügnerin, was, Schätzchen?« sagte er. »Damit wir uns verstehen, du hast dich erinnert, daß du Caroline bist, stimmt's? Komm mit; du begleitest mich im Auto, wir haben massenhaft Zeit, den Kleinen einzuholen, während er sich müde zum Dorf schleppt. Ein Jammer, was ich mit euch beiden machen muß, aber das läßt sich nicht ändern.«

»Ich verstehe Sie nicht!«

»Nein? Aber vielleicht verstehst du das?« Sie blickte nach unten und sah die Pistole, die er aus der Tasche gezogen hatte. Er gab ihr mit einer Geste zu verstehen, daß sie vor ihm die Treppe hinuntergehen sollte. Tollkühn stieß sie seine Hand zur Seite und warf sich durch eine offene Tür gegenüber. Die Pistole ging los, als die Tür zuknallte, und der Schlüssel vibrierte in ihrer Hand. Er schoß auf das schwere, alte Schloß. Sie konnte sich ausmalen, daß es nur ein, zwei Sekunden halten würde, rannte verzweifelt zum Fenster und riß es auf.

»Harmonien hör ich klingen, Töne süßer Seligkeit; Tö-ne-he sü-ße-her See-ligkeit«, sang der Chor mit abschließendem, triumphierendem Rallentando. Dann raschelten Buchseiten, und Stühle wurden aufeinandergestapelt; der Chor zerstreute sich unter gegenseitigen Gratulationen, und Minnie Todd ging recht gereizt nach Hause, da man von der Oddfellows' Hall zum ›Winkel‹ zu Fuß zwanzig Minuten ging, während es mit dem Roller nur drei gedauert haben würde. War Basil nach Hause gekommen und hatte beschlossen, gleich zu Bett zu gehen?

Das Haus war völlig dunkel, die Tür verschlossen.

Als sie ihre Tagesdecke aus Chenille glatt und unberührt und im Doppelbett keinen Basil vorfand, beunruhigte sich Minnie ernstlicher. Basil war im allgemeinen so verläßlich. Was konnte ihm passiert sein?

Länger als zehn Minuten saß sie da und ließ sich die verschiedenen Faktoren der Situation gründlich durch den Kopf gehen. Wenn es zu einem Skandal käme, der Harry Lupacs dunkle Seite vorzeitig enthüllte, dann, das wußte sie, würden ihre Vorgesetzten ernsthaft böse auf sie sein; Lupac wäre ihnen nicht mehr von Nutzen. Andererseits hatte sich Basil beklagt, daß er sich unwohl fühle; sein Ausbleiben könnte einem unerwartet schlimmen Schmerzanfall aufgrund seines Magengeschwürs zuzuschreiben sein. Zum ersten Mal verspürte sie leichte Gewissensbisse, weil sie ihn am Morgen so rücksichtslos behandelt hatte: Die Parteiloyalität war schließlich nur die Parteiloyalität, aber ein Ehemann war ein Ehemann; sie würde Glück haben, wenn sie ihn je ersetzen konnte.

Schließlich faßte sie einen Entschluß, ging zum Telefon und wählte Bridpool 9000.

Während Gleason den Polizeiwagen zügig durch eine Reihe schmaler Feldwege steuerte, versuchte Tims von Erschöpfung niedergedrückter Verstand wieder und wieder, Caroline durch die dunklen Bereiche der Furcht zu folgen, in denen sie so orientierungslos umhergetrieben war. Was war das »Schreckliche«, das passiert war und worüber sie nicht sprechen durfte? Wer hatte es ihr nicht erlaubt? Hilda? Hatte es mit dem Kind zu tun, das überfahren worden war? Oder mit der alten Frau, die von der Hafenmole gestürzt war?

Wo konnte sie hingegangen sein? An wen würde sie sich gewandt haben?

Das endlose Vorbeihuschen von Baumstämmen lullte ihn in eine Art Wachtraum ein: er meinte, sich mit Caroline wie üblich in Whistle Cottage getroffen zu haben. Es regnete in Strömen, und ein wütender Wind fauchte durch die gesprungene Fensterscheibe; auf dem Boden bildete sich eine Pfütze. ›Ziemlich trostlos hier, was?‹ sagte er. ›Wie wär's, wenn du wieder nach Hause gehst?‹ – ›Ach nein, Liebling, da ist es so schrecklich.‹ – ›Tja, warum kommst du dann nicht mit zu mir nach Hause?‹ – ›Das würde Einladungen bedeuten, und daß deine Familie über mich Bescheid weiß, und dann würdest du wieder eingeladen werden müssen ...‹ Ein scharfer Regenguß klatschte ihm ins Gesicht, und er sah, daß Caroline in der Hütte eingeschlossen war und ihn durchs Fenster ansah. ›Sie haben mich eingeschlossen‹, rief sie verzweifelt zu, ›weil ich Punchie im Wald gelassen habe. Such ihn, Liebling, bitte – es ist weit über seine Schlafenszeit, und er wird solche Angst haben ...‹

Whistle Cottage, dachte Tim. Ob Caroline vielleicht dorthin gegangen war? Sehr unwahrscheinlich, aber man konnte es ja mal versuchen, wenn alles andere fehlgeschlagen war.

Das Auto blieb mit einem Ruck stehen.

»Da wären wir«, verkündete der Inspektor. »Sie werden wohl eine Taschenlampe brauchen, Sir; wir haben jede Menge übrig. Wenn sie den oberen Weg nehmen, gehen wir den unteren an den Felsen entlang; seien Sie vorsichtig, auf diesen Klippenwegen gibt's ein paar tückische Stellen.«

Er bewegte sich vorsichtig vorwärts, leuchtete mit der Taschenlampe hierhin und dorthin, fing bisweilen den flackernden Widerschein der Augen wilder Tiere ein, sah aber nicht, was er zu finden hoffte. Tief unten schäumte und seufzte die See; manchmal leuchteten die Lampen des anderen Suchtrupps auf das weiße, schaumige Wasser.

»Caroline!« rief er. »Carinney! Wo bist du?«, und das Echo kam zurückgeweht: »Bist du ... bist du?«

»Tja, nichts da«, sagte der Inspektor, als er nach einer Stunde neben ihm auftauchte. Auch die Männer aus dem anderen Auto waren da, außerdem einer, der gerade mit dem Motorrad gekommen war. »Wir sind ganz um die Landzunge gegangen, bis zur nächsten Bucht. Wir fahren jetzt durchs Dorf zurück, schauen bei Vernon vorbei, ob irgendwelche Nachrichten eingegangen sind, und dann geht's weiter in die andere Richtung, ins Moor.«

»Sie glauben nicht, daß es zwischen Hildas Unfalltod und Carolines Verschwinden einen Zusammenhang gibt?« fragte Tim, während sie nach Woodmouth zurückfuhren.

»Wüßte nicht, wie, ohne Telepathie. Ihre Frau wurde schon vermißt, als ich nach Woodhoe House gefahren bin, um Lady Trevis wegen der anderen Schwester zu benachrichtigen. Ihre Frau hatte sich wegen Miss Tidbury und dem kleinen Vernon sehr aufgeregt, soviel weiß ich allerdings; heute nachmittag hatte ich selbst den Eindruck, daß ihr etwas schwer auf der Seele lag.«

Tim nickte. »Wir haben selbst vor sechs Monaten unseren Jungen verloren – unter sehr tragischen Umständen – ich weiß nicht, ob Sie davon gehört haben. Es hat sie zwangsläufig daran erinnert.« Es schnürte ihm die Kehle zusammen. Entschlossen, kein Schweigen entstehen zu lassen, fuhr er fort: »Es ist doch ein eigenartiger Zufall, daß sich zwei ganz ähnliche Unfälle mit Fahrerflucht ereignen. Meinen Sie, daß dieselbe Person dafür verantwortlich sein könnte?«

»Es ist eigenartiger, als Sie glauben. Miss Trevis wurde mit einer Geigensaite um den Finger gefunden. Warum? Sie hat nicht Geige gespielt. Wir können nicht feststellen, mit wem sie gestern abend zusammenwar; Freunde in Bridpool hat sie laut Lady Trevis erwähnt, als sie mit Ihrer Frau telefonierte, aber die Leute, bei denen sie sich sonst aufhielt, hatten sie nicht zu Gesicht bekommen. Außerdem hat sie offenbar gesagt, sie ginge ins Kino, aber die letzte Vorstellung hatte da schon lange begonnen. Und jetzt hat, wie es scheint, irgendeine Frau angerufen und gemeldet, daß sie ihren Mann vermißt und er möglicherweise nach Woodmouth gefahren ist. Ein Antiquar aus Bridpool namens Todd. Was macht der hier draußen?«

»Meinen Sie, Hilda könnte eine Affäre mit einem Mann gehabt und sie geheimgehalten haben?«

»Möglich«, sagte der Inspektor, während er langsam einen schmalen, gewundenen Hügelweg hinunterfuhr. »Sie war von der verschlossenen Sorte, wie ich höre, ist hübsch für sich geblieben. Keine örtlichen Affären, kein Klatsch über sie. Ich würde mich nicht wundern, wenn sie das eine oder andere Geheimnis gehabt hätte.«

»Was meinen Sie, was das für Tabletten waren?« sagte Tim. »Sie meinen doch nicht, sie hat versucht, Caroline zu *vergiften*?«

»Nicht unbedingt, so wie es sich anhört. Es gibt massenhaft Medikamente, von denen einem schwindlig und übel wird. Allerdings niederträchtig, wie? Die menschliche Natur ist ein eigenartiges Durcheinander. Wenn man so was hört, fragt man sich, was sonst noch hinter verschlossenen Türen vor sich geht, wovon niemand was weiß. Schlimme Entdeckung für Sie. Jedenfalls tun wir, was wir können, um Ihre Frau zu finden, das ist wenigstens ein Trost. Sie werden froh sein, sie von hier wegzuholen.«

Tim tröstete die gelassene Annahme, daß sie Caroline finden würden; genau das hatte der Inspektor beabsichtigt.

»Die Geigensaite um ihren Finger«, sagte er gleich darauf. »Dieser Stapel Schallplatten in Hildas Koffer – das waren alles Violinkonzerte.«

»Ja, ganz recht«, sagte Gleason und wandte einen Moment den Blick von der Straße. »Das ist mir auch aufgefallen. Ich werde sie mir mal ansehen, wenn ich wieder dort bin.«

»Tja, eines kann ich Ihnen schon sagen: auf allen Hüllen stand ›H von H‹.«

»Ach *ja*?« Gleason tippte unbedacht aufs Gaspedal, und das Auto schoß vorwärts. »›H von H‹? Sind Sie da sicher? Und es waren alles Platten von Harry Lupac?«

»Ja, alle – Moment«, sagte Tim, »Sie meinen doch nicht, *Lupac* hat sie Hilda geschenkt, oder? Sie kannte ihn doch nicht, oder? Caroline hat nie etwas davon gesagt.«

»Lupac«, sagte Gleason. »Auf dem Stoffetzen, den man in der Nähe von Garry Vernons Leiche fand, war Kolophoniumpulver. Hilda starb mit einer A-Saite um den Finger. Caroline brach in Tränen aus, als ihre Mutter das Lupac-Konzert anstellte, gleich nachdem Hilda angerufen hatte – was übrigens unmittelbar vor ihrem Tod gewesen sein muß; sie wurde um zweiundzwanzig Uhr dreißig gefunden. Hilda hatte einen Stapel Lupac-Platten mit der Aufschrift ›H von H‹. Es scheint einen Zusammenhang zu geben.«

»Wenn nicht«, sagte Tim, »dann begreife ich es nicht. Was hat Lupac mit dem Tod des kleinen Vernon zu tun? Oder mit Carolines Verschwinden? Er war doch nie hier in der Gegend, oder?«

»Soviel ich weiß, nicht«, sagte Gleason. Sie waren mittlerweile zwischen den Lichtern des Dorfes; er hielt vor einem Haus an. »Ich schaue eben rein; ich habe ihnen gesagt, sie sollen bei Joe Nachrichten hinterlassen.« Er musterte die erleuchtete Veranda. »Mrs. Vernon ist wieder zu Hause, wie ich sehe. Scheint uns zu erwarten.«

Gladys wartete in der Tür. »Ach, Sir, ich bin ja so froh, daß Sie da sind ...« Sie und der Junge, der bei ihr war, redeten durcheinander, und der Inspektor hatte Schwierigkeiten, ihre Worte zu entwirren.

»Immer mit der Ruhe, mein Kleiner. Was sagst du? Du hast Miss Caroline gesehen? Wo denn? Whistle Cottage, bei den alten Kalköfen? Herrgott noch mal, die einzige Stelle, wo wir noch nicht gesucht haben!«

»Und sie is' in Lebensgefahr, Sir«, sagte Billy ernst. »Sie hat mir ihr Taschentuch gegeben«, er schwenkte es, »und gesagt, Sie sollen so schnell wie möglich kommen. Sie wird von Mr. Luhpatsch entführt.«

»Mr. *Wer*?«

Bill wiederholte den Namen und fügte hinzu: »Das is' 'n Ausländer. Ich wette, er is' 'n Spion, Sir. So 'n Geheimagent.«

Aber der Inspektor rannte schon zum Auto zurück.

Vor dem Fenster war ein winziger, viktorianischer, mit Bleiplatten verblendeter Balkon. Caroline kletterte hinaus und guckte übers Geländer, aber die Höhe war beängstigend. Hier auf der tieferen Seite des Hauses fiel das Gelände ab, und im Zwielicht sah es aus, als ginge es ungefähr fünf Meter hinunter. Sinnlos, sich mit gebrochenem Knöchel von Harry erwischen zu lassen. Sie drehte sich um und musterte das Dach. Das Fenster, durch das sie gekommen war, saß in einem Giebel, und von der Ecke des Balkons bis zum First verlief eine Dachrinne. Ohne eine Sekunde zu zögern, begann Caroline vorsichtig auf Zehen und Fingerspitzen die Schräge hinaufzukriechen, bemüht, nicht das geringste Geräusch zu machen. Wenn sie es bis zum anderen Ende schaffen könnte, wo das Haus den Hügel fast berührte ...

Von unten hörte sie ein gedämpftes Krachen. Die Schlafzimmertür hatte schließlich nachgegeben, und gleich darauf wurde sie gewahr, daß Lupac auf dem Balkon war, obwohl sie ihn nicht sehen konnte; sie hörte ihn ächzen und das Scharren seiner Füße auf den Bleiplatten. Sie war jetzt auf dem Dachfirst, kraxelte hektisch seitwärts; ihre Arme und Beine schienen wie beschwert zu sein, nicht gewöhnt an das, was sie ihnen abverlangte. Es war wie ein Alptraum – sie kam nicht schnell genug vorwärts. Würde Lupac glauben, daß sie vom Balkon gesprungen war? Konnte sie es wagen, darauf zu hoffen? Nein – da! Ein dunkler Fleck, sein Kopf, tauchte über der Giebelschräge auf, sie sah einen Blitz, und etwas knallte neben ihr aufs Dach. Ein Ziegel schlitterte klirrend abwärts.

»Du gibst dort ein gutes Ziel ab, Caroline, weißt du das?« rief er. Seine Stimme hatte einen beinahe zärtlichen Unterton.

Caroline antwortete nicht. Sie warf sich über den First auf die andere Seite und hing dort an den Händen. Ob sie sich so weiterhangeln konnte? Die Ziegel waren feucht vom Tau, und eine Hand glitt ab. Dann hörte sie noch einen Schuß; eine Kugel traf den First zwischen ihren Händen, und Ziegelstückchen flogen ihr ins Gesicht. Unwillkürlich ließ sie mit beiden Händen los und spürte zu ihrem Entsetzen, wie sie langsam ins Rutschen kam. Wie steil fiel es auf dieser Seite des Hauses ab? Sie würde auf die kleine Steinterrasse vor der Glastür stürzen...

Dann bremste sie unglaublicherweise etwas. Sie war, auf einer Dachgaube hockend, zum Stillstand gekommen. Darauf zusammengesunken tat sie einen Moment nichts als in tiefen Zügen Atem zu holen. Das Blut hämmerte in ihren Ohren wie ein Wasserfall; die Luft schmeckte nach Blut. Was machte Lupac? Vom Dach kam kein Laut; sie nahm an, daß er hinunterkletterte und gleich ums Haus herum auf die Terrasse kommen würde. Sie mußte weiter, und zwar schnell.

Sie versuchte, aufs Dach zurückzuklettern, aber es war zu rutschig. Ihre tauben, zitternden Glieder wollten sie nicht hinaufziehen, und sie klammerte sich an die feuchten Ziegel wie eine verschreckte Fliege. Sie mußte sich etwas anderes einfallen lassen, aber was? Das Fenster in der Gaube. War das Fenster offen?

Es war offen, und zwischen dem Gaubendach und seiner breiten Fensterbank lag nur eine Fußspanne. Mit einem letzten, angestrengten Ruck schob sich Caroline darauf und kauerte dann wie gelähmt auf der Fensterbank. Angenommen, er hatte erwartet, daß sie das tat? Angenommen, er war in dem dunklen Zimmer und wartete darauf, sie abzuschießen, wenn sie hineinkletterte?

Auf der Fensterbank konnte sie allerdings nicht bleiben; sie zwängte sich durchs Fenster und duckte sich drinnen mit angehaltenem Atem und pochendem Herzen auf den Boden.

Sie war in einem Schlafzimmer. Es roch streng nach Haaröl, Leder und Tweed. Da war noch ein Geruch, irgend etwas Alkoholisches, sehr stark. Keine Stimme, kein Schuß; sie lauschte angespannt, angestrengt, bis sie ihre eigenen Finger über das Gewebe des Teppichs streichen hörte. Das Haus war zu sehr von Stille erfüllt, strotzte davon, war zum Bersten voll davon; Stille und Dunkelheit hingen in den Ecken, sickerten durch die Ritzen im Boden. Wo wartete er auf sie, in der sicheren Gewißheit, daß sie ihm in die Arme laufen mußte? Sie zwang ihr versteinertes Gehirn zum Denken. Er mußte irgendwo drinnen sein. War sie erst einmal draußen, war sie in Sicherheit; im Unterholz draußen gab es zwanzig unauffindbare Verstecke. Also mußte er wissen, daß sie nur an ihm vorbei hinauskam. Deshalb machte er sich nicht die Mühe, sie suchen zu kommen.

Die Treppe. Er war bestimmt auf der Treppe, wartete, bis die Tür aufging und er sie auf dem Präsentierteller hatte, überzeugt, daß ihre Selbstbeherrschung zuerst nachgeben und sie panisch versuchen würde, sich in Sicherheit zu stürzen.

Caroline stand auf, holte einmal tief und ruhesuchend Atem und begann sich langsam, mit äußerster Vorsicht, auf die dunkle Seite des Zimmers zuzubewegen, wo die Tür sein mußte. Vor jedem Schritt stand sie still, lauschte und tastete mit den Händen vor sich her, verhaltend, wenn sie daran dachte, daß sie die Hand ausstrecken und *ihn* berühren könnte, wie er reglos auf sie wartete.

Ihr Fuß stieß an etwas Weiches; es hätte ein Kissen sein können. Als sie sich bückte, um es abzutasten, unterdrückte sie um Haaresbreite einen Schrei. Die schreckliche Phantasie war wahr geworden: sie hatte ein menschliches Gesicht berührt, einen offenen Mund. Nicht Harry, es konnte nicht Harry sein, wurde ihr im nächsten Moment klar, als sie ihren sich auflösenden Mut mit verzweifelter Anstrengung wieder in den Griff bekam – das Gesicht hatte einen Schnurrbart gehabt. Aber wer konnte es sein? Ein Fremder? Eine Leiche? Noch jemand, den Harry Lupac aus dem Weg zu räumen beschlossen hatte?

Sie kauerte sich hin, starrte die dunkle Gestalt auf dem Boden eingehend an, überwand mit äußerster Anstrengung ihren Ekel und berührte das Gesicht noch einmal. Es war kalt, klamm – *tot*? Aber jetzt, wo sie ihren Kopf tiefer beugte und einen langen, mühsamen Atemzug tat, war der Alkoholdunst noch stärker, süßlich und Übelkeit erregend. Wer es auch sein mochte, Freund oder Feind, er war aufgrund von Alkohol oder Drogen unansprechbar, stellte weder eine Zuflucht noch eine Gefahr dar.

Trotzdem bedurfte es ihrer ganzen Selbstbeherrschung, sich um die schattenhafte Form herumzuschieben, weiterzugehen und sie hinter sich zu lassen. War an der Tür ein leises Kratzen gewesen, oder hatte sie sich das eingebildet?

Nach zehn Minuten erreichte sie die dem Fenster gegenüberliegende Wand.

Schritt für Schritt nach rechts – nein, das ist die seitliche Wand. Also muß die Tür links sein. Ja! Ihre linke Hand streifte den gekehlten Türpfosten und huschte über die Täfelung. Die Tür war nicht ganz geschlossen, aber sie versuchte nicht, sie zu öffnen. Sie ging auf Zehenspitzen daran vorbei und preßte sich an die Wand, so daß sie dahinter stehen würde, wenn sie sich öffnete. Und jetzt warte! Rühr dich nicht. Er will, daß du dich rührst, er will, daß du herauskommst, also warte einfach und verhalte dich mucksmäuschenstill.

Was kann ich tun, um still und ruhig, um wach zu bleiben?

Ich will nicht über Tim oder Punch nachdenken, über nichts, was vielleicht dazu führt, daß ich mich rühre oder zittere oder auch nur schneller atme.

Aber ich kann jetzt über Punch nachdenken, wurde ihr klar. Und ich weiß auch, warum: weil ich für seinen Tod genug gestraft worden bin. Ich war schuld – teilweise, nicht ausschließlich –, und dazu habe ich mich bekannt und gebüßt. Jetzt kann ich mir verzeihen, den Blick nach vorn richten und neu anfangen. Tim, ich werde es besser machen, wenn ich je von hier entkomme. Ich werde nicht mehr so viele dumme, überflüssige Ängste haben, jetzt wo ich das Gesicht der Angst gesehen habe.

Warum habe ich den Job bei Professor Lockhart abgelehnt? Ich kann das ohne weiteres. Ich rufe ihn an, sobald ich zu Hause bin.

Eine halbe Stunde verstrich.

Jeder Muskel in ihrem Körper bettelte und flehte um die Erlaubnis, nachzugeben und sie auf den Boden sinken zu lassen. Sie machte sich steif und kämpfte gegen die Schläfrigkeit an, die sie in Wellen überkam. Wenn ich lebendig aus diesem Haus herauskomme, dachte sie, sich mit aller Gewalt wach haltend, dann bringe ich alles mögliche fertig; die Zukunft ist nicht tot für mich, wenn ich das schaffe.

Kein Laut im Haus. Nicht der leiseste Schritt oder Murmellaut. Vielleicht hat er es mit der Angst bekommen und aufgegeben, ist in die Dunkelheit hinausgerannt?

Da plötzlich knallte die Haustür, und ihre Gefaßtheit zerbrach. Energische Schritte durchquerten die Halle, und irgendwo flackerte ein Licht auf. Sie konnte seinen Schein in der Türritze sehen. War er wirklich die ganze Zeit draußen gewesen und hatte im Gebüsch nach ihr gesucht? War ihr ganzes raffiniertes Versteckspiel bloß ein sinnloses Manöver gewesen, während sie hätte entkommen können?

Von unten hörte sie, ziemlich laut, Harrys Husten, das Scharren eines zurechtgeschobenen Stuhls, das Klingen eines Glases. Er war in der Küche.

Was nun?

Dann ging ihr auf, daß die Geräusche zu laut waren; er war nicht der Typ, der Türen knallte, scharrte oder hustete. Er *wollte*, daß sie glaubte, er sei gerade hereingekommen und habe sich hingesetzt. Warum?

Jetzt stimmte er unter schauerlichem Quietschen und Kratzen seine Violine; ihre Nerven schrieen bei jedem kreischenden Ton in stummem Protest auf. Sie stellte sich vor, wie er unten saß, ein Lächeln auf seinem lebhaften roten Mund und in den Winkeln seiner gesenkten Lider, und Mißtöne absichtlich in die Länge zog, um sie zu quälen. Ein paar Minuten später hatte er das Instrument offenbar seinen Vorstellungen entsprechend gestimmt, denn er begann die Bach-Partita zu spielen, die sie in der Philharmonic Hall gehört hatte; die strenge, architektonische Musik stieg im Haus auf wie Stacheldraht.

Caroline zögerte. War das der geeignete Moment, sich zu rühren? Hatte seine Wachsamkeit wirklich nachgelassen?

Sie streckte die Hand nach der Türklinke aus – und riß sie zurück. Sie hatte gespürt, wie die Tür langsam aufging. Er mußte keine dreißig Zentimeter von ihr draußen stehen – und trotzdem kam von unten die ganze Zeit das Auf und Ab der kontrapunktischen Musik. Er muß eine Schallplatte aufgelegt haben, dachte sie, der Satan, der unglaublich schlaue Satan. Ihrem erschöpften Verstand kam es völlig übertrieben vor, daß jemand seine ganze Findigkeit aufbot, bloß um sie umzubringen. Er mußte es genießen. Für ihn mußte es noch faszinierender sein als Geige zu spielen.

Beinahe leidenschaftslos sah sie zu, wie sich eine kleine Lichtspitze über den Boden vorwärts stahl. Von draußen hörte sie einen Laut, ein sanftes Kichern, und die Tür schwang geräuschlos auf, bis sie weit offen war und er einen vorsichtigen Schritt ins Zimmer machte.

Caroline war kaum bewußt, was sie tat, bis sie ihren Schuh ausgezogen hatte und ihn in der Hand hielt; dann schleuderte sie ihn mit aller Kraft auf die Kommode am Fenster. Etwas fiel herunter und zerklirrte; Lupac fuhr zusammen und sprang vor – und in diesem Augenblick huschte Caroline hinter ihm zur Tür hinaus. Die Treppe war links von ihr, gegenüber; sie flitzte hinunter.

Ein kurzes Herumfummeln an der Haustür, die verriegelt und mit einer Kette gesichert war – sie hörte seine Schritte umkehren und die Treppe herunterkommen und seine gequälte Stimme »Caroline!« schluchzen, wie die Stimme eines Liebhabers, der seine Geliebte entschlüpfen sieht.

Als sie die Tür aufriß und hinausrannte, schlug neben ihr eine Kugel in den Weg ein. Der scharfkantige Kies biß in ihren unbeschuhten Fuß, und sie dachte verzweifelt: »Es hat keinen Zweck. Er kriegt mich trotzdem.«

Aber noch während sie das dachte, sah sie durch die Bäume das helle Licht von Gleasons Scheinwerfern den Hügel heraufkommen.

Joan Aiken im Diogenes Verlag

Fanny und Scylla
oder Die zweite Frau. Roman. Aus dem Englischen von Brigitte Mentz. Leinen

Du bist Ich
Die Geschichte einer Täuschung. Deutsch von Renate Orth-Guttmann. Leinen

Schattengäste
Roman. Deutsch von Irene Holicki. Leinen

Die Kristallkrähe
Roman. Deutsch von Helmut Degner
detebe 20138

Das Mädchen aus Paris
Roman. Deutsch von Nikolaus Stingl
detebe 21322

Der eingerahmte Sonnenuntergang
Roman. Deutsch von Karin Polz. detebe 21413

Tote reden nicht vom Wetter
Roman. Deutsch von Nikolaus Stingl
detebe 21477

Ärger mit Produkt X
Roman. Deutsch von Karin Polz. detebe 21538

Haß beginnt daheim
Roman. Deutsch von Nikolaus Stingl
detebe 21686

Der letzte Satz
Roman. Deutsch von Edith Walter
detebe 21743

Für Kinder:

Das letzte Stück vom Regenbogen
Deutsch von Matthias Müller. Mit zahlreichen Illustrationen von Margaret Walty
Ein Diogenes Kinderbuch

Celia Fremlin im Diogenes Verlag

Onkel Paul
Roman. Aus dem Englischen von Isabella Nadolny
Leinen

Klimax
oder Außerordentliches Beispiel von Mutterliebe
Roman. Deutsch von Dietrich Stössel
detebe 20916

Wer hat Angst vorm schwarzen Mann?
Roman. Deutsch von Otto Bayer
detebe 21302

Die Stunden vor Morgengrauen
Roman. Deutsch von Isabella Nadolny
detebe 21515

Rendezvous mit Gestern
Roman. Deutsch von Karin Polz
detebe 21603

Die Spinnen-Orchidee
Roman. Deutsch von Isabella Nadolny
detebe 21727